JN070794

尼将軍

三田誠広
Mita Masahiro

作品社

尼将軍　目次

主な登場人物

万寿（政子）……北条時政の娘　尼将軍
源頼朝……万寿の婿　御曹司　初代将軍
源頼家……万寿の長男　二代将軍
源実朝……万寿の次男　三代将軍
北条時政……万寿の父　初代執権
三郎宗時……時政の長男
小四郎義時……時政の次男　二代執権
金剛泰時……義時の長男　三代執権
北条時房……義時の異母弟　初代連署
阿波局（阿礼）……万寿の異母妹　泰時の母
千寿（時子）……万寿の同母妹　足利義兼正室
足利時氏……千寿の実子　万寿側近
二階堂行光……万寿側近
牧宗親……池禅尼の弟　駿河国大岡牧の領主
牧の方……牧宗親の娘　時政の継室
大庭平太景義……鎌倉造営の差配を担当
安達盛長……頼朝の側近
安達景盛……盛長の嫡男
源仲章……実朝侍読　文章博士
西園寺公経……三寅（四代将軍）の祖父
後白河院……朝廷の独裁者
後鳥羽院……後白河院の皇子
丹後局……後白河院の寵姫
卿二位……後鳥羽院の乳母
公暁……頼家の遺児　鶴岡八幡宮別当
文覚……修行僧　頼朝の守り役
三善康信……頼朝の学友　問注所執事
中原親能……頼朝の学友　京都守護
大江広元……頼朝の学友　政所別当
三浦義村……三浦一族の総帥

尼将軍

第一章　富士の裾野を少女が駆ける

雪を宿した富士の裾野に広大な草地が広がっている。

緑の草地を葦毛の馬が駆けていく。

手綱を執っているのは少女だ。

しきりに鞭を振るって馬を急がせる。馬は喘ぎながら疾走する。

富士の稜線が長く延びた先に、姿のよい小ぶりの山が見える。青空を背景に、山頂付近の赤黒い岩肌がくっきりとうかびあがっている。

愛鷹山（あしたかやま）。

山の陰に入ると富士は姿を消す。目の前に海が広がっている。

草地が尽き海沿いに水田が続く地域に出る。その先に沼津という港がある。

港のそばを街道が通っている。東国（とうごく）（坂東）に向かう東海道だ。黄瀬川（きせ）という小さな宿場があった。

街道に入っても馬は速度を緩めない。

箱根の外輪山の手前にある三島宿に向かう街道だ。

旧い東海道は足柄（あしがら）回りだが、新たに箱根越えの街道が開かれた。嶮しい上り坂の直前に三島の宿場がある。

伊豆諸島の守護神の御島神と、山の神の大山祇、福の神とされる事代主を祀った三島神社の門前町として昔から賑わっていた町だが、新たな街道の開通で宿場として大きく発展した。

遊女、傀儡女、白拍子などもいる遊興の場として、駿河の方から通ってくる客もいるほどだ。

途中で街道を逸れ、狩野川沿いの細い道を進む。蛇行する川の流れに怯えた馬が速度を落とそうとするのだが、少女は容赦なく馬の尻に鞭を当てる。怒りを抑えきれないといった烈しさだ。

狩野川に沿った場所に、北条の館があった。

館の主は北条時政。

騎馬の巧みな兵団を率いる小領主だが、狩野川の水運を用いた商いで富を成した。

彎曲した川と小高い丘に囲まれた天然の要害のような場所に、城砦のごとき館を構えている。道に面して高い塀が築かれ、門の上には見張りの櫓が組まれている。

見張りの兵が蹄の音に気づいて櫓門を開いた。


城館の中庭に駆け込んだ馬が、手綱を強く引かれて嘶いた。

その場で馬はまだ苦しげに足踏みを続けていたが、少女は鞍の上からひらりと地上に跳び降りた。

郎党が素早く駆け寄って馬の鼻面を押さえた。

「姉者。馬が悲鳴をあげております」

中庭で木刀の素振りをしていた少年が声をかけた。

「鍛えてやらねば馬も走らぬ」

吐き捨てるように言って、少女は相手の顔を睨みつけた。

「小四郎。少しは腕を上げたか」

少女は庭先にあった別の木刀を手にとり、長く馬を駆った疲れも見せずに、小四郎と呼ばれた少年の方に向き直った。

「どれほど上達したか見てやろう。打ち込んでまいれ」

少年は緊張して頬のあたりをひきつらせた。

目つきが暗い。姉を恐れているようだ。

少年は木刀を上段に構え、一気に振り下ろそうと足を前に踏み出した。だがそこで足が止まる。荒い息をつきながら、打ち込むのをためらっている。少女は木刀を持った手をだらんと下ろしたままだ。

「どうした。男なら臆してはならぬぞ。打ち込むがよい」

大声で嗾（けしか）ける。

少年の顔が赤くなった。

「エイッ」

気合いを込めて少年は木刀を打ち込んだ。

少女は軽く身をかわすと、鋭く小手を当てた。

「ウッ……」

呻き声と同時に、少年の木刀が地に落ちた。

無防備になった少年の脇腹に、姉の木刀の先が触れた。

「真剣ならば命がないぞ」

ささやきかけたあとで、声を高めた。

「木刀を拾え。もう一度、手合わせじゃ」

「お許しください」

少年は泣き声になった。

姉は厳しい口調でさらに声を高めた。

「ならぬ。木刀を拾うがよい。男なら弱音を吐くでない」

少年は恨みがましい目で姉を見た。

その時、館の方で声がした。

「姉上、小四郎を虐(いじ)めないでください」

背の高い若者が笑いながら近づいてきた。

少女は厳しい口調で応えた。

「甘やかしてはならぬ。剣は武士の命じゃ。鍛錬を怠ればたちまち死を招くことになろうぞ」

すぐそばまで来た若者の顔を少女は見上げた。背は高いが少女にとっては弟だ。弟が自分より背が高いということが、悔しくてならぬようすだ。

姉は声を荒らげた。

「三郎宗時(むねとき)よ。己(おのれ)は鍛錬しておるのか。そなたは北条の跡継ぞ。仲間と遊び回り、どこぞで酒を飲んでおるのではないか」

「まあ、男には付き合いというものがありましてね」

言い訳をするように三郎宗時は言った。

「姉ぎみはいずこから帰られたのですか。ずいぶんお急ぎのようでした」

「そなたには関わりのないことじゃ。それよりも、そなたとは長く手合わせをしておらぬ。どうじゃ、勝負をせぬか」

「どうぞお手柔らかに」

三郎はそう言うと、小四郎が落とした木刀を拾い上げた。

姉に対する敬意を示して一礼すると中段の構えをとった。姉は先ほどと同じように木刀を低く構えている。

三郎の姿に隙がなかった。

姉は木刀を持った手を下げた隙だらけの姿勢で、肩で息をついていた。

三郎は一歩前に出た。動いても隙は生じない。弟の小四郎とは身のこなしが違っている。続いてもう一歩、足を踏み出した。姉は思わず一歩後退してから、いきなり相手の足を狙って木刀を突き出した。三郎は軽く身をかわすと、姉に向かってまっすぐに木刀を振り下ろした。

姉は後退しながら、手にした木刀で相手の攻撃を防いだ。

カン、カンと、木刀が打ち合う乾いた音が響き渡る。

三郎の動きが速くなった。木刀を大きく振るのではなく、短い間合いで素早く打ち込み、姉を追い詰めていく。

陽が落ち、西の空にわずかに紅が残っている。

館の中庭は薄闇に包まれている。

姉の息が上がった。肩が激しく上下している。

それでも相手の攻撃を、ぎりぎりのところで防いでいる。

不意に、姉の顔色が変わった。

「そなた、いま手加減をしたであろう」

「いえいえ、そんな……」

三郎は困惑したように口ごもった。

姉は木刀を投げ捨てた。

「弟に手加減されるようでは……」

つぶやいた姉の声がふるえていた。

姉は胸の内の動揺を隠そうとするように館の中に駆け込んだ。

三郎は姉が投げ捨てた木刀を拾い、かたわらで姉と兄のようすを見守っていた小四郎に手渡した。

「片づけておけ。姉ぎみも難しいお年頃だな」

つぶやきながら、三郎は館の方に向かった。


三郎が館の中に入ると、父の時政の居室の方から声が聞こえた。手前に配下の郎党などと宴席を催す広間がある。

「いずこに行っておったのじゃ」

父の声が聞こえた。

厳しく詰問する声だ。

三郎は廊下で立ち止まった。大きな館で部屋はいくつもあるが、間仕切りの板戸は開け放たれているので、声は筒抜けになっている。

「駿河の牧宗親（まきむねちか）どのの館をお訪ねいたしました」

姉の声が聞こえた。

牧宗親は下級貴族の出身だが、沼津の近くで広大な馬の放牧地を管理している。三郎宗時が元服した時の烏帽子親（えぼしおや）でもあった。近々その娘が後妻として北条に輿入れすることになっている。

「何と、そなた一人で訪ねたのか」

父の大声が響き渡った。

北条時政は壮年の地方領主だ。

伊豆の有力領主といえば、東海岸の伊東に本拠を置く伊東祐親（すけちか）が知られている。西海岸は山地が多く、小領主が肩を並べている。その中では時政の勢力が擢（ぬき）んでていた。海運で得た資金で領地を増やし、配下の騎馬軍団は周囲の領主からも恐れられていた。

才覚と野心がその風貌にも顕れている。狡猾そうな目つきに相手を怯（ひる）ませる鋭さがあり、全身から不気味なほどの気迫がにじみ出ていた。

だが長女の万寿（まんじゅ）は、父を恐れるようすも見せず、昂然と言い放った。

「父ぎみは牧（まき）の方（かた）の若さと美しさに骨抜きになっておられます。されどもこの北条の館の荒くれた郎党たちのことを思えば、駿河の姫君には台盤所（だいばんどころ）は務まりませぬ。わたくしは若年ではございますが、亡き母に代わってこの館の郎党を束ねてまいりました。牧の方がご正室となられても、館の差配は長女のわたくしに務めさせていただきます。そのことを宗親どのにはっきり申し上げました」

時政は呆れ果てたように、しばらくは無言で娘の姿を見つめていた。

それから気を取り直したように問いかけた。

「それで、宗親どのは何と仰せであったのじゃ」

「時政どのはよきご息女をおもちだ、とのことでございました。同席しておられた牧の方も、よろしくお願いしますと頭を下げられました」

「まことか。牧の方は年下のおまえに頭を下げられたのか」

「何を驚いておられるのですか。わたくしは争い事を起こすために駿河に赴いたのではありませぬ。

これからわたくしたちの母となるお方と、お顔合わせをして、和やかに談笑いたしたまででございます」

万寿は少年ならばやっと元服を終えたくらいの年齢だ。そんな少女とも思えぬ堂々とした口調で語る娘に対して、時政は困惑したようすでしばらくの間、息を呑んだように沈黙していた。それから長く溜め息をついた。

「牧宗親さまは傍流とはいえ藤原氏の流れをくむ名門貴族の生まれで、太政大臣平清盛（きよもり）さまのお父ぎみ忠盛（ただもり）さまのご正室であられた池禅尼（いけのぜんに）の弟ぎみであらせられる。宗親さまは宮中にお仕えになったあと、池禅尼さまの実子（うみのこ）の権中納言平頼盛（よりもり）さまの御領地を差配するために駿河に赴かれた。そなたも見たであろうが、大岡牧の広大な放牧地で多くの郎党を使って馬を育てておられる。わしは縁があって懇意にさせていただき、姫君をわしの後妻にというありがたいお話が持ち上がったのじゃが、宗親さまとわしとでは身分が違う。そのことがわかっておるのか」

語調を落として説得を試みたり時に威圧するように声を高めたり、娘の扱いに困惑しているようすが話しぶりに感じられた。

廊下で聞いている三郎宗時も苦笑するしかなかった。

三郎と弟の小四郎の母は、伊東の大領主伊東祐親の長女で、父譲りの気骨のある人柄だった。

東国の武士の館では、正室の役割が大きい。

京の貴族の社会でも、正室は北の方と呼ばれ、女房や下女を仕切る立場だが、東国では城館に配下の騎馬武者を常駐させているので、荒くれ者の郎党を仕切る責務がある。それゆえ正室は御寮人（ごりょうにん）さま、あるいは台盤所と呼ばれ、城館の全体を差配することになる。

その母が亡くなった。

母に代わって、姉の万寿が城館を仕切るようになった。

万寿は三郎にとっては異母姉だ。万寿の母とは会ったことはないが、三島宿の白拍子であったと聞いたことがある。妹と二人、三島で暮らしていたのだが、母が病で亡くなったため、北条の城館に引き取られた。

三郎はまだ幼かったが、突然現れた姉妹に驚いた。母が白拍子だったというだけあって、姉妹ともに美しい顔立ちをしていた。

ただ姉の万寿の性格の激しさには当惑した。

千寿（せんじゅ）という名の妹は穏やかな性格だったが、姉の万寿は気が強く負けず嫌いだった。三郎が木刀をもって郎党を相手に武術の鍛錬をしているのを見ると、自分も木刀を手にして鍛錬に加わるようになった。東国においては女子も武術を鍛えることが多い。領地争いの戦さが頻発しており、敵に攻め込まれれば女も武器を取って闘うことになる。

万寿の武術は傑出していた。

幼いころから母について白拍子の舞を学んでいたようで、身のこなしに異様なほどの軽やかさがあった。三郎と木剣を打ち合わすうちに、たちまち上達して、まだ姉より背が低かった三郎は敵わなくなった。

それ以来、姉は弟たちを仕切るようになった。

姉は三郎たちの母が郎党を率いるさまを見ていた。母から直接学ぶこともあったようだ。母が病で倒れると、母に代わって台盤所の務めを果たすようになった。郎党たちも万寿を慕っていて、姉が城館を仕切るようになってからの方が、まとまりがよくなったほどだ。

姉は武者としても並の郎党に負けぬほどの腕をもっている。馬にも乗れる。何よりも人を差配する気迫としだいに身についた威厳のようなものがあって、いまでは父の時政の勢いを凌いで北条の館を完全に支配している。

三郎は廊下に佇んだまま父と姉の会話に耳を澄ませていた。

父と姉の話し合いは、北条の館の支配をめぐる抗争でもあった。ここは自分などが口を挟むべきではないと自重していた。

話し合いは終わったようで、万寿が廊下に出てきた。

黙って通り過ぎようとした姉に、三郎がささやきかけた。

「大岡牧での話し合いは、うまくいかなかったのではないですか」

姉は鋭い目つきで三郎の顔を見据えた。

「なぜそのように思うのじゃ」

「お帰りになった姉ぎみが、心穏やかでないようにお見受けしました」

「確かに……」

万寿は三郎には背を向けて、廊下を先の方に進んでいった。三郎はあとに従った。

父の居室から離れた場所まで来ると、万寿は振り返った。

「われが大岡牧に乗り込むと、館の中庭に宗親が出てきおったのじゃが、子どもを相手にするような横柄なようすを見せたので、馬に乗ったままで言いたいことだけ言ってしまうと、そのまま館を出た。おもしろくないので、駿河の一の宮あたりまで馬を走らせた。富士の姿を見ると少し心が落ち着いた」

駿河国の一の宮は富士宮とも呼ばれる浅間神社で、三島神社に祀られている大山祇の娘にあたる木花之佐久夜毘売（このはなのさくやひめ）が祀られている。姫神ということで姉はよく駿河一の宮に詣でていた。

若い女を正室として館に入れようとする父には、三郎も反撥を感じていた。

「北条の郎党は姉ぎみの差配を喜んでおります。父と姉ぎみが対立するようなことがあれば、郎党たちは姉ぎみを支持することでしょう」

「郎党たちは嫡男のそなたに従う。そなたがわれを支えてくれれば、駿河の姫君などには負けぬ」

そう言って万寿は弟の顔を見据えた。

ずっと弟だと思っていた。いつの間にか自分より背が高くなった。剣の腕も、自分を圧倒するほどになった。

北条の館の嫡男として、いずれは当主となることだろう。

そのころには、自分はどこで何をしているのだろうか。

そう思うと、不安が胸を過（よ）ぎった。

万寿はまだ少女だ。嫁入りの話が持ち上がるのは先のことだ。しかしいずれは他家に嫁ぐ日が来る。

三郎が嫁を取れば、その女が館を差配することになる。

北条の城館に愛着があった。郎党たちとも親しくなっている。郎党や下女たちから台盤所などと呼ばれ、尊ばれていることに、誇らしさと生きがいを感じていた。

一つだけ、この館に残る手立てがある。

三郎宗時の妻になることだ。

姉と弟として育ってきたが、母が異なることは郎党たちも知っている。

この時代、同母の姉妹を妻とするのは禁忌であったが、異母であれば婚姻は可能だ。郎党たちが万寿に従っているのは、いずれは跡継の三郎宗時の正室となり、名実ともに台盤所となる女人だと将来を見据えているのかもしれなかった。

木刀を打ち合わせて弟の力が自分を上回っていることを悟った万寿は、いま初めて三郎を、弟ではなく男として見つめていた。

子どものころから知っている弟ではあったが、いまは逞しい若者となった。姿も美しいが三郎宗時には思慮があり、国の行く末を見据える聡明さがあった。

「三郎……」

万寿は弟にささやきかけた。

「われは北条の館を守らねばならぬ。そのためには、そなたの助けが要る」

三郎は微笑をうかべた。

「わたしの方も、姉ぎみにお願いしたいことがございます。いずれ折を見て、その話をしたいと思うております」

万寿はそれを、いずれの日にか弟が、自分に結婚の申し込みをしてくれるものと受け止めた。

だが、そうではなかった。

そのことが、万寿の運命を思わぬ方向に導いていくことになる。

正室として輿入れしてきた牧の方が北条の館に居住していたのはわずかな期間だけだった。

北条の館は武骨な郎党たちがたむろする城砦であって、のんびりとした放牧地の邸宅で育った牧の方にとっては住みづらい場所だった。勝ち気な娘が館を仕切っていることも、おもしろくなかったのかもしれない。武士の娘として育ち、郎党の扱いに慣れている万寿と違って、貴族の娘として育った牧の方には郎党たちを差配する力もなかった。

牧の方には貴族の娘としての自負と気位の高さがあった。それだけに教養のない武士の娘の差配を受けることには耐えがたかった。

牧の方は実家の大岡牧に戻り、時政は駿河国に通うことになった。

駿河国といっても、大岡牧は広大な駿河国の東端に位置する黄瀬川や沼津に近い。北条の館と沼津は目と鼻の先のようなものだ。

この時代は通い婚の風習が残っていた。京の貴族は正室を迎えてもしばらくは妻の実家に通うのが通例だった。ただ東国では、正室となる妻は男の館に輿入れして、館を差配する台盤所となる。後妻とはいえ正室として迎えられた牧の方が実家に戻ってしまったのは異例の事態だった。

そうこうするうちに、当主の時政に大番役の命が下った。

朝廷の支配を受けている地方領主には、租税の義務だけでなく、京の御所の警護に当たる番卒の義務が課せられている。大番役の義務が回ってくると、三年から四年ほどは京に赴任しなければならない。

二十歳にもならぬ三郎宗時が当主の留守を守ることになる。城館の差配は以前から姉の万寿が務めているので、時政が留守でも問題は生じない。兄弟の年齢が近いと、父親が留守の間に跡目をめぐって兄弟の抗争が生じる例もあるのだが、北条の場合は次男の小四郎がまだ元服前なので、争いが生じる惧れはなかった。

その三郎は館を空けることが多かった。

近在の領主の子息たちと談合をしているということだったが、若者たちが連れ立って遊び回っているようにも感じられた。

父の時政も三郎たちの母となる正室を迎える前から、三島宿の白拍子のもとに通っていた。

自分の夫となるかもしれない三郎宗時にそのようなことがあってはならぬ。

万寿は三郎をつかまえて問い質した。

「三郎よ。そなたは近在領主のご子息がたと、どこぞで集っておるのだろう。もしや三島宿の遊女のところにでも通っておるのではないか」

三郎は笑いながら応えた。

「遊興のために出向いているのではありません。佐殿のところで勉学をしているのです」

佐殿とは流人の源頼朝のことだ。

十数年ほども前のことだが、京で平治の乱という戦さがあり、戦犯として近くの韮山に源頼朝という人物が配流されていた。

頼朝は鎌倉を本拠として東国に勢力を伸ばしていた源義朝の嫡男で、源氏の御曹司と呼ばれることもあったが、若者たちからは佐殿と呼ばれていた。

頼朝は十三歳で五位に相当する右兵衛権佐に任じられた。五位（従五位下）に叙されることを叙爵といい下級貴族の一員となる。公卿の嫡男ならば元服すれば叙爵されるのが通例だが、武士の子が叙爵されるのは、十二歳で左兵衛佐に任じられた平清盛に次ぐ快挙だった。

地方国において最も地位が高いのは受領と呼ばれる国司長官で、よほどの小国でなければ五位に相当するのだが、現地に派遣されるのは目代と呼ばれる代官が多く、東国に在住する叙爵された貴族は稀少だった。流罪となったため頼朝の位階や官職は剥奪されているのだが、頼朝のもとに集まる若者たちは「佐殿」と呼び続けた。

「蛭ヶ小島の流人のことじゃな」

万寿は独り言のようにつぶやいた。

前から気になっていたことではあるが、このところ流人のもとに近在の若者たちが結集しているようだ。

蛭ヶ小島というのは、北条の館に近い韮山にある狩野川の中洲のことだ。大きく蛇行した狩野川が流れを短絡させ、彎曲した部分が三日月湖となって、島のような浅瀬ができた。川が増水すれば孤立した島になるのだが、ふだんは徒歩でも馬でも容易く渡ることができる。

配流の地といっても牢獄があるわけではなく、頼朝は自由に馬を乗り回し、阿多美（熱海）の先の伊豆山権現あたりまで出向いているという噂だった。

「なぜそなたらは流人を尊ぶのじゃ。朝廷に対して反乱を起こした重罪人であろう」

姉の詰問に、三郎は静かな口調で応えた。

「平治の戦さは平清盛を総帥とする平家に対して、東国の武士らが闘いを挑んだ戦さでございます。従って源氏の御曹司は、東国武士にとっては、新たな戦さの旗頭となるお方と申せましょう」

「源氏の御曹司がなぜ旗頭となるのじゃ。われら北条一族は、先祖を辿れば平清盛ともつながる名門の平氏だというではないか」

そうは言ったものの、万寿は一族の歴史について詳しく知っているわけではない。嫡男の三郎宗時は、父から北条一族の歴史を学んでいるようだ。

三郎は力強い口調で応えた。

「確かにわが北条一族は、平将門の乱を平定した平貞盛の末裔で、伊勢に移った清盛の先祖よりは主筋に近いと申せましょう。しかしながら、陸奥の内乱を鎮圧した八幡太郎と呼ばれる源義家の母は、われらが先祖で上総介を務めた平直方の娘だと聞いております。従ってわれらは源氏の嫡流ともつながりをもっておるのでございます」

先祖の話をされても、それがどういう意味をもつのか、万寿にはわからない。

平治の乱で敗れた源義朝が逃走の途上の尾張で、自らの配下に謀殺され、嫡男の頼朝が伊豆に流されたのは、万寿が四歳（数え歳）のころのことだ。万寿は実母と暮らしていたので、当時のようすは何も知らない。

　北条の館で暮らすようになって、すぐ近くの韮山に流人がいるという話は聞いたが、それが北条一族とどのように関わるかということには思いが及ばなかった。

「いまは平家（公卿となった清盛一族）の天下じゃ。何ゆえにそなたらは流人のもとに集うのじゃ」

　万寿としては、手探りで問い質すしかなかった。

　三郎は語り始めた。

「戦さのおり佐殿は元服したばかりの少年でしたが、戦さに加わったからには逆賊の嫡子で、死罪は免れぬところでした。その佐殿を救ったのは平家一門を仕切っておられた北の方の池禅尼と実子の頼盛さまです。佐殿の母は後白河院の姉で皇后に立てられた上西門院統子さまに仕える女房だったようで、佐殿は女院の御所の法金剛院で育ち、後白河院にも可愛がられておったそうです。池禅尼としては、頼盛さまの将来を思うと、後白河院に恩を売っておくのが得策だと熟慮されたのでしょう。配流先を伊豆としたのも、頼盛さまの御領地の近くで土地のようすがわかっておったからで、牧宗親どのと親しかったわが父の時政が流人の監視役となったのですが、父はまだ若く国府の役人の信頼が得られず、平家の家人でもある大領主の伊東祐親どのが責任者となり、父はその配下として監視の実務を引き受けることになったのです。それにしても蛭ヶ小島というのは、流刑地としては格好の場所でしたね」

　三郎は微笑をうかべ、さらに言葉を続けた。

「戦さに勝利して安心しきっておった清盛は、配流先にはこだわらなかったのでしょう。蛭ヶ小島と聞いて、伊豆の離島のどこかであると思ったのかもしれません。実際の蛭ヶ小島は豪雨でもなければ自由に出入りができます。流人といってもどこへでも出向くことができ、いまは伊東に滞在しておられます」

「伊東というと、そなたや小四郎には祖父にあたる伊東祐親どのの館か」

「祐親どのもいまは京に赴かれてご不在です。ご子息でわが母の弟にあたる祐清どのが館を差配しておられますが、佐殿を館に招いてわれらの勉学の師をお願いしておる間に、妹の八重姫さまと恋仲になり、赤子まで出来てしまいました。男児ですので御曹司の嫡男ということになります。わたしとしては先を越されたようで、無念に思うております」

赤子が出来た……。

流人を館に引き入れ、娘に赤子が出来たとなれば、監視をする責務のある伊東祐親にとっては大きな失態で、責めを受けることは必定だ。現場の監視を担う時政も責を問われる惧れがあった。

それだけでも驚きだったが、三郎の口ぶりにも不審なものを感じた。

万寿は思わず詰るように問いかけた。

「無念に思うておるとは、いかなることじゃ」

三郎は悪びれるようすもなく言い切った。

「わたしは佐殿を、姉ぎみの婿にと思うておりました」

「何と……」

万寿は絶句した。

流人を婿に取るなどというのは、思いもよらぬことであった。

自分は三郎宗時の妻となる。そのように心に決めていた万寿であったが、三郎は自分をただの姉だと考え、女としては見ていなかったのか。

そう思うと悲しみが押し寄せてきた。

涙ぐみそうになるのをこらえながら、万寿は声を高めた。

「流人を北条の婿として、何とする気であったのじゃ」

「知れたことでございます。源氏の御曹司を旗頭として、東国を制圧し、朝廷の権威の及ばぬ新たな国を築くのでございます」

途方もない野望であった。

東国では神として祀られている平将門でさえ実現できなかった儚(はかな)い夢にすぎない。

「そなたは平将門になるつもりか」

三郎はあくまで冷静に状況を語っていく。

「将門は親族間の領地争いを起こしただけで、大義名分のないただの反乱でした。将門とわれらの先祖の貞盛は、元はといえば同族の従兄弟でした。領地を奪われた貞盛が朝廷に訴え、ムカデ退治の俵藤太(たわらのとうた)という別名もある藤原秀郷(ふじわらのひでさと)が将軍として赴任し、東国武士の多くが朝廷軍に加わったため、将門はあえなく逆賊として討たれたのです。しかしいまは状況が違います。京では平清盛の専横で、後白河院が窮地に立たされておいでです。東国で兵を起こせば平家の専横を糺(ただ)すという大義名分が得られるはずです。そのためわれらは密かに決起の機会をうかがっておるのです」

「夢のような話じゃ」

万寿は吐き捨てるように言った。

目の前にあるささやかな望み。

自分が三郎の妻となって北条の館を守る……。

その望みが、脆(もろ)くも崩れ去った。

三郎が自分を妻に迎えようとせず、途方もない夢にとらわれていることが、ただひたすら哀しかった。

万寿が流人に興味を示さなかったことで、三郎も頼朝の話は二度としなかった。

だが万寿は、おりにふれて流人のことを考えるようになった。

自分が幼児であったころに、頼朝は伊豆に配流されたのだった。そこにはどのような経緯があったのか。

考えれば考えるほどに惑乱し、胸が騒いだ。

佐殿を姉ぎみの婿に、という三郎の言葉が、脳裏に深く刻まれていた。

思いがけないことであったが、考えてみれば胸の躍る夢とも感じられた。

御曹司を旗頭にして東国で反乱を起こす。

流人が東国の支配者となり、自分は東国全体の台盤所となる。

それは夢だ。夢にすぎない。

だが万に一つも実現する見込みのない、虚しい夢なのか。

北条の城館の中しか知らない万寿には、先のことは何もわからなかった。

万寿は馬を駆って城館の外に出た。狩野川に沿って河口の方に向かう。その先は駿河国の沼津、すぐ近くに黄瀬川の宿場町がある。

その先の台地に大岡牧の広大な放牧地が広がっていた。

走っているうちに肚(はら)が決まった。

万寿は大岡牧を目指した。

牧宗親の邸宅に乗り込んだ。

北条の館のような城砦ではなく、低い柵を巡らせただけの無防備な構えの館だから、番卒に止められることもなく中庭に入った。

以前は乗馬のままですぐに引き返したのだが、今回はただちに下馬して、手近な柵に馬を繫いだ。

郎党が出てきたので来意を告げた。

父と牧の方の婚姻が成立しているから、万寿は牧宗親にとっても親族になる。

館の中に通され、宗親と対面した。牧の方も同席した。

「万寿どの。いかがなされたのか。わたくしにご用でもおありなのですか」

咎めるように問いかけた牧の方を無視して、いきなり宗親に向かって問いかけた。

「源氏の御曹司が蛭ヶ小島に配流された経緯をお伺いしたいと思い、こちらに参りました」

宗親は京育ちらしく田舎者を蔑むところがあり、態度も横柄ではあったが、やや肥満した温厚な初老の人物だった。いきなり問いかけられて当惑したはずだが、質問には答えてくれた。

「頼朝さまのことでございますね。二十年近くも前のことになりますが、経緯は憶えております。わが姉、池禅尼から使者が参りまして、信用のおける伊豆在地の領主はおらぬかという問い合わせがございました。それでわたしは時政どのを推挙したのです。わたしどもの牧から馬を大量にご購入いただいておりまして、お若いのに手広く商いもしておられるりっぱなお方だと思いました。ところで、いまなぜそのようなことをお尋ねになるのか、こちらから伺わせていただいてもよろしいかな」

相手の丁寧な話しぶりに安心した万寿は、心を開いて語り始めた。

「わが弟や近在の若者たちが御曹司のもとに集まり、何事かを企んでおるようでございます。東国は八幡太郎義家さまの時代から、源氏一族が活躍した土地で、恩顧の武将も少なくないと思われます。その東国に近い伊豆に御曹司を配流すれば、平家に反旗を翻す企てが生じることは目に見えております。にもかかわらず御曹司が伊豆に配流されたのは何ゆえかと不思議に思うております」

宗親は大きく頷（うなず）くような仕種を見せた。

「すべては池禅尼のお心の内で決められたことですので、わたしも詳細は存じません。すでに姉は亡くなっておりますので訊いてみるわけにもまいりませぬが、おそらく姉は、清盛のあまりにも無謀な専横のさまに、平家の世は長くは続かぬのではと懸念したのではないでしょうかな。それで万一の場合に備えて、実子の頼盛さまの将来のために、後白河院に恩を売っておこうと考えたのでしょう。頼朝さまのお母ぎみは院が慕っておられた姉の上西門院のお気に入りの女房で、頼朝さまは女院の御所でお育ちになったと聞いております。院もわが子のごとく可愛がっておられたそうで、ご落胤ではと噂が流れたこともあったそうです。そういうお方をお救いしておけば、将来に布石が打てると算段されたのでしょう」

「清盛は易々と受け容れたのでございますか」

「清盛は池禅尼に恩がございました。源氏が敗れた平治の戦さの三年前の保元の戦さのおり、後白河帝に加勢した清盛に対し、叔父の平忠正（ただまさ）は摂関家の家人（けにん）（配下の武士）でしたので、崇徳院を支える左大臣藤原頼長（よりなが）さまの配下となりました。清盛は白河院の落胤という風評があり、郎党たちの中には忠正に従おうとする者も少なくなかったのです。一門の北の方として郎党を束ねておった池禅尼は、崇徳院の皇子の乳母を務めておりました。それゆえ本来は崇徳院にお味方すべきところでしたが、池禅尼は冷静に状勢を見極めた上で、郎党たちに清盛の配下となるよう説かれたのです。もしもこの池禅尼の決断がなければ、清盛のその後の隆盛はなかったやもしれませぬ。その恩がありますので、清盛も池禅尼の望みを受け容れたのでしょう。配流先も含めてすべてを池禅尼に委(ゆだ)ねたのでございます」

いままで知らなかった経緯がわかった。

かつて東国で勢力を延ばした源氏の嫡流とされる御曹司には、それなりの可能性があるようだ。

だがそれを聞いただけでは、まだ心許(こころもと)ない気がした。

「わが弟たちは御曹司のもとに集まり、何事かを企んでおるようでございます。いまこの伊豆で御曹司が決起したとして、わずかでも勝算があるのでしょうか」

勝算などはない、という答えを予想していたのだが、宗親は意外な答え方をした。

「勝算はございます。ただし二つの条件が必要でしょう」

「その条件とは……」

「一つは後白河院の院宣(いんぜん)。もう一つは東国武士が一揆同心(いっきどうしん)（一つにまとまる）いたすことでございます」

帝(みかど)よりも権威をもつ法皇（院）の院宣があれば、東国武者はこぞって従うのではと思われた。万寿は意気込んで問いかけた。

「院宣が出れば、武士たちは一つにまとまるのではありませぬか」

宗親は年輩の者らしい穏やかな微笑をうかべた。

「院宣だけでは難しいでしょうな。なぜなら、朝廷の政務は平家が制圧しており地方国も平家の統治を受けておるからです。坂東八国も、駿河、伊豆も、朝廷から派遣された国司や目代の配下にあり、地元領主は国司の命に従わねばなりませぬ。決起して反乱を起こそうとする者があれば、ほとんどの武士は鎮圧する側に回りましょう。御曹司の決起に加わる者があるとすれば源氏恩顧の武士だけで、わたしの見るところ、三浦と千葉などごくわずかでしょうな」

「それでは反乱を起こしても必ず負けるということでございますか」

「さて、どうでしょうか。恩顧とか報恩といったものにこだわらぬ武士は勝ち戦に加わりたいと算段いたします。どちらが勝ちそうかという判断は、その場の風向きによっても変わりましょう。戦さというものは骰子（さいころ）の目のようなものでございますからな。何が起こるかはわかりかねます」

宗親はただの理屈を述べるだけで肚を割って話すというほどではなかった。

いずれにしてもこの牧宗親を味方に引き入れなければ話は先に進まない。

万寿は話の矛先を変えて、核心に迫った。

「流人監視の責任者は伊東祐親どのだと聞きました。祐親どのは味方になるとお考えですか」

宗親は真意を探るように万寿の顔を見据えた。

それから言葉を選ぶようにして語り始めた。

「流人の監視役として、わたしは北条時政どのを推挙したのですが、清盛はそこだけは異を唱えたと聞いております。伊東祐親は京では清盛の家人を務めておったこともあり信用されたのでしょうな。祐親は本拠の伊東のほかに、宇佐美、河津などにも領地を有する大領主でございます。反乱が起こればただちに朝廷や国司に従って、反乱軍を鎮圧する側に回りましょう」

どうやら伊東祐親は、御曹司にとっては敵のようだ。

万寿は声を密（ひそ）めた。

「一つ心配なことがございます。伊東祐親どのが大番役で留守の間に、御曹司は伊東の館に入り浸りになり、嫡男の祐清さまの妹の八重姫さまと恋仲になったそうで、男児まで生まれておるとのことでございます。祐清さまもわが弟も、御曹司とともに決起せんものと意気込んでおるようでございますが、跡継の男児が生まれたとなれば、伊東一族が御曹司を婿として、戦さを差配することになりはせぬかと懸念いたしております」

「それは若い祐清どののお考えであろう。当主の祐親どのが大番役から帰られればどういうことになるか。祐親どのは流人監視の責任者であられる。その責任者が流人を自邸に引き入れ、あまつさえ娘が跡継の男児を産んだとあっては、伊東一族は責を問われることになりましょうぞ。祐親どのは厳しい態度をとられるはずで、これは厄介な事態になると申すしかないですな」

　宗親は不安げな表情になって声を高めた。

　万寿は身を乗り出すようにして、宗親にささやきかけた。

「あなたさまにお願いいたしたきことがございます。京におられる伊東祐親どのに、書状を書いていただけませぬか。流人が伊東の館に入り浸りとなり、すでに跡継の男児まで生まれておることを、通報していただきたいのでございます」

　東国には各地に馬を育てる牧が設えられているが、伊豆の武将たちは手近な大岡牧で馬を調達していた。従って牧宗親は伊豆の領主たちと懇意になっている。伊東祐親が大番役で京に向かったのは、かなり以前のことだというから、そろそろ任期は終わる。牧宗親が通報すれば、祐親はただちに伊東に戻ってくるはずだった。

　宗親は表情を硬ばらせた。

「そんなことをすれば、大きな騒動が起こりますぞ」

「禍は芽のうちに摘むべきではありませぬか。騒動を伊東一族の間に留め、御曹司の身柄はあらかじめ安全な場所に移しておけば、禍は最小限に抑えることができましょう」

「御曹司の身の安全を、どのように確保されるおつもりか」

「北条の館に避難していただきます」

「何と……」

宗親は目をみはった。それから万寿の顔をまともに見据えた。

「そのことを時政どのはご承知か」

「わが父も大番役のお勤めで不在でございます。北条の館はわたくしと三郎宗時で差配いたしております」

宗親は大きく息をついた。

三郎が元服した時は、宗親が烏帽子親となった。宗時という名も宗親から一字を採ったものだ。それだけに宗親は三郎宗時に対しては烏帽子親としての期待がある。

若い姉と弟が、未来に向けて何事かを画策しようとしている。

宗親は息を詰めるように真剣な表情になり、大きく頷いてみせた。

館を出ようとすると牧の方が追いかけてきた。

「そなたは何を企んでおるのじゃ。平家に対して反乱を起こそうというのか。そのことをお父ぎみはご承知か」

「三郎宗時は北条の嫡男じゃ。父が大番役から戻っても、すでに郎党たちは宗時が差配いたしておる」

「その宗時どのを唆(そその)かしておるのは、そなたであろう」

「われは北条の台盤所じゃ。誰にも口出しなどはさせぬ」

万寿は強い口調で言い放った。牧の方は言葉を失い、ただ荒く息をついていた。その牧の方の顔を万寿は見つめていた。

貴族の血をひく上品で美しい顔立ちだ。

だがこの女は卑しい野心を胸に秘めている。
用心をせねばならぬと万寿は心の中でつぶやいた。

第二章　国府を襲って旗挙げを敢行

伊東祐親の大番役の任期は残り少なくなっていた。祐親が任期を早めて急に伊豆に戻ってくることも考えられた。

万寿の指示で三郎宗時が伊東に向かい、頼朝の身柄をとりあえず蛭ヶ小島に移した。

頼朝が配流された当初から、乳母（めのと）の比企尼（ひきのあま）の娘婿で安達盛長（あだちもりなが）という武士が側近として仕えていた。

安達盛長は武蔵国足立の出身だが、領主の次男であったため分家して本拠地をもたぬ武士団を率いていた。雑色（ぞうしき）と呼ばれる雑務をこなし使者や密偵の役割も担う傭兵を配下として、各地の武将の間の連絡や敵状の探索などを担当していた。京の貴族にとっても、地方の荘園の管理状況を確認するために、信用のおける雑色を派遣することがあり、安達盛長は京の裏社会でそれなりの勢力を有していた。

比企尼には男児がなく、三人の娘を、安達盛長と武蔵国の領主河越重頼（かわごえしげより）、伊東祐親の嫡男の祐清に嫁がせて勢力の拡大を図っていた。

二条帝（後白河院の皇子）に女房として仕えていた長女を安達盛長に嫁がせたのは、頼朝の護衛として最適の人材という思惑があったのだろう。

安達盛長は蛭ヶ小島を本拠として配下の郎党に指令を出し、自らは頼朝の護衛に徹していた。武骨な武者の安達盛長が米を炊き、惣菜なども作っていた。米などの食料は武蔵国に本拠がある比企一族から送られてきた。

二十年近くの年月、安達盛長はつねに頼朝のただ一人の側近であり続けた。だが最近になって、比企尼の甥で養子となった比企能員という若者が手伝いで派遣されたので、雑用はすべてこの若者がこなすようになっていた。

源氏の御曹司の護衛が二人だけというのは無防備に過ぎる。三郎宗時は近在の若者たちを呼び集めて警護にあたった。

相模国土肥の領主土肥実平の嫡男土肥遠平、同じく相模国真田の領主岡崎義実の嫡男佐那田義忠、蛭ヶ小島から程近い伊豆国天野の領主天野遠景、伊勢から父とともに伊豆に移住して伊東祐親の親族の工藤茂光の配下となった加藤景廉などが、泊まり込んで警護に当たった。三郎宗時と小四郎も連日蛭ヶ小島に泊まり込んでいた。

その小四郎が、騎馬を疾走させて北条の城館に飛び込んできた。

万寿は遠くから響いてくる蹄の音に気づいて、中庭に飛び出していた。

小四郎は馬から跳び降りると、万寿のもとに駆け寄り、声をひそめてささやきかけた。

「伊東祐清どのが駆けつけ急を告げられた。父の祐親どのが大番役から帰還されたとのことだ」

息は弾んでいたが、小四郎は冷静さを失っていなかった。

危急を告げに戻ったはずだが、いやに落ち着き払っている。歳の離れた弟で、いつまでも子どもだと思っていたのだが、小四郎も万寿より背が高くなっていた。

小四郎は低い声で言った。

「祐親どのは八重姫さまから赤子を取り上げ、伊東を流れている松川の上流の轟ヶ淵というところに捨てさせたそうだ。御曹司の跡継は亡くなった。北条にとっては吉報だ」

万寿は訝りながら問いかけた。

「なぜそれが吉報なのじゃ」

「知れたこと。御曹司の跡継は姉ぎみに産んでいただかねばならぬ」

冷ややかに言って、小四郎は薄笑いをうかべた。

その狡猾な表情は、わが弟ながら不快だった。

万寿はわが子を殺された頼朝の気持を思って胸を痛めていた。

小四郎は報告を続けた。

「祐親どのが京に赴任される前にも、われらは伊東の館に赴き、近在の若者たちを集めて佐殿のお話を伺う集いを催しておった。佐殿は幼少のころより明法博士の中原広季どののもとで学んでおられたそうで、そのおりのご学友がいまは朝廷の要職に就いており、京の状勢を随時報告してくるとのことであった。伊豆の若者たちにとってはまたとない勉学の機会で、祐親どのも喜んでおられたのだがな。それが大番役で京におられた間に、急に人が変わってしもうた。平家の弾圧が強化されたさまを目の当たりにして怖じ気づいたのであろう」

そう言って小四郎は息をつき、姉の顔を見据えて言った。

「祐親どのは赤子を殺しただけでなく、佐殿の命も取らねばならぬと、騎馬武者を呼び集めておられるとのこと。今夜にも夜襲がある。それで祐清どのは隙を見て伊東の館を脱け出し、われらに急を告げられた。佐殿は赤子が殺されたようすなどを聞きたいと、祐清どのを引き留めて話を聞いておられる。だが蛭ヶ小島に長居をするのは危険だ。今宵の内に佐殿に北条の館に移っていただかねばならぬ。兄者の指示で、おれが先に出発することにした。姉者に報せて準備をしていただかなくてはと……」

相手の言葉を遮って、万寿は強い口調で言った。

「準備は怠りない。こういうこともあろうかと、農地や港の護りに就いておる郎党も集めて城館の護りを固めた。御曹司の寝所としていただくために父の部屋の片づけも済んでおる。他の部屋も用意してあるので、護衛の方々もお泊まりいただきたい。引き返して三郎に伝えよ。準備は調っておる。ただちにこちらにお移りいただきたいとな」

「さすがは姉ぎみだな。では……」

小四郎は蛭ヶ小島に戻っていった。

万寿は館の中に引き返し、大声で女たちを呼び集めた。

年の近い妹が二人いた。

一人は同母妹の千寿で、幼いころから勝ち気な万寿のそばにいたためか、反対におっとりとした控え目な気質に育っていた。もう一人は阿礼(あれ)という名の三郎宗時の同母妹で、台盤所を務めていた勝ち気な母親に似て、利発な女だった。万寿はとくにこの妹を頼りにしていた。他にも妹は何人もいた。東国では土地争いが頻発していた。武力による衝突が起これば頼りになるのは親族だ。そのため領主たちは多くの側室をもち、娘を有力者に嫁がせて縁戚関係を拡大しようとしていた。

万寿は駆けつけてきた千寿と阿礼に命じた。

「客人がおいでになる。宴席の仕度をいたせ。お泊まりになるであろうから寝所も用意せねばならぬ。大事な客人だ。心をこめてもてなさねばならぬぞ」

千寿はただちに厨房に赴いて食事の仕度を下女たちに命じた。

もう一人の妹の阿礼が途中から引き返してきて、万寿の顔をのぞきこんだ。

「姉ぎみ。何だかうきうきしておられますね」

言われて初めて、自分の気持が高揚していることに気づいた。

「われら北条の一族が滅びるか、勢力を拡大するかの瀬戸際じゃ。阿礼、よう憶えておけ。今日という日は北条一族にとって、忘れることのできぬ吉日になろうぞ」

阿礼は驚いたように、万寿の顔を見つめていた。


北条と韮山の距離はごくわずかだ。これに対し、韮山の先の修善寺と伊東との間には嶮峻な山地があり、騎馬武者が峠を越えるには時間が必要だった。

ほどなく頼朝の一行が無事に北条の館に到着した。

陽が落ち、城館の中には明々と篝火（かがりび）が焚（た）かれていた。その明かりの中に、若者たちに前後を囲まれた頼朝の姿が見えた。

京育ちの高貴なお方だということは一目でわかった。

馬に乗れていない。

ただ馬の上にちょこんと乗っているだけで、稚児行列の子どものようだった。

頼朝は三十歳を過ぎているはずだが、男としての威厳がまったく感じられない。美しく調った顔立ちで、気品もあるが、腕が細く、なよなよした感じで、この人物に東国の総帥が務まるのかと不安に思った。

木刀の勝負なら、容易く勝てる、と万寿は思った。馬術でも負けない。

だが、これが御曹司なのだ。

この男を旗頭として推し立て、平家と闘わねばならぬ。

弱々しい旗でも自分が支えてやれば役に立つ。

こやつはただの旗だ。

万寿は心の内でつぶやいた。

風に吹かれてはためいているだけでよい。

三郎や小四郎の母の弟にあたる伊東祐清は、比企尼の三女の婿でもあり、自分が御曹司を擁立して東国を支配する気でいたのだろう。しかし父の祐親が御曹司の跡継を殺したとあれば、もはや頼朝に仕えるわけにはいかない。危機を報せたことが最後のご奉公で、北条の館に入った一団には加わらなかった。その後も祐清は頼朝と敵対する父の軍に加わることになる。

御曹司は北条の掌中にある。

伊東の騎馬兵は蛭ヶ小島に頼朝がいないと知ると、そのまま北条に攻めて来るだろう。北条の館では郎党たちが守りを固めていた。常駐の兵だけでなく、近隣からも兵を集めて臨戦態勢がとられている。

そのさまを見て、頼朝一行は安心して館の中に入り、食事をとることになった。

妹や下女に用意させた食膳が並び、やがて酒盛りになった。

食膳のことを台盤(だいばん)という。台盤を用意する厨房(ちゅうぼう)は台盤所(だいばんどころ)と呼ばれ、それは館を差配する女人の称号でもあった。

台盤を用意することで、万寿は頼朝と側近の若者たちをも差配することになる。

頼朝は騎馬による逃避行で疲れたのか、それとも跡継の赤子を殺された悲しみが尾を曳いているのか、口数が少なかった。

若者たちもただがつがつと食べ、酒を呷(あお)るばかりだった。

万寿が廊下の端に立って頼朝のようすを眺めていると、阿礼が近づいてきてささやきかけた。

「あれが御曹司ね。美しいお方ですこと。確かに東国の武者にはない雅（みやび）な気品が感じられるわ」

阿礼はうっとりした眼差しで御曹司を眺めている。

万寿は厳しい口調で言った。

「気をおつけなされ。京育ちの高貴なお方は、女官や女房に手当たりしだいに手をつけるそうじゃ」

阿礼は姉の言葉が耳に入らなかったように、目を細めている。

「側室でもいいから、あのお方のそばにいたいものだわ」

万寿はにわかに競うような気持になった。

妹たちに手出しはさせぬ。この御曹司は自分のものだ。

「追加の料理を支度なさい。それから酒じゃ。酒を切らしてはならぬぞ」

阿礼を厨房に追い立てると、万寿は広間に入って頼朝の隣に座した。

主賓の相手をするのが台盤所の役目だ。東国武者たちは荒くれ者で、下品な話題を口にすることも多い。頼朝は話し相手もなく一人で酒を飲んでいたので、万寿は酒を注ぎながら話しかけた。

蛭ヶ小島での暮らしぶりを訊いたり、京と伊豆の違いについて尋ねたり、話が途切れぬように質問を続けた。

頼朝は同じようなことをすでに若者たちに話しているはずで、最初はあからさまに迷惑そうな顔つきをしていたのだが、それでもぽつぽつと語るうちに、頼朝の話の一つ一つに万寿が驚いてみせたり、不思議がったりするので、途中から話すのが楽しくなってきたようだ。そのうち訊かれもしないことを自分から話すようになった。

それに応じて酔いの回った若者たちも活発に頼朝の話に加わるようになり座は盛り上がった。

座談の中心にはつねに万寿がいた。誰かが何かを言えばすぐに反応し、話した者を励ましたり、逆に笑いものにしたり、座の成り行きを巧みに支配していた。話が途切れて沈黙が座に広がる前に、次々と話題を出して話を進めていく。

つねづね城館の郎党たちを差配している万寿は、男たちの宴席に加わることが多く、こういう場は慣れたものだった。

宴の最中に伊東の軍団が北条の城館の目前まで迫ったという報告があったが、櫓門に弓を構えた兵がずらりと並んでいるのを見て、恐れをなして退散したようだ。

宴はそのまま続けられた。

頼朝は上機嫌だった。

かたわらに万寿が座って酒を注いでくれるのを、ごく自然に受け容れていた。

最初に三郎宗時の姉だと紹介されたはずだが、万寿が座を仕切っていることから、御寮人さまとか台盤所と呼ばれる、この館を差配する女主人であることは確かで、それなりの敬意をもって対応しているのだろう。

深夜、男たちは酔いつぶれて、その場で雑魚寝することになった。

万寿は早めに頼朝に声をかけ、父の居室に案内した。時政の私物などはすべて撤去し、頼朝の部屋になっている。

頼朝もかなり酔っていて、すぐに寝ようとしたのだが、万寿が押しとどめた。

万寿はその場で、着ていた衣服を脱ぎ捨てた。

「御曹司どの。わたくしをお抱きなされ」

頼朝は驚いたようすで、目を見開いて万寿の姿を凝視した。

万寿がこの館の娘であり、この女が館を仕切っていることはわかっている。

嫡男を殺され、蛭ヶ小島も襲撃されて、いまやこの館に身を寄せるしかない心細い身の上であることも、あらためて自覚したのではないか。

ここで女を抱かねば、身の安全は保証されない。

女の美醜や好き嫌いを言っている場合ではなかった。

頼朝は万寿に向かって頭を下げた。

「右兵衛権佐、源頼朝である。向後(こうご)はそなたの世話になる。ありがたく抱かせていただく。御免……」

そう言って頼朝は、自らも衣服を脱ぎ捨てた。

その夜の明け方のことだ。

いったんは退散した伊東の軍団が、明け方に夜襲をかけてくるのではないかと懸念した万寿は、一部の兵たちに徹夜で警護にあたらせていた。

その兵たちのようすを見るために、中庭に出てみると、櫓門の上から駆け下りて来る者があった。弟の小四郎だった。酒盛りには加わらず、兵とともに見張りを続けていたようだ。

「いかがいたした。夜襲か」

声をかけると小四郎は意外なことを言った。

「衣服をはだけた女が、取り乱したようすで門を叩いている。八重姫さまではないかな」

万寿は声をひそめた。

「わが子を父に殺されて狂ったのであろう。女を館に入れるわけにはいかぬ。兵を何人か呼べ。女をどこぞまで連れて行って、二度と館に近づかぬようにせねばならぬ」

すると小四郎は、暗い顔つきでささやきかけた。

「殺せばよいのだな」

小四郎は薄笑いをうかべた。八重姫は三郎や小四郎にとっては叔母にあたるはずだ。

万寿は無言だった。

小四郎は小声で兵たちを集めた。

万寿は小四郎と兵にささやきかけた。

「このことは他言無用ぞ。御曹司にも三郎宗時にも告げてはならぬ。わかったな」

兵たちは頷いて門の外に出ていった。


夜が明けきってから、まだ寝ている頼朝を、万寿は叩き起こした。

「起きてくださいませ。婿どの。配下の者たちと朝の挨拶をする前に、質しておきたいことがございます」

「何でございますかな」

寝ぼけ眼で身を起こした頼朝に、万寿は問いかけた。

「婿どの。あなたさまはわたくしの婿どのでございますね」

「はあ、そのようですね」

割りきれぬ面持ちで頼朝は答えた。

「京の貴族の殿方は何人も側室をお持ちだと伺いました。されども東国では、台盤所と呼ばれる正室が尊重されます。妻はわたくし一人に限ると、いまここでお約束いただきましょう」

「約束しないとどうなるのですか」

「約束せずには済まされませぬ。あなたさまは身の置き所のない流人だということをお忘れではないでしょうね。わたくしの婿となるほかに生きていくすべはないのです」

「それは困りました。致し方ありません。お約束いたしましょう」

「嬉しゅうございます」

万寿は顔を綻ばせた。だがまたすぐに表情をひきしめた。

「あなたさまは東国において、何をなさるおつもりですか」

頼朝はとぼけた顔で応えた。

「わたしは流人です。何をするつもりもないですよ」

「近在の若者たちを集めて、何かを企んでおいでですね」

「いえいえ。企みなどといったものは一切ないです。彼らが京の話を聞きたいとせがむので、いろいろと話してやってはおりますが、他意はないのです」

「若者たちはあなたさまを旗頭にして反乱を起こす所存でございます」

「め、滅相もないことです」

頼朝は心底驚いたように声をふるわせて口ごもった。

「それでは平家に対して闘いを挑む気持などないと言われるのですか」

「毛頭……、毛頭ございません」

さらに口ごもり頼朝は怯えたような顔つきになった。

万寿は身を乗り出すようにしてささやきかけた。

「わたくしはあなたさまの妻です。わたくしにだけは本心をお聞かせください」

それなりの気概がなければ婿にはしないと言わんばかりの迫り方だった。

頼朝はいっそう顔を硬ばらせて、悲鳴のような声を洩らした。

「いや、もちろん、父を敗戦に追い込んだ平家に対する怨みは忘れてはいないですよ。機会が訪れれば、東国武士の助けを借りねばならぬと思うてはおるのですがね」

「よう言うてくだされた。それでこそ源氏の御曹司でございます」

万寿はにわかに改まった口調になって言葉を続けた。

「わたくしも婿どのと同じ夢を見たいと思うております」

「ああ……。夫婦で同じ夢。いいですね」

頼朝はつぶやいた。

どことなくうんざりしたような感じであった。

「それでは、皆さまの前に出ていきましょう。もう朝餉の仕度が調うております」

すでに広間には台盤と呼ばれる食膳が並んでいた。

三郎宗時を始め若者たちは眠い眼をこすりながら、食膳の前に座っていた。

広間の奥の屏風を背にして、頼朝と万寿が並んで座った。

頼朝は厳しい表情で黙り込んでいる。

代わって万寿が語り始めた。

「本日から御曹司はわが北条の婿殿となられました。いずれの日にか、御曹司は源氏の棟梁として、また東国武士の総帥として立たれる時がまいります。わたくしは御曹司の正室として、同じ夢を見たいと思うております。皆さま、一揆同心のほど、切にお願いいたします」

その場に居合わせた若者たちは、怪訝な顔つきになった。

三郎宗時も困惑した表情で姉の方に顔を向けた。

比企尼の娘婿であった伊東祐清や、頼朝を姉の婿にと画策していた三郎宗時は、御曹司を旗頭として決起せねばと覚悟を固めていた。

しかし他の若者たちにはそこまでの覚悟があったわけではない。

万寿の言葉に驚いた若者も少なくなかった。

頼朝も困惑した顔つきだったが、座の沈黙を取りなすように言った。

「祐清の通報によって危うく難を逃れることになった。蛭ヶ小島におったのではいまごろわしの命はなかったであろう。幸いなことにこの北条の館に逃げ込むことができて、命を長らえた。三郎宗時の姉ぎみには感謝せねばならぬ。台盤所の夢は、わしの夢じゃ。時が来れば、そなたらの助けを請うことになろう」

頼朝の言葉に、若者たちは大きく頷いた。

いずれにしても御曹司が北条の館に入ったことで、若者たちの決意が高まり、絆（きずな）が生じることになった。


蛭ヶ小島の警護に当たっていた若者たちは近在の領主の子息だから、それぞれの領地に帰っていったが、側近の安達盛長と比企能員は北条の館に残った。

比企能員は実直そうな若者だった。

頼朝に支援を続けてきた比企尼の願いはこの若者に託されていた。そのことをどれほど重く受け止めているかは、その表情や態度を見るだけではうかがい知ることができない。黙々と頼朝に仕えている姿を見ると、ただ人が好いだけの無欲な若者と見ることもできる。

これに対して安達盛長は、東国の小領主の次男に生まれながら、雑用や密偵などを担う雑色と呼ばれる郎党を擁しているようで、それなりの風格が感じられた。表面は誠実そうな態度を装っているのだが、肚の底が知れぬ不気味さがあった。

その安達盛長を呼んで、万寿は問いかけた。

「あなたさまは二十年にわたり御曹司の側近を務めてこられたと伺っております。御曹司の乳母であられた比企尼というお方の指図によるものだそうでございますが、あなたさまはどういうおつもりで御曹司のおそばに付いておられたのでしょうか」

安達盛長は無口な人物だ。広間で酒盛りをしている時も、周囲の人と言葉を交わすことはなく、黙々と一人で杯を口に運んでいた。

盛長は領地を持たぬ武士だ。近在の若者たちのような恵まれた生い立ちではない。傭兵を差配する特殊な職務でもあり、余計なことは言わぬという習性が身についているのだろう。

しばらく黙り込んでいたあとで、盛長はようやく口を開いた。

「縁あって比企尼のご息女の婿となりました。妻は二条帝にお仕えする女房で、お父ぎみの後白河院とも親しい女でございました。わたくしが御曹司にお仕えしておるのも、院のご命令だとお考えください」

「そなたには配下の者がおるそうじゃが、その者たちから京のようすを伝え聞いておるのであろう。京はいまどのようなようすなのじゃ」

盛長はまたしばらく、黙り込んでいた。それから低い声で言った。

「この目で見たわけではございませんので、申し上げることはございません」

「御曹司はいつか旗揚げされるのであろうな」

「それは御曹司がお決めになることでございます」

どうやらこの無口な男から何かを聞き出すことは至難のようだ。

万寿は小さく息をつき、それから改めて居ずまいを正した。

「わたくしも縁あって御曹司を婿としました。これからは御曹司とともに歩んで行きたいと思うております。あなたさまはつねに御曹司の傍らに侍っておられるお方でございます。今後ともよろしくお願いいいたします」

そう言った途端、無口なはずの盛長が、にわかに話し始めた。

「近い内に必ず戦さが起こります。戦さは時の運と申します。備えをいたしておりましても、負ける時は負けるのでございます。ましてやこれからわれらが挑む敵は、朝廷であり、朝廷を支配しておる平家であり、その平家の命に従う国司や配下の地元領主たちでございます。敵は強大で、味方は少なく、通常の戦略では必敗の状勢ではございますが、わずかな勝算に望みをかけて、綱渡りのごとき一歩を踏み出すことになりましょう。台盤所におかれましても、戦さは負けることもあるということを、ご承知おきいただきたいと思うております」

思いがけない言葉に、万寿はたじろいだ。

「負け戦を覚悟せよというのか」

「必ず負けると決まったわけではございません。われらには地の利がございます。東国では領地争いが絶えませぬ。そのため東国の領主たちは鍛え抜かれた騎馬武者たちを擁してつねに戦さの備えをいたしております。東国は馬の産地で、騎馬武者の数でも京や西国には負けませぬ。東国を制覇すれば、朝廷や平家を恐れることはございません。ただ緒戦に勝てるかどうか、これはっきり申し上げて、運を天に任せるしかないと存じます。さりながら……」

盛長は万寿の顔を見据えて言葉を続けた。

「緒戦を切り抜ければ、時とともに戦況はわれらに有利に働きましょう。東国のすべての武士が一揆同心して一つにまとまりさえすれば、われらに勝算がございます。この戦さ、長い闘いになりましょう。この国のありようを根から覆す戦さになるやも知れませぬ。われらは武士でございますれば、闘いに臨んで怯(ひる)むことはございませんが、長い闘いとなれば台盤所のお役目も長く続くことになりましょう。そのお覚悟をお持ちいただきとうございます」

「覚悟はある。女だとて怯むことはない。われは戦さの先頭に立つつもりで闘い抜く決意を固めておる」

「そのお言葉を伺って、安心いたしました」

安達盛長はそう言って口を閉じた。

それからはまた、無口な人物に戻ってしまった。


頼朝は北条の館で客人のようにふるまっていた。

主であるはずの北条時政の居室に寝起きし、台盤所を務める万寿の入り婿になったようではあったが、館の郎党や女たちは万寿が差配しているので、自らが命令を発することはなかった。

それでも館には多くの訪問者があった。

以前から頼朝を慕っていた近在の若者たちは毎日のように通ってきた。若者の親の小領主や、遠く武蔵国の比企尼の縁者が訪ねてくることもあった。

いまや北条の館は、平家に反旗を翻し東国の独立を目指そうとする武士たちの拠点となっていた。

頼朝を訪ねる者の中に、文覚(もんがく)という僧がいた。以前から蛭ヶ小島を訪ね、頼朝とは昵懇(じっこん)の間柄のようだったが、僧とも思えぬ破天荒な人物だった。初めて北条の館に現れた時は驚かされた。

櫓門の前まで来た文覚は、番卒に向かって言った。

「おれは流人の文覚だ。頼朝どのとは旧い付き合いだ。案内せよ」

案内を請う大音声が城館の全体に響き渡った。

万寿は中庭に飛び出して、開かれた門からずかずかと踏み込んできた武骨な僧と対面した。

「文覚さまとやら。見れば修行僧のようであられるが、御曹司にいかなるご用件で出向かれたのでございますか」

声をかけると、文覚は万寿の姿を見下ろしながら、大声で応えた。

「おれは流人じゃ。伊豆に流されてきたのじゃ」

そう言うと口を開けて、がはは、と笑った。

「というのは表向きでな」

文覚は身を屈めるようにして万寿にささやきかけた。

「そなたは鬼武者どののご正室であられるか」

「鬼武者……。それは御曹司のことでございますか」

「さようでござる。おれはあのお方が鬼武者と呼ばれておった幼少のころからお相手をいたしておった。言うてみれば守り役じゃ。おれはまだ武士であったので、あのお方に剣術と馬術を伝授するように後白河院より仰せつかったのじゃが、教え方が下手であったので、うまくはいかなんだ」

そこで文覚は言葉を切った。

「いや、こんな話をしておると長うなってしまう。とにかく文覚が来たと、お取り次ぎいただきたい」

そんな話をしているところに、当の頼朝が中庭に出てきた。

「文覚ではないか。館の中まで大音声が聞こえたぞ。蛭ヶ小島が危うくなったのでこちらの館に避難いたしたのじゃが、ようここがわかったな」

頼朝の問いに文覚は笑いながら応えた。

「御曹司が北条の館におられることは噂として広まっておりますぞ。伊東祐親は御曹司を殺そうとしたのに、北条は護っておる。御曹司を婿として旗揚げするつもりであろうと、やっかむ者もおるようだな」

「わしは流人の厄介者じゃ。北条がよう匿(かくも)うてくれたと、ありがたく思うておる。とはいえわしを引き取ってくれたのは嫡男の三郎宗時どのと台盤所じゃ。そろそろ当主の時政どのが大番役よりご帰還される頃合いだとのことで、わしの行き場がなくなるのではと懸念しておる」

「そう思うてここに来たのだ。おれは流人だが配流先を脱け出して伊豆山権現で修行をしておる。住職の覚淵(かくえん)は肝の据わった輩だ。おれとは夜毎に般若湯を飲みながら諍論(じょうろん)をする間柄になっておる。あやつに頼んでしかるべき小坊を御曹司の宿として借り受けようぞ。心配は要らぬ。真言密教の修行の場は、朝廷や国司の手が及ばぬ聖域だ」

「ありがたい。いざとなればそこに逃げ込むことにするかな」

やりとりを聞いていた万寿が口を挟んだ。

「あなたさまは流人だそうですが、いかなる罪で流罪になられたのでございますか」

文覚は笑いながら答えた。

「京の北山に神護寺(じんごじ)という寺がある。弘法大師(こうぼうだいし)に所縁(ゆかり)のある古刹(こさつ)だが、荒れ寺になっておってな。後白河院に金を出せとせっついたのだが、いささか声が大きかった。それで流罪にされたのだが、それは院の策略だ。頼朝どのに会(お)うて言伝(ことづて)を告げよという密命を課せられた」

万寿は頼朝の方に向き直って問いかけた。

「いかなる言伝でございますか」

「決起せよと、それだけじゃ」

頼朝は文覚の顔を見て、いっしょになって笑い始めた。

「証拠となる文書もなければ、軍資金の手当もない。ただ言伝だけでわしが決起すると思われたか。まことに勝手なお方じゃ」

万寿は驚きの声を上げた。

「院が命じられたのであれば従わねばなりませぬ。なぜただちに決起せぬのでございますか」

にわかに気色ばんで諫言する万寿に対して、頼朝は笑いながら応えた。

「決起は一人で出来るものではありませんよ。三郎宗時や近在の若者たちを集めてもせいぜい十騎ほどでしかないのですからね。十騎で戦さは出来ません。それよりも……」

頼朝は文覚の顔を改めて見据えた。

「文覚、よう来てくれたな」

頼朝は嬉しげな笑顔になった。万寿にはけっして見せることのない屈託のない表情だった。

「今宵はここに泊まっていけ。ゆるりと般若湯でも飲もうではないか。台盤所どの。酒の用意をお頼み申す」

頼朝は文覚とともに館の中に入っていった。

頼朝は毎日、安達盛長や三郎宗時を相手に酒を飲んだ。

酒を飲んでいるばかりで、いつになったら旗揚げするのか、と万寿は心の中で罵声をあげたくなっていた。

京において大番役の勤めに励んでいた北条時政は、三郎宗時からの書状で、頼朝が北条の館に入ったことは知っていた。流人の逃亡を監視するだけでなく、必要なら危害を加えられるのを防ぐのが役目であるから、頼朝が館にいるのは名分が立つとしても、三郎の報告では娘の婿となっているという。

時政は伊東祐親と同様の恐れを抱いてうろたえていた。

平家の横暴は日増しに厳しさを増していた。

時政にも密かな野心があった。牧宗親から頼まれた流人の監視役を引き受けたのも、源氏の御曹司を利用して東国で一旗挙げたいという野望を秘めていたからだが、平家の隆盛を目の当たりにするとそんな野望も萎(しぼ)んでしまった。娘の万寿が頼朝を婿にしたとなると、咎めを受けることになる。

何とか身の安全を確保する術はないかと算段するうちに、平家の郎党の平兼隆(かねたか)という男が伊豆に流罪になるという話を聞いた。親族間の争いがあったということだが、遠流の地に流されるほどの重罪とも思えない。調べていくうちに、この人物は伊豆を探査するために派遣される密偵のごときものだとわかった。

時政は自らこの流人を護送する役を引き受けた。旅をするうちに、肚を割って話す仲となり、相手が帯びている密命を聞き出した。

兼隆は伊豆の地元領主たちが開発した不正な荘園を調査し課税強化の準備をした上で、伊豆が平家の知行地になれば目代に就任することが決まっているというのだ。

時政はとっさの思いつきで、自分に年頃の美しい娘がいるので婿になってくれぬかと懇願した。

見知らぬ土地に出向くのに不安を覚えていた兼隆は乗り気になった。婚姻の話がまとまり、兼隆は婿になるつもりで北条の館に乗り込んだ。

館に着いた時政は、頼朝の姿が見えないので上機嫌で兼隆を広間に案内した。万寿が食膳の用意をしていた。酒を運んだ万寿が退席しようとするのを、時政はその場に引き止めた。

「こちらは平家の郎党の平兼隆どのじゃ。いずれは国府の目代ともなられるお方じゃ。わしはこのお方をそなたの婿と決めた。今宵は祝いの席じゃ。そなたも食膳を囲むがよい」

万寿は父に向かって静かに言い放った。

「自分の婿は自分で選ぶ所存でございます」

万寿は館を出ると中庭に飛び出した。

小四郎が馬の用意をして待ち受けていた。

「用意がよいな。三郎の指示か」

万寿が問いかけると、小四郎は目を伏せたままで応えた。

「兄者は父ぎみと談判するつもりで広間の脇に控えている。馬はおれが用意した。そろそろ姉者が出てくるころだと思うてな。姉者は気が短い」

「確かに……」

そう言って万寿は馬の鞍に跨がった。

お気に入りの葦毛の馬だ。

夜だったが走り慣れた伊豆の山中だ。星明かりがあれば迷うことはない。

馬に鞭を当て、頼朝の待つ伊豆山権現を目指した。

娘が逃げ出したことで、平兼隆は憤慨して席を立った。

あとを追って引き留めようとした時政は、廊下で待ち受けていた三郎宗時に腕を摑まれた。

「父ぎみ、大事な話がございます」

三郎の思いつめた表情を見て、時政は息を詰めた。

平家の郎党を怒らせてしまった。娘が御曹司を婿としたことは近在に知れ渡っている。もはや平家を敵に回すしかないと時政は覚悟を固めるほかなかった。

北条の館をあとにした平兼隆は、配流先の山木という地に居を構えた。東国には平姓の領主が多いので、自らは地名を採って山木兼隆と名乗った。

やがてこの人物は伊豆国の目代となり、挙兵した頼朝の配下の兵たちに討たれることになる。

頼朝と万寿は北条の館に戻った。

やがて万寿は女児を産んだ。大姫と呼ばれた。


治承四年（一一八〇年）、四月。

源義朝の末弟で熊野権現で修行者となっていた源行家が、以仁王の使者として頼朝を訪ね令旨を手渡した。

京では後白河院が街外れの鳥羽離宮に幽閉されていた。院を支えていた公卿や近臣はことごとく解官され、離宮の院には丹後局という女官が一人付いているだけだった。鳥羽離宮は鴨川と桂川が合流するあたりの辺鄙な場所にあって、まるで牢獄に閉じ込められたような状態になった。

この年の二月、三歳の安徳帝が即位し、清盛は外戚（母方の祖父）として揺るぎのない独裁体制を確立した。

無力となった後白河院に代わって、院の皇子の以仁王が決起の意向を示し、源行家を使者として平家追討の令旨を東国の源氏一族に発した。

皇族の以仁王の使者であるから、丁重に迎えられた。

使者を迎えるにあたって、頼朝は武士の簡易な礼装である水干に身を包んで対応した。

一連の儀式のあと、行家はこれから甲斐に回ると言って、早々に館を出ていった。甲斐には武田、安田など、源氏に所縁（ゆかり）の一族があった。そこからさらに信濃（しなの）、上野（こうずけ）、下野（しもつけ）に回ることになっている。

あとに残った頼朝、側近の安達盛長、北条時政、三郎宗時、万寿に、文覚が加わって談合をした。元服前の小四郎も末席に控えていた。

まずは文覚が話の口火を切った。

「行家というのは熊野に隠れておったということだが、平治の戦さに加わっておったのか。鬼武者、憶えておるか」

文覚の問いに頼朝は答えた。

「知らぬ。わしは御所で待機しておっただけだ。父の長男の悪源太義平（よしひら）という荒武者が東国から駆けつけたのはよう憶えておる。東国から馳せ参じたということだが、わずか十七騎だけだった。こんな人数で何ができるかと、父は義平を怒鳴りつけたのだが、義平の方も、酒盛りなどしておる場合かと父を罵った。父はわが烏帽子親の藤原信頼（のぶより）とともに緒戦の勝利を祝っておったのだ。父と悪源太が揉めておるうちに御所に幽閉されておった二条帝が女房に変装して脱出し、あろうことか平家の六波羅邸に保護されたので、われらは賊軍となってしもうた」

ふだんは無口な安達盛長が、珍しく口を開いた。

「十七騎の中にはわが兄の足立遠元（あだちとおもと）も加わっておったと聞いております。上総広常（かずさひろつね）どの、三浦義澄（みうらよしずみ）どのも参戦されたはず。いずれも多くの兵を擁する武将でしたが、義平どのがあまりに急かされるので、配下を呼び集めておる暇がなく、わずか十七騎ということになったのでございます。そもそも平治の戦さは、後白河院の側近であった藤原信頼が企んだことで、綿密な計画というものがなく、思いつきで決起したものでございます。清盛が熊野詣でに出立した隙を衝いてにわかに決起したのですが、それは罠で、清盛は熊野の山路には入らず途中で引き返したということでございます。どんな場合も戦さというものは、事前の備えが肝要でございます」

頼朝は側近の言葉に大きく頷いた。

「いまのわれらにはいかなる備えもない。令旨をいただいたと言うてもただちに決起するわけにはいかぬ」

文覚が同意した。

「いま決起するのは得策ではない。後白河院の院宣であれば少しは効き目があるやもしれぬが、皇子の令旨では東国武士は従わぬ。そもそも令旨というのは皇嗣の東宮が出すもので、親王ですらない以仁王が令旨を出せるわけもない。おそらく後白河院はご自分が院宣を出したのではわが身が危うくなると案じられて、皇子に責任を押しつけられたのであろう。まったく困ったお方だ」

安達盛長が控え目な口調で言った。

「何の力もない令旨ではございますが、令旨を出された以仁王は罪を問われましょう。それだけでなく、これを受け取ったわれらも、決起を受け容れたということで、いずれ国府より詮議があると思われます」

それを聞くと時政が大慌てで言った。

「行家どのは御曹司の叔父ぎみじゃ。ご親戚が訪ねてこられたのでご休憩いただいた。それだけのことではないか。こんな紙切れを貰うてもわれらは動きようがない。動かぬのであれば咎めを受ける筋合いはないはずじゃ」

「平家はそうは考えぬでしょう。この際、源氏一門はことごとく根絶やしにするということになりましょうな」

「それでは、わしらはどうすればよいのじゃ」

かたわらの三郎宗時が低い声で言った。

「もはやわれらに逃げ道はないのです。父ぎみ、ここは肚を決めて、周到な備えを重ねた上で、必ず決起するものとお覚悟のほどお願いいたします」

「ううむ……。それにしても、どのような備えをいたせばよいのじゃ」

居合わせた人々は互いに顔を見合わせるばかりで、誰も言葉を発しなかった。

長い沈黙のあとで、万寿が声をかけた。

「盛長さま。あなたさまは腹案をお持ちではありませぬか」

促された安達盛長はつぶやくように短く応えた。

「いまはまだその時ではありませぬ」

頼朝が声を高めた。

「時が経てば何とかなると申すか」

安達盛長は静かに答えた。

「あと半月もすれば状況は変わりましょう」

盛長は多くを語ろうとはしなかった。

代わりに三郎宗時が語り始めた。おそらく蛭ヶ小島で安達盛長から戦略を学んだのだろう。

「東国の在地領主は土地に命をかけております。東国は台地が多く不毛の地が広がっておりました。それを何代もかけて水路を引き、荒れ地を開墾して農地を増やしてきたのです。藤原摂関家や有力社寺のご協力をいただければ、墾田は無税の荘園と認められます。東国に派遣される国司は無力な下級貴族が多く、名義だけの荘園も概ね見逃されておりました。同じような状況は西国にもあったのでしょうが、平家は西国の知行地に軍勢を派遣し、名義だけの荘園から武力で租税を取り立てるようになりました。それで平家は莫大な収益を得るようになったのです。昨年、後白河院が鳥羽離宮に幽閉されたおりにも、院近臣の知行地が剝奪され、平家の知行地に変更されました。上総広常が上総介（上総は介が長官待遇）と自称しておった上総にも平家の郎党が目代として赴任しました。相模では平家の家人を務める在地領主の大庭景親の勢力が強まりました。もはや平家の専横を押しとどめる者はおりませぬ。いずれ平家の知行地は東国の全体に広がります。東国の領主たちも安穏としてはおられぬこととなりましょう」

　続けて安達盛長が補足した。

「わたくしはこのところ東国の領主たちの間を回り、話を聞いておりますが、どなたも平家の郎党が目代として派遣されることを恐れておられます。いずれ新たな国司任免の除目が公表されるのではと思われます。そのあたりが決起の好機ではないでしょうか」

　発言の機会が少なかった時政が、慌てて割って入った。

「わしが伊豆に帰還するおりに同行いたした流人の山木兼隆は、検非違使別当の平時忠の家人で、いずれ伊豆国は時忠の知行地となることが決まっており、そのおりには目代となる内示を受けておると申しておった」

　万寿が不快げに口を挟んだ。

「父ぎみはその山木をわたくしの婿にするおつもりでした」

　時政はその場を取り繕うように苦笑しながら言った。

「われながら愚かな考えであった。いまはわしも肚を固めた。御曹司に命を献げようとおもうておる」

　三郎宗時が一同の顔を見回しながら言った。

「次の除目で東国の大半が平家の知行地となれば、その時こそが決起の絶好の機運と思われます。まず討つべきは地元の目代山木兼隆でございましょう。御曹司が旗揚げされれば、それに呼応して東国の武将たちも各地の国府を襲って平家が派遣した国司や目代を討ち、御曹司のもとに参集するはずでございます」

　これを聞いて、文覚が呻（うめ）くような声を発した。

「それで決まったな。国府を襲撃したあとは一気に鎌倉に向かい、八幡太郎義家の所縁（ゆかり）の地に東国の府を築くべし」

　北条時政が付け加えた。

「その八幡太郎の母は、われらの祖先の平直方の娘なれば、鎌倉はわれらにとっても大事な土地じゃ」

　この時、末席にいた小四郎が初めて口を開いた。

「鎌倉は相模の中央に位置している。手前には平家の家人の大庭景親の本拠がある。大庭が相手では負け戦になるぞ」

　父の時政が慌てて言った。

「勝敗は時の運じゃ。負け戦の話をするなど不吉ではないか」

「必ず負けるとわかった戦さを仕掛けるのは、愚かではないか」

　突然、文覚が大声で笑い始めた。

　一同は驚いて文覚の顔を見た。

「小四郎どのは若年ながら、ものの道理を弁（わきま）えておられる。戦さはできるなら負けぬ方がよい。大庭とどのように闘うかは、じっくりと考えておくことだな」

　話はそこで終わった。

　令旨は受け取ったものの、頼朝は動く気配を見せなかった。

御曹司はまだ動かぬのかと、万寿は気が気ではなかったが、いまや決起の首謀者ともいえる三郎宗時も慎重で、まだ機は熟していないと言うばかりだった。


後刻、万寿は小四郎をつかまえて問い質した。

「先ほどの談合で、そなたは必ず負けると言うたな。本気でそのように思うておるのか」

小四郎は卑屈そうな薄笑いをうかべた。

「姉者はどう思うておるのだ。大庭景親の騎馬武者は少なく見積もっても数千騎はおるだろう。北条の郎党に近在の武士を加えても百騎に満たぬ。それでは篝火に飛び込む虫のようなものだ」

「三郎はどのように考えておるのだ。何か言うておったか」

「兄者も同じ考えだ。誰がどう見ても騎馬武者の数は変わらぬ」

万寿は息を呑んだ。

戦さのことは女にはわからぬと、口出しは控えていた。しかし戦略家の安達盛長が側近として控えているのだ。何か策があるのだろうと頼みにしていた。

「盛長どのに策があるのであろう」

「策はある」

小四郎は低い声で答えた。

「山木兼隆を討ったあと、大庭景親の大軍と一戦交える。大敗するであろうが、決死隊が持ちこたえている間に御曹司は退却し、地元の土肥実平が用意した船で安房(あわ)に逃げ延びていただく。これしかないという策だ」

「それならば山木を討ったあと、ただちに沼津から船で逃げればよいではないか」

「それでは旗揚げにならぬ」

小四郎は吐き捨てるような言い方をした。

「山木を襲撃するのは容易い。夜襲をかけて逃げるというだけでは姑息な策で、東国武士の胸を打つことはできぬ。大庭景親は平家による東国支配の要となっておる武将だ。その大庭の大軍勢と正面から対峙し、命がけで闘う。その心意気を見せてこそ、東国武士の賛同と支援が得られる……これは安達盛長どのの腹案だが、あのお方は自分でこの考えを述べることはない。御曹司を命の危険にさらすなど、側近の従者の立場では言えることではない。代わりに三郎宗時が策を語ることになるだろう。兄者は肚を固めておる」

そこまで話して、小四郎は声を落とした。

「兄者は死ぬ気でいる。自らが決死隊を率いて、大庭の大軍を迎え撃つ所存だ」

万寿は顔を硬ばらせて、小四郎の顔を睨みつけた。

「何と……」

小四郎は冷ややかに言った。

「御曹司に命がけの勝負を強いるのだ。自分も死地に赴かねば申し訳が立たぬということだな。おれは反対したのだが、兄者は聞き入れてはくれぬ。そうまでして御曹司に尽くす理由が、おれには分からぬ」

万寿は声をひそめた。

「その話、父ぎみはご承知か」

「親父どのは何も知らぬ。此度の戦さ、旗頭は御曹司だが、戦場で指揮を執るのは三郎宗時だ。兄者はこう言うた。これは源氏の戦さではない、北条が起こす戦さだ……と。北条のために、兄者は死を覚悟しておるのだろう。何度も諌めたが、兄者は聞く耳を持たぬ。戦さはもう始まっておるのだ。平家追討の令旨を受け取ってしまっては、もはや後戻りはできぬ」

小四郎はそう言って、唇の端を歪めるようにして低い笑い声を洩らした。

万寿は言葉を失ってその場に立ち尽くしていた。


六月になった。

京では新たな除目が公表され、伊豆国は平時忠の知行地となった。

時忠は清盛の正室時子の弟にあたる。同じ平姓だが武士ではなく下級文官の家系で、妹の滋子が後白河帝のもとに入内して高倉帝を産んだために異例の出世を遂げて権中納言となった。下積みの日々が長かったせいか傲慢な態度が目立つ。「平家にあらずんば人にあらず」と言ったのはこの男だ。

時忠配下の山木兼隆が予定どおり目代に任じられた。また坂東八国のほとんどが平家の知行地となった。決起の機運はここに極まった。

だが頼朝は動かない。

側近の若者たちを集めて毎日のように議論は重ねているのだが、自分が先頭に立って闘うという覚悟も気概も感じられなかった。

そんな頼朝がいよいよ追い詰められる事態が生じた。

京の三善康信（やすのぶ）が使者を送り書状を頼朝に伝えた。

三善康信は頼朝の母が仕えていた上西門院統子（むねこ）が付けてくれた乳母の甥にあたる。当時は鬼武者と呼ばれていた頼朝と年齢が近かったので、遊び相手と守り役を兼ね、つねに頼朝に寄り添っていた。文覚が武術の担当なら、康信は学問が担当で、頼朝を連れて明法博士中原広季のもとに通っていた。

康信は頼朝が伊豆に配流されたあと、二十年にわたって欠かすことなく月に三度は書状を送ってきて、京の状勢を伝えてくれた。通常は安達盛長の配下の雑色に書簡を託すのだが、今回は実の弟の三善康清(やすきよ)を使者として送り出した。

そこには以仁王が東国各地の源氏に平家追討の令旨を発した後、無念の死を遂げた経緯が記されていた。令旨を発したことが平家の知るところとなり、捕縛の兵が迫る中、以仁王は支援を申し出た源三位頼政の軍勢とともに、近江の園城寺や奈良の興福寺を頼って逃亡を図ったのだが、途上の宇治で平家の兵に討たれたということだ。

その後、令旨を受け取った源氏一党を追捕せよと、平家が配下の家人に指示を出した旨が記されていた。必ずそちらに討手が派遣されると康信は警告し、ただちに陸奥などの遠国に逃れるべしと書き添えていた。

弟が使者として派遣されたことで、よほど大事な書状だと思い、覚悟して読んだはずであったが、陸奥に逃れよという進言に、頼朝は動顚したようすだった。

かたわらで頼朝のようすをうかがっていた万寿は、慌てて問いかけた。

「婿殿、いかがなされました」

康信の書状は達筆の漢文で書かれていたので、万寿には読みとれなかった。

書状を受け取った安達盛長が手短に説明してくれた。

「恐れていたことが起こりました。以仁王の令旨を受けた源氏一党を追捕せよとの指示が出たようでございます」

万寿は意気込んで言った。

「ならばぐずぐずしてはおられぬ。追捕の兵が来る前に、こちらから撃って出ることにいたさねば……」

頼朝は大きく息をついた。

「慌てることはありませんよ。追捕の兵が京から来るのであれば、まだ日数にゆとりがあります。陸奥に逃れよと康信は書いておりますが、この頼朝は流人です。罪人として逃げて討たれるよりは、この伊豆国で決起して平家と闘うしかないでしょう。われらには以仁王の令旨があります。平家こそ賊軍だという大義名分があるのです」

自らを励ますように頼朝は声をふるわせながら言い切った。

追い詰められた末に、ようやく頼朝も闘う決意を固めたものと見える。


書状を届けた三善康清が帰洛の途についたのと入れ違いに、相模の三浦義澄(よしずみ)、下総(しもうさ)の千葉胤頼(たねより)が訪れた。二人は大番役の任期が終わって連れ立って帰るはずのところ、以仁王の決起があって東海道が封鎖され足止めされていたとのことだった。

三浦義澄は姉が頼朝の父の側室で、長男の義平を産んだという血縁があり、義平に従って平治の戦さにも参戦した武士だ。三浦一族は北条と同様の平氏の流れではあるが、八幡太郎義家の時代からの源氏恩顧の家系だった。

千葉一族も平氏の流れだが、父の常胤(つねたね)が保元の乱で義朝の配下として参戦し、源氏恩顧の家系を自認していた。

二人は口々に京のようすを語り、平家による非道を糾弾した。

平家の横暴について二人は事細かに語ったのだが、とくに強調したのは、軍事的なものではなく、宋銭による経済支配の問題だった。

平家は清盛の父の忠盛の時代から、日宋貿易を独占していた。出自の伊勢国で産出する水銀や、陸奥で産出する金などを輸出した。輸入品としては帝や院に献上する陶磁器などを別とすれば、ひたすら宋銭に交換して国内に流通させた。古代よりわが国でも銅銭の鋳造が試みられたことはあったが、鋳造技術が未熟で長い使用には絶えられず流通しなかった。通貨の代用品として用いられたのは、砂金、米俵、絹織物で、絹の一反が交換の基本単位となっていた。

唐に代わって中国を支配した宋は、河川や運河を使った物流で国を発展させた。そのため銅銭の鋳造技術が進化し、長期間の流通に耐える通貨として貿易にも用いられるようになった。平家はそこに目をつけ、宋銭を大量に輸入して京や畿内に流通させたのだ。

穴の開いた宋銭は紐を通して百文ごとに結わえることができ、さらに百文を十個束ねて一貫としたものが、絹や米俵に代わる流通の基本単位になりつつあった。その利便性が庶民にまで浸透して、宋銭の需要が増えると、宋銭の価値が高まり、平家は輸入した宋銭で莫大な富を築くことになった。

平家は瀬戸内の航路を開削して宋船が直接、新都福原に近い大輪田泊（とまり）に寄港できるようにして、宋銭の流通を推進した。やがては宋銭の流通が東国にまで及ぶだろう。宋銭の利便性が知れ渡ると、米や絹の価値が暴落する。これは東国の領主にとっては、看過できない大きな懸念だった。

二人の話に、北条時政も同意した。時政も最近まで上洛していたから、宋銭の流通を目の当たりにしていたし、狩野川の物流にも携わっていて、東国でも宋銭を尊重する風潮が広がり始めていることを実感していた。

東国の領主は大番役で京に赴任した経験をもっている。危機感を共有できるはずだ。

これ以上、平家の横暴を許すわけにはいかない。

その場に居合わせた人々は、決起せねばならぬという思いを募らせた。

三浦も千葉も、頼朝のもとに以仁王の令旨が届いていることを知っていた。自分たちは源氏恩顧の武将であるから、頼朝が旗揚げするようなことがあれば、必ずお味方すると誓い合った。

千葉の領地は下総にあり、伊豆や相模からは離れているが、水軍を擁する三浦は下総や上総とも交流があった。

上総を支配する上総広常も源氏恩顧の武将で、味方になるのでは、というところに話が及んだ時、千葉胤頼が思案顔で言った。

「上総広常は平治の戦さに参戦した源氏恩顧の武将ではあるが、利に聡い輩だ。わが同族で懇意にしており、人柄はよう知っておる。過去の恩顧だけでお味方するとは思えぬ。あやつも上総介を自称しており、平家が派遣した目代とは争いが絶えぬゆえ、自分の利を求めて参戦することもあるだろうが、当面は戦さの行方を見ながら日和見することになろう。あやつは信用せぬ方がよい」

いずれにしても頼朝の旗揚げにただちに参戦できそうなのは相模の三浦一族だけだ。

北条時政は三浦義澄に、次男の小四郎の烏帽子親を依頼した。

小四郎はすでに元服の年齢を過ぎていたが、父の時政が上洛していたので時期を失していた。

数日後、三浦義澄は子息の次郎義村を伴って、再び北条の館を訪問した。

小四郎と次郎義村は年齢が近く、今後も息子同士が友好関係を続けるようにとの配慮だった。義村は明るく聡明そうな若者で、どことなく陰気な感じのする小四郎とは対照的だった。

初めて顔を合わせた時、人付き合いが得意でない小四郎は目を伏せ黙り込んでいたが、義村は陽気に声をかけた。

「これから大きな戦さが始まる。そなたも次男、わしも次男だ。手柄を立てて新たな領地を拝領せぬと、一生兄の配下で終わってしまうぞ」

「おれは領地など要らぬ。兄の配下のままでよい」

「心細いことを言うな。今日はおまえの元服の日ぞ。御曹司を始め客人も顔を揃えておられる。法螺でもよいから吹いておけばよいのだ」

義村は元気のよい声で小四郎を励ました。

周囲の客から笑い声が起こり、元服の儀式は和やかに進められた。

烏帽子親の義澄から一字を採って、小四郎はこれ以後、義時と名乗ることになる。

北条義時と三浦義村。

性格の違いが相性の良さにつながったのか、その後は生涯にわたる盟友となる。

元服の儀式のあとは宴席になった。頼朝の側近の若者たちだけでなく、その親の近在領主たちも招かれていた。

ここに集っているのは、頼朝の決起に賛同し、ともに闘う覚悟をもった者ばかりだ。

祝いの席ではあるが、逼迫した情勢の中では、話題は戦さの計画に集中した。

緒戦の計画はすでに定まっていた。目代の山木兼隆を討つ。

ただ山木兼隆は用心深く襲撃に備えて三島神社の近くにあった国府の役所を自邸に移していた。小高い丘の上にある城砦のごとき場所で、急峻な坂道が天然の要害となっている。

安達盛長が配下の雑色を山木の館に潜入させて、地形や建物の配置などを地図にして報告させる手筈になっていた。

山木が擁する兵力は限られている。夜襲をかければ容易く落とせるはずだ。

問題はその先だ。

三郎宗時が語り始めた。

「大庭景親の兵力はわれらの十倍以上。まともに闘って勝てる相手ではない。われらは小由留木（こゆるぎ）（小田原）の手前の石橋山に陣を張る。兵力は劣るが地の利があるのでしばらくは応戦できる。その間に三浦の騎馬兵が敵の背後を衝く。同時に水軍が敵の側面を衝く。その混乱の中で機を見て御曹司には土肥郷まで後退していただき、真鶴岬から船で安房に脱出していただく。背後からは伊東祐親の軍勢が迫ってくるであろう。御曹司の移動は命がけの逃避行となる。佐殿、お覚悟のほど、お願いしたい」

　同席していた土肥実平が発言した。

「石橋山から真鶴岬にかけてはわが領地でありますので、山中の間道や獣道などは熟知いたしております。敵が迫って参りましたならば、避難をいたす洞窟などもございます。この実平が道案内をいたしますのでご安心いただきたい」

　この時、北条時政が横合いから口を挟んだ。

「船ならばわれらも用意できる。危険な逃避行をするよりも、山木を襲撃したあとただちに沼津から船で逃げればよいのではないか」

　万寿が鋭い口調で言った。

「父ぎみは何もおわかりになっておりませぬ。御曹司が生きるか死ぬかの戦さの先頭に立つところを東国武士に示さねば、誰も味方になってはくれませぬ。朝廷を支配する平家と闘うためには、東国のすべての武士が一揆同心せねばなりませぬ。そのためには命をかけて闘うという御曹司の心意気を示さねばならぬのです」

　頼朝が驚いたように言った。

「おいおい。わが嫁は、わしが死んでもよいと言うのですか」

万寿は頼朝の方に向き直った。

「婿殿。戦さに出るのが怖いのですか。ここにおられる方々が源氏の御曹司に命を預けようとされているのに、あなたさまが命を惜しまれるとは何事ですか」

妻の激しい叱責に、頼朝はぶるっと身をふるわせた。

頼朝は荒い息をつきながら、喉の奥から声を絞り出した。

「命を惜しむつもりはないですよ。二十年前の平治の戦さに敗れ、一度は死罪を覚悟したこの命です。命をかけるだけで戦さに勝てるのなら、いくらでもかけてみせますよ」

万寿は喜んで声を高めた。

「よう言うてくだされた。それでこそ源氏の棟梁じゃ。御曹司が命をかける覚悟で戦さに臨まれれば、武将も郎党も奮い立ちましょう。われらは数の上では劣勢なれば、全員が死に物狂いで闘わねばならぬ。わたくしも剣を取って御曹司とともに闘う所存でございます」

一同は呆気に取られたように顔を見合わせた。

三郎宗時が万寿の昂ぶりを冷まそうとして笑いながら言った。

「姉ぎみは剣の腕も達者で馬術も巧みだ。されども姉ぎみには重大なお役目がある。鎌倉に東国武士の府を築くとなれば備えが必要だ。近隣の農民に話をつけ、資材を集め、御曹司や武将の方々が宿泊できる館を建てねばならぬ。配下の武者たちが野営出来る場所を確保していただきたい。何よりも食料を調達し、食事の準備をするために、台盤所として郎党や下女を差配していただかねばなりませぬ」

文覚も大きく頷いて言った。

「そのことはおれも考えておった。伊豆山権現は近隣の農民から信仰されておる。戦さの始まる前に、台盤所には伊豆山権現に先乗りしていただき、備えを進めることにしてはいかがかな」

その時、頼朝がうろたえ気味に言った。

「待ってください。命をかけるとは言いましたが、わたしはまだ戦さをすると決めたわけではありませんよ。もっと他によい手立てはないのか。盛長、そなたには何か別の策があるのでは……」

安達盛長が低い声で応えた。

「戦さは避けられませぬ。佐殿。お覚悟をお願いいたします」

頼朝の顔が硬ばった。


七月に入った。

頼朝はまだ動かない。

万寿は文覚の案内で大姫とともに伊豆山権現に移っていた。大姫の世話があるので妹の千寿と阿礼を同行させ、幼い妹や弟は近隣の農家に預けた。

父の時政が帰還した夜、馬を駆って頼朝のいる伊豆山権現に逃げたことがある。住職の覚淵とは懇意になっている。法音尼(ほういんに)という年輩の尼僧がいて若い尼僧を仕切っていた。妹や尼僧たちに大姫を預けて、万寿は鎌倉に拠点を築く準備を始めていた。台盤所として北条の館を仕切っていた万寿は、騎馬武者の他にも水運に従事する郎党や近在の農民など、差配できる人材がいた。権現の寺域の農民にも協力を求めた。

万寿は伊豆山権現を本拠としてさまざまな手配をしていたが、夕刻には馬を駆って北条に戻り頼朝や三郎宗時のようすをうかがっていた。

安達盛長はすでに山木の館の地図を入手していた。さらに大庭景親の軍勢の中に間者を潜入させていた。のちに頼朝の側近となる梶原景時(かげとき)という人物で、頼朝たちが山中を逃走する場合に、追っ手を別の方向に誘導する手筈となっていた。

盛長は配下の小中太光家とともに相模の小領主を回って頼朝の支援を促していた。頼朝のもう一人の乳母、山内尼の縁者の山内首藤一族や、頼朝の次兄朝長の母方の波多野一族など、源氏恩顧の武将の協力を期待したのだが、あっさりと拒否されてしまった。そうなると、逆に挙兵の準備をしていることを通報される惧れが出てきた。

八月に入り事態はさらに悪化した。

以仁王と源三位頼政の反乱を鎮圧するために京に駆り出されていた大庭景親が軍勢を率いて相模に帰還した。東国に逃亡した反乱軍の残党を追捕するための帰還だったが、三善康信が伝えたように、令旨を受け取った源氏一族を討伐するのが目的とも考えられた。

追い詰められた頼朝は、ついに挙兵の決意を固めた。

八月十七日に三島神社の祭礼がある。境内に出店が並び、大変な賑わいになる。国府を護る兵たちも休みをとり、酒を飲んで早めに寝ていることが予想された。

その日に夜襲をかけることにして、近在の領主や三浦一族に密使を送った。

数日前から、武者たちが続々と北条の館に集まってきた。そこには文覚もいたのだが、決起の前日、文覚は万寿を連れて伊豆山権現に戻ることになった。

館を出る時、三郎宗時が櫓門で待ち受けていた。

三郎の表情に深い決意が感じられて、万寿は胸を衝かれた。

「そなたは……」

思わず声がふるえた。

「宗時どの。そなたはこの戦さに死する覚悟でお臨みなのですね」

三郎は無言で姉の顔を見つめた。

幼いころからともに過ごしてきた歳の近い弟であり、いずれはわが婿にと思い定めていた三郎の顔を見るのも、これが最後なのかもしれない。そう思うと嗚咽（おえつ）をこらえることができなかった。

姉が泣いているのを見て、三郎は静かな微笑を浮かべた。

「われらは必ず勝利いたします。わたしは命を惜しむことなく闘うつもりですが、小四郎だけは生き延びるように算段いたします。姉ぎみ、しばしのお別れでございます」

そう言うと三郎は軽く手を挙げた。

「さて、そろそろ出発せねば……」

文覚に促されて、万寿は北条の館をあとにした。

それが三郎宗時との別れとなった。

第三章　石橋山で最愛の弟を亡くす

その日は夕刻から雨が降り始め、たちまち豪雨となった。

夜襲に加わる武者は少数精鋭の三十数騎。

北条の館から山木まではわずかな距離だ。豪雨でぬかるんだ坂道を一気に駆け登り、目代の山木兼隆を討ち取った。山木の兵の多くはその日の三島神社の祭礼に繰り出し、宿場で飲食をしてそのまま泊まった者も多く、警備は手薄だった。

小休止し、空が白み始めたころに頼朝とともに相模国を目指して出発した。

山中の間道を抜けて予定どおり石橋山に陣を張った。


夜半を過ぎて風雨がさらに激しくなった。

計画では三浦の軍勢と合流できるはずだったが、到着が遅れていた。

「三浦の軍勢はまだ来ぬか」

たまりかねたように頼朝が声を発した。

三郎宗時が応えた。

「降り続く豪雨で川が増水しているのでしょう。海も荒れておるはず。水軍の到着も困難かと思われます」

そばにいた北条時政が声を高めた。

「三浦は裏切ったのではないか。大庭の軍勢はすでに目の前に迫っておる。恐れをなして三浦の本拠の衣笠城に逃げ帰ったのだろう」

宗時が大声で言い返した。

「けっしてそのようなことはございません。この嵐の中を、懸命に進軍しているはずでございます」

頼朝の旗挙げではあるが、頼朝自身に軍略があるわけではない。三百騎ほどの軍勢の大半は三郎宗時の盟友の若者たち、およびその親族、さらに北条の郎党たちで、遠方から駆けつけた佐々木一族のような源氏恩顧の武士は限られていた。

従って頼朝の軍勢は、三郎宗時の指揮に従って動く。

参謀格の安達盛長が冷静な声で言った。

「大庭景親は平家の家人で、東国の指揮を任されている。相模だけでなく、武蔵あたりからも援軍を召集しているはずだが、各地で川の増水で足止めされているはずだ」

三郎宗時が盛長に向かって言った。

「われらは山の上に陣を構えております。地の利は明らかにこちらにあります」

安達盛長も落ち着き払っている。

「しばらくは大庭軍も動きがとれぬであろう。だが背後から来る伊東祐親の動きが気にかかる。斥候を出してようすを探らせよう」

少しあとで伊東祐親のようすがわかった。祐親の軍勢はこちらとほぼ同じ三百騎ほどで、すぐ先の山の中腹にまで迫っているという。

退路は絶たれた。

前方の大庭の軍勢は少なく見積もっても三千騎を超えている。

負け戦は覚悟の上だ。

頼朝さえ真鶴岬に逃げ延びることができれば、この戦さは勝ちに等しい。安房に渡れば、水軍を有する三浦の軍勢とも合流できるはずだ。

頼朝の案内はこの土地に詳しい地元領主の土肥実平（どひさねひら）に任せてある。背後から伊東祐親の軍勢が迫っており、海沿いの街道もすでに押さえられていると考えなければならない。土肥実平の案内で箱根の外輪山を登り、小人数で洞窟などに隠れ、機を見て箱根権現に逃げ込むことを考えている。

時が経てば、追撃する敵も四方に散らばることになり、隙間を衝いて真鶴岬に向かうことも可能ではないか。

とにかく、時を稼がねばならない。

夜は明けたが動きは生じなかった。騎馬武者の数では圧倒的に優勢な大庭軍も、斜面の下からの攻撃は明らかに不利だ。戦力を温存して武蔵からの援軍を待っているのか。

だが川の増水はさらに激しくなり、武蔵からの援軍も進軍できずにいるのだろう。

夕刻が近づいたと思われる頃合いに、大庭軍の後方に火の手が上がった。丸子川（酒匂川）の左岸まで辿り着いた三浦軍が、大庭方の陣屋を焼き払ったようだ。三浦軍は渡河できないと判断してそこから衣笠城を目指して撤退を始めたのだが、火の手を見た大庭軍の騎馬武者たちは焦りを覚え、背後から追い立てられるように石橋山の斜面を登り始めた。

頼朝軍は斜面の上から矢を射る。有利なはずだが相手は人数が多い。最前線で矢を射ていた武者が次々に倒されていく。

「御曹司には杉山のあたりまで後退していただきましょう」

三郎宗時の指示で、この土地に詳しい土肥実平ら、あらかじめ決めてあった側近の武士に守られ、頼朝は山の上の方に避難した。

残った武者が矢を放ち続けたが、大庭軍はじりじりと斜面を登ってくる。

もはやこれまでと意を決した三郎宗時は、後方の伊東祐親軍に襲撃を仕掛けて活路を開くための突撃隊を募ることにした。

頼朝軍の騎馬武者は半減している。頼朝の護衛にあたる者、敵の目を眩ますために分散して逃げる者など、味方はいくつかの小隊に分かれているので、わずかな騎馬武者だけで編制された突撃隊は、まさに決死隊だった。

決死隊に加わるのは、三郎宗時自身と、蛭ヶ小島に集まっていた若者たちだ。彼らの多くは自分の父親を説得して旗挙げに参加させていたが、そうした父親たちと若者たちの間で、親子の最期の別れが交わされた。

三郎宗時も父の時政に声をかけた。当初からの戦略で、時政と小四郎は甲斐の武田など、源氏の血脈を受け継ぐ武将に援軍を要請するために出発することになっていた。

「父ぎみ、計画どおり、小四郎とともにこれから甲斐に向かってください」

時政は力強く頷いた。

そのようすを小四郎義時が冷ややかに眺めていた。時政は戦場から逃れられると思い、ほっとしているのだろう。

「おれもここで命をかけて闘いたい」

小四郎義時が兄にささやきかけた。

三郎宗時は許さなかった。

「それはならぬ。おぬしには姉者を守ってもらわねば……。これから長い闘いが始まるのだ」

時政と小四郎義時が去ったあと、三郎宗時は決死隊の若者たちを見回し、そこに土肥遠平がいることに気づいた。

このあたりの領主で頼朝の案内を任された土肥実平の子息だ。

「弥太郎、弥太郎……」

三郎宗時は大声で土肥遠平を呼び寄せた。

「おぬしは御曹司のところへ行け。このあたりの土地に詳しいおぬしにしか頼めぬ。頼朝さまを無事に真鶴岬に送り届けたら、おぬしは船に乗らず、伊豆山権現の姉者のところに御曹司の無事を伝えてくれ」

遠平は決死隊に残りたそうなそぶりを見せたが、三郎宗時に強く促されて、頼朝や父のあとを追うことになった。

三郎宗時を先頭とした決死隊は、頼朝が避難した杉山という丘の側面を駆け抜け、伊東祐親の軍勢の前面に出た。

「いざ、参るぞ……」

決死隊は伊東祐親の軍勢に突進していった。

頼朝が待機している杉山の上からも、戦乱のようすが見てとれた。不意を衝かれた伊東の軍勢は当初はたじろいだようすだったが、たちまち数の力で圧倒し、決死隊の若者たちは次々と斃れていった。

頼朝は懐から念珠を取り出して、三郎宗時ら若者たちの冥福を祈った。

「お急ぎを……」

土肥実平に声をかけられて、頼朝は箱根の方に向かって出発した。

騎馬武者たちの馬は矢を射かけられて傷ついていたので、そこで馬を捨て、徒歩で土肥実平しか知らない獣道に入っていった。どこが道かもわからぬ蔦や茨が生い茂った場所だったが、実平は迷うことなく一行を案内して、ここと決めておいた洞窟の中に逃げ込んだ。

洞窟に隠れたのは、安達盛長、土肥実平らの親衛隊で、頼朝を含めてわずか八名という小人数だった。

洞窟の入口は草が生い茂り、気づかれる恐れは少なかったが、やがて人声が近づいてきた。どうやら大庭景親が捜索隊を出して山狩りを始めたらしい。

しかしやがて人声は遠ざかっていった。

あとでわかったことだが、安達盛長は自分と同じように傭兵を各地に派遣する仕事をしている梶原景時という武士を、大庭の配下に潜入させていた。梶原景時は捜索隊の小隊を率いる立場となっていたので、あらかじめ聞かされていた洞窟のあたりの捜索を引き受け、わざと洞窟の前を素通りし、他の小隊がそちらの方に行こうとしても、あのあたりはすべて調べたと話して、頼朝の命を救ったということだ。

梶原景時はこの功績が認められて、のちには頼朝の腹心の配下となり、侍所の副官を務めるまでになった。

数日間、洞窟内に隠れたあとで、頼朝の一行は箱根の外輪山を越え、箱根権現に辿り着いた。その後、機を見て再び外輪山を越え、真鶴岬から船に乗り込んだのは、目代の山木を討って旗揚げしてから十一日後のことだった。

その十日ほどの間、万寿は伊豆山権現で法音尼とともにいた。

伊豆山は戦場となった石橋山にも近いので、寺域の周囲に大庭や伊東の軍勢が行き来していた。寺域から一歩も出られなかったが、法音尼の指導で写経などをして時を過ごした。写経の合間に妹たちと小坊の縁側で、周囲の森の緑を眺めながら時を過ごすこともあった。大姫の世話は尼僧たちに任せておけばいい。食事の用意も尼僧たちがやってくれるので、することが何もない。あたりさわりのない雑談をしようと思うのだが、気が付くと戦さの話になっていた。

「いまごろ婿殿は箱根の山中におられるのか」

そんなことをつぶやいてしまう。

阿礼が慰めてくれた。

「捕らえられたり、討たれたりしたのなら、すぐに噂が広まることでしょう」

横合いから同母妹の千寿が口を挟んだ。

「文覚さまが走り回って噂を集めておられます。報せがないのは、ご無事であることの証拠でしょう」

千寿はのんびりした気質でつねに楽観的だ。万寿はそういうわけにはいかない。

「この戦さ、婿殿が安房に逃げ延びることができるかどうかに、すべての成否がかかっておる。無事に船に乗ったのなら、その報せがあるはずじゃが、その報せがないというのはいかなることか……」

阿礼が笑いながら問いかけた。

「姉ぎみは勝利を確信しておられるのでしょう」

「当たり前じゃ。婿殿は必ず安房に渡られる。されどもその後のことも心配じゃ」

「安房に渡ったあとは、どうなるのですか」

「安房の先には上総や千葉など、源氏恩顧の武将たちがおる。それらを結集すれば、大庭景親ごときに負けることはない。そうなれば、鎌倉に東国の府を築かねばならぬ。阿礼よ、われらも忙しくなるぞ」

「東国の府……」

阿礼は驚いたように万寿の言葉を繰り返した。

決起の前日に北条の館を出てから十日余りにしかならないのだが、一年にも二年にも感じられた。

ようやく万寿のもとに、顔見知りの若者が駆けつけてきた。

真鶴岬のある地元の領主、土肥実平の子息の遠平だった。

遠平は頼朝が無事に真鶴岬から安房に向かったのを見届けてから、二日ほど山道を辿って伊豆山権現に到着したのだ。

頼朝が船に乗り込んだと遠平に告げられて、万寿は安堵の息をついた。

喜んだのも束の間だった。

遠平は頼朝を逃がすために三郎宗時が決死隊として敵と衝突して戦死したことを告げた。

覚悟を固めていたとはいえ、戦場のようすを聞くと涙をこらえることができなかった。

やがて各地を回って情報を集めていた文覚が戻ってきた。頼朝は無事に安房に向かい、三浦水軍と合流して千葉の館に到達したとのことだった。援軍を求めて甲斐に向かった北条時政と小四郎義時も、すでに源氏一族の安田義定が旗揚げしたことを知って沼津に戻り、船で頼朝のもとに駆けつけたようだ。

これはあとになってわかったことだが、頼朝の一行が上総に到達しても、上総広常は出迎えるどころか、いっこうに出陣しようとしなかった。そこに千葉の配下が出迎えに来たので、やむなく頼朝は上総を素通りして下総の千葉の館に入った。

広常の説得にあたったのは三浦義澄の甥にあたる和田義盛（よしもり）だった。義盛は安房に和田御厨（みくりや）という領地を有し、上総の伊隅（いすみ）にも領地があって、上総広常とも親交があった。

広常は二万騎の騎馬軍団を擁する東国でも有数の大領主だ。頼朝の手勢は千葉と三浦の兵を併せても数千騎にすぎない。広常が参戦するか否かが頼朝の命運を握っていたが、東国全体の領主が平家の配下にある現状では、広常が加わっても勝てる見込みは少ない。広常には逡巡する気持があったのだろう。和田義盛の再三にわたる熱意のこもった説得で重い腰を上げたものの、まだ迷いがあった。頼朝と対面して相手の人柄を見極め、頼みにならぬと判断すればその場で討ち果たして、それを手柄にして平家側につくつもりだったと伝えられる。

広常が軍勢を調えている間に和田義盛は馬を駆って、下総から武蔵に向かって移動する頼朝に追いつき、広常の参戦を伝えた。頼朝は満面に笑みをうかべて喜んだのだが、その軽薄とも見える喜びようlater不安を覚えた義盛は、棟梁としての威厳を失わぬようにと進言した。のちに頼朝はこの時の進言を大いに讃え、和田義盛を自らの側近とすることになる。

二万騎の軍勢を率いて下総に入った広常は、国境の隅田川の手前に陣を敷いた頼朝の前に進み出た。

広常は馬に乗ったままだった。

頼朝は威厳のある口調でまず下馬の礼をとるように命じ、さらに大幅に遅参したことを厳しく責めた。

慌てて下馬して頼朝の前に平伏した広常は、その厳しさに頭を上げることができなかった。

上総広常が頼朝の麾下に入ったことで状勢は一変した。周辺の小領主が次々に頼朝のもとに馳せ参じた。頼朝が旗挙げした時には大庭景親の召集に応じて三浦の衣笠城を攻め、義澄の父の義明を討ち果たした畠山重忠までが、武蔵の一党を率いて頼朝軍に加わった。この動きはたちまち東国全体に伝わり、上野や下野の武将が使者を送って頼朝に帰順することを約定した。さらに石橋山の戦さで大庭軍に加わっていた相模の領主たちまでが一斉に頼朝の配下となった。

　隅田川を渡って武蔵に入った頼朝の軍勢は、二十万騎に達していた。

　相模は依然として大庭景親の支配下にある。万寿は伊豆山権現の寺域に閉じこもっているしかなかった。

　その万寿を訪ねて来た者があった。

　尼の一人が来訪者があると知らせてくれたので、居住している小坊の外に出てみると、こちらに近づいてくる老人の姿が見えた。

　伊豆山権現は山地の斜面に寺域が広がっていて、到るところに石段や急坂がある。その急な斜面を郎党に左右から支えられて、よろよろと登って来る。どうやら脚を傷めているようだ。

　山門は厳重に警戒されている。そこを通されたのだから、大庭景親の配下ではないだろうと思っていたのだが、近づいてきた老人の名乗りを聞いて万寿は緊張を覚えた。

「御曹司の台盤所とお見受けいたします。わたくしは源氏恩顧の者にて、大庭平太景義と申します」

　万寿は身構えるような気持で問いかけた。

「大庭というと、大庭景親どのの縁者のお方か」

　老人はその場に跪いて頭を下げた。

「まことに申し訳なきことでございますが、景親はわが弟にございます。わたくしは御曹司のお父ぎみ源義朝さまの側近でございました。保元の戦さのおりにも義朝さまの配下で先陣として闘いましたが、無念にも敵方に回られた弟ぎみ鎮西八郎為朝どのの放った矢がわが脚を貫き、このとおり歩くこともままならぬ身となったのでございます」

老人は涙ぐみながら語り続けた。

「わたくしは八幡太郎義家さまに仕え鎌倉の整備に尽くした鎌倉景正の曾孫でございます。のちに大庭御厨を開墾したことから大庭を名乗っておりますが、本拠は鎌倉でございます。引退して家督は弟に譲り、弟は時勢に負けて平家の家人となりましたが、わたくしは御曹司のために尽くしたいと思うております。戦さに勝利された暁には、御曹司は必ずや鎌倉に東国の府を築かれることでございましょう。戦さの役には立ちませぬが、鎌倉のことならお任せいただきたい」

そこまで話して、老人は立ち上がり、得意げな顔つきになった。

「われらは長く鎌倉に居住いたしておりますので、地元の工匠や農民を配下にいたしております。鎌倉を新たな東国の府といたすためには道を通し建物を築かねばなりませぬ。また家人や郎党が集まれば大量の食料が必要となりましょう。それを差配されるのは台盤所のお役目と存じます。どうかわたくしを台盤所の配下としてお役立ていただきたい」

その話を聞いて万寿は大いに勇気づけられた。

やがて頼朝は大軍を率いて鎌倉に凱旋することになるだろう。鎌倉の地を整備しておく必要があった。

万寿自身は鎌倉の地を見たことがない。大庭の兵が相模を支配しているいまは、実地に赴くこともできない。

途方に暮れていたところに、鎌倉在住の武士が現れた。敵将の兄だというのも、あるいは権現のお引き合わせかもしれぬ。

　事態が好転する兆しではないかという気がした。


　万寿は平太景義を小坊に引き入れた。

　阿礼を使いに出すとおりよく文覚が寺域にいて、ただちに駆けつけてくれた。

　文覚が托鉢に出る寺僧に頼んで作らせた鎌倉の絵地図があったので、万寿、文覚、平太景義の三人で絵地図を囲んだ。

「鎌倉を東国の都とせねばならぬ」

　文覚が最初に口を開いた。

「今回の挙兵にあたっては、事前に安達盛長と小中太光家が東国の各地を回り、挙兵に参加するように呼びかけておる。新たな除目（じもく）によって東国のほぼすべての国府が、平家配下の目代に支配されることとなった。これまで租税を免除されておった御厨や荘園に今後は重税が課せられよう。これは東国の在地領主の武将にとっては由々しき事態だ。御曹司が旗挙げされたからには、各地の武将が地元の目代を討って御曹司のもとに馳せ参じることであろう」

　文覚はさらに語調を強めた。

「御曹司は以仁王（もちひとおう）から平家追討の令旨を拝領しておられる。ただ都に平家がおる限り、朝廷とわれらとの間には相容れぬ対立が生じることになる。鎌倉は京とは別の新たな東国の都であると同時に、朝廷軍が攻めてきたおりの強固な城砦でなければならぬ」

　ここで平太景義が言葉を挟んだ。

「そのお話を伺いまして、八幡太郎義家（はちまんたろうよしいえ）さまの先見の明に深く感じ入った次第でございます。義家さまが鎌倉の地を本拠とされたのは、まさにここが天然の要害であると看破されたからでございましょう。これをご覧ください」

景義は目の前の絵地図を指し示した。

「鎌倉の南には海が広がっております。他の三方は嶮峻な山地に閉ざされており、西も東も山地が海の際まで延びておりますれば、海沿いの進路も狭小でございます。まさに鎌倉の地は、そのまま城砦を成しておると言うてもよろしかろうと存じます」

文覚が続けて言った。

「まさにそのとおりじゃ。平安京も三方は山に囲まれ、南には巨椋池（おぐらいけ）という広大な湿地が広がっておる。ただ平地の広さという点では、鎌倉は京には及ばぬ。それは好都合じゃ。坂東八国と伊豆、駿河を加えた東国の都であるから、これくらいの広さで充分じゃ。ただ京においては、平安宮の正面の朱雀門から南に向かって幅二十八丈の朱雀大路が延びておる。鎌倉は戦さに備えた城砦であるから、平安宮のような宮城は要らぬが、大路の起点となる門がなければならぬ」

しばらく考えてから、景義が言った。

「それならば由比ヶ浜の近くの鶴岡にある八幡宮を北側の山地の麓に移設いたしましょう。この八幡宮の起こりは、八幡太郎義家さまのお父ぎみの頼義（よりよし）さまが、陸奥での戦さから帰還されたおりに由比ヶ浜で京の南に位置する石清水（いわしみず）八幡宮を遥拝されたことに由来いたします。そのため現在の八幡宮は海の近くに祀られておりますが、社殿を北の山地の麓に移し、大きな鳥居を立てまして、そこを大路の起点とすればよろしいのでは……」

「おお、それはよい考えじゃ。台盤所、いかがでござるか」

万寿は絵図面を見ながら言った。

「大路はそれでよいが、東国の府はいずこに置くべきであろうか」

景義が絵図面の左上に指先を当てて言った。

「源義朝さまの居城は鎌倉の北西の山裾にあたる亀谷のあたりにございました。いまも古びた館は残っておりますが、東国を支配される御曹司の館としては手狭でございましょう。北東の山地には三浦一族の本家筋にあたる杉本義宗（三浦義澄の兄）が築いた杉本城がございます。その山地の手前、新たな八幡宮を移す丘陵のそばに開けた土地がございます。大倉という地でございますが、そこに御曹司の御所を建てることにいたしましょう」

万寿が不安げに問いかけた。

「館を建てるには木材を調達せねばならぬであろう」

「新たに木材を切り出しておったのでは半年近くはかかります。それまでの臨時の措置として、御所の予定地に隣り合う場所に今ある建物を移設いたしましょう。わが配下が所有する館に、二百年前の新築時に安倍晴明の護符を貼ったところ、一度も火災に遭うたことがないという建物がございます。ただちに解体して予定地に運びましょう」

文覚が頷きながら言った。

「安倍晴明の名はおれも聞いたことがある。摂関政治の全盛時代を築いた藤原道長の配下として一世を風靡した陰陽師だと言われておる。その晴明の護符が、東国にまで伝わっておるとは驚きじゃな」

そう言ってから、文覚は思案顔になった。

「御曹司の御所が出来れば、そこが京における内裏のごときものになる。太政官に当たる合議の場や、八省に相当する役所も必要となる。さらに東国の府に加わる武将の方々も、鎌倉に館を構えてもらわねばならぬ。京においては朱雀大路と並行する南北の大路と、それと交わる東西の大路が何本も交差した、条坊の都城が形づくられておる。鎌倉は土地に限りがあるが、せめて朱雀大路と並行する南北の大路を二本、東西の大路も二本は必要であろう。武将らが勝手に館を建てぬように、大路の予定地には杭を立て、縄張りをしておいた方がよいであろうな」

文覚は墨と筆を出して、絵地図に大路を描き込んだ。

のちに新たな八幡宮（若宮）の鳥居から海に向かって延びる道路は若宮大路、東に並行する道路は小町大路、西は今大路、また東西に延びる道路は横大路、大町大路と呼ばれることになる。

万寿は大路の線が描き込まれた絵地図を無言で見据えていた。

平安京という都市がどのようなありさまか万寿は知らない。

広さでは及ばぬものの、その絵地図が示す土地に、平安京にも劣らぬ新たな都市が開かれる。その見事な街並が、墨で描かれた絵地図の上に鮮やかに浮かび上がる気がした。

頼朝が決起して山木を討ったのが八月の十七日、船に乗り込んだという土肥遠平の報せがあったのが九月二日であったが、それから一ヵ月後の十月六日、頼朝は二十万騎の大軍を従えて鎌倉に入った。

平太景義が差配する仮設の御所はほぼ完成していた。武将たちは周辺の農家に分宿し、配下の兵は野営となった。

石橋山の戦さで大庭景親の指揮下に入っていた相模や武蔵の武将のほとんどが頼朝の側に寝返っていた。大庭景親はわずかな郎党とともに駿河に逃走したと伝えられる。

万寿が鎌倉に入ったのは、十一日のことだ。平太景義が出迎えて、工事の進行状況を報告した。

頼朝はすでに安倍晴明の護符が貼ってあったという建物に入っていた。隣接する土地には新たな御所となる建物の縄張りが出来ていた。

その建物は大倉幕府と呼ばれることになる。

幕府とは遠征に出た将軍が臨時に設ける陣屋のことだ。頼朝が正式に朝廷から征夷大将軍に任じられるのは十年以上ものちのことであるが、すでにこの時点で頼朝は東国の沿岸部をほぼ制圧していた。

万寿は頼朝と再会した。

北条の館で伊豆山権現に向かうために別れてから、二ヵ月近い時が流れていた。

「やあ、台盤所どの。お元気そうですね」

頼朝は上機嫌で妻を迎えた。

「まったくたいへんな目に遭いましたよ。敵に追い回されて十日ほど箱根の山中を逃げ回っていました。その間、食べるものもろくになくて、死ぬかと思いましたよ。しかし何とか生きながらえて鎌倉に辿り着きました。こうしてあなたのお顔を見ていると、夢のようです」

ただ逃げ惑っていただけだというのに、頼朝は大手柄を立てたように自慢げに話した。

こやつはただの旗にすぎぬ、と万寿は改めて心の内でつぶやいた。

だが久し振りに会ったせいか、頼朝の姿全体から何やら別人のような威厳が発散されているようにも感じられた。

北条の館にいたころは、入り婿であったし、伊東祐親の軍勢に殺されそうになったところを救われたという心細い身の上であった。いまは命がけの戦さを体験し、二十万騎を従える武士の棟梁となった。

それなりの自負もあるのだろうが、ただ一時的に舞い上がっているだけかもしれない。

万寿は手短に、鎌倉の市街地を造営する計画を話し、平太景義に差配を任せたことを告げた。頼朝も自分が住む臨時の御所が出来上がっていたことに満足していた。

実務の報告をしただけで、夫婦らしい言葉を交わすことはなかった。

頼朝はすでに東国支配の総帥であり、万寿は東国全体の台盤所となっていた。

頼朝は将軍の唐名の武衛(ぶえい)、あるいは鎌倉殿と称され、万寿は台盤所に尊敬を表す「御」をつけて御台所(みだいどころ)と呼ばれた。

頼朝の配下となった各地の武将はただの「家人」ではなく、「御」をつけて「御家人(ごけにん)」と呼ばれることになる。

御所のすぐ近くに鶴岡八幡宮が勧請され、若宮と呼ばれていた。

その若宮の前に、真新しい鳥居が屹立していた。

鳥居の前から由比ヶ浜にかけて、若宮大路と呼ばれる街路が一直線に延び、そこが鎌倉の街の中心となる。

すでに区画を示す縄張りが出来ていた。そのあたりには農家や作業小屋などもあったはずだが建物はすべて撤去され、海に到る一本道が目に見える形で示されていた。若宮大路と並行する小町大路、今大路、直交する横大路、大町大路の縄張りも出来ていて、東国の都となる街の概容が見てとれた。

やがてはその区画に、御家人たちの邸宅が軒を並べることになる。

墨で描かれた絵地図を見ながら万寿が夢見ていた街が、いままさに現実のものになろうとしていた。

頼朝の鎌倉滞在は短かった。数日後、頼朝は二十万騎を率いて西に向かって出陣した。

平家の追討軍が京を出発したという知らせが届いたからだ。

頼朝の決起の報せはただちに平家の本拠となっている新都の福原に届けられたのだが、直後に石橋山での敗戦が伝えられ、反乱は鎮圧されたものと平家は安心しきっていた。ところがそれから半月ほど経ってから、頼朝は生存しており、東国の多くの武将を配下に収めたという知らせが届いた。

平将門の乱を凌ぐ大きな反乱が起こったのだ。

平家は慌てて平維盛（これもり）を総帥とする追討軍を編制した。軍勢の陣容も整わぬままの急な出発であった。福原を出て京に着いても兵は思うように集まらず、近江、伊賀、尾張などの進路に沿って地元の兵を掻き集めた。駿河に入るころにはようやく七万騎ほどになっていたが、統制のとれぬ寄せ集めの軍団にすぎなかった。

平家の追討軍は富士川の西岸に陣を張った。そのあたりは小高い台地で対岸の平地が遠くまで見渡せた。鎌倉から進撃した二十万騎の兵がその平地を埋めているのを見て、平家の兵は恐れ戦（おのの）いた。

すでに逃亡する兵が出始めていたのだが、夜になって決定的な事態が生じた。

北条時政の要請に応じて沼津に近い黄瀬川の宿で鎌倉の軍勢に合流していた甲斐の武田信義の兵たちが、功を焦って未明に富士川の上流で渡河を始め、水鳥が一斉に飛び立った。その鳥の羽音に驚いた平家の軍勢は堰（せき）を切ったように敗走を始めた。

頼朝軍は闘わずして勝利した。

敗走する平家軍を追撃せよと頼朝は命じたのだが従う武将はなかった。

この時になって、頼朝もようやく自分の無力を悟った。

東国の軍勢も、各地の武将に帰属する寄せ集めの兵にすぎなかったのだ。

頼朝が富士川に出向いている間にも、大倉御所の建設は進んでいた。

万寿は平太景義とともに建設現場の陣頭指揮に立っていた。近隣の領主たちが女房や下女となる娘たちを派遣してくれたので、女たちの管理を妹の阿礼に任せた。阿礼は御所では阿波局（あわのつぼね）と呼ばれた。

鎌倉に戻った頼朝は疲れきった顔つきだった。

館の中で万寿と差し向かいになると、頼朝は大きく息をついた。

「ああ……」

肩を落として、ぼんやりと虚ろな眼差しを中空に向けている。

「いかがなされました。戦さは大勝利と伺いました」

頼朝は薄笑いをうかべた。

「負けはしませんでしたが、勝ったわけでもないのです。相手が逃げたというだけのことでしてね」

「相手が逃げたのなら、勝ちでございましょう」

「いやいや、それでは勝ちにならぬのです。逃げる相手は無防備ですからね。追撃して完膚なきまでに叩きつぶすべきでした」

「なぜ追撃せよとお命じにならなかったのですか」

「命じましたよ。命じても、誰も応じてくれなかったのです。とくに上総広常(かずさひろつね)が強硬に反対しましてね」

そう言って頼朝は深々と息をついた。

「広常どのは何と言われたのですか」

「京に攻め上れば東国が手薄になる。平家を討つよりも、まずは東国を平定せねばならぬというわけです。あやつは昔から領地争いをしておる常陸(ひたち)の佐竹一族のことを懸念しているのです。要するに己(おのれ)のことしか考えていないのですね。京に進撃しておるうちに佐竹に領地を奪われたらどうするのじゃと物凄い剣幕で言いつのり、先に佐竹を討つべきだと……」

「常陸へ赴かれるのですか」

「まあ、行くしかないでしょうね。佐竹は上総広常だけでなく、千葉とも争っているようでしてね。上総と千葉の意向には従うしかないでしょう。わたしはただの神輿なのです。かつがれればどこへでも行く。それにしても……」

頼朝は自虐めいた言い方をした。

「源氏の御曹司と仰がれてはいますが、配下の武将のほとんどは元をたどれば平氏の家系なのですね。上総も千葉も平氏なのに、佐竹は源氏ですよ。源氏の御曹司が神輿に担がれて源氏を討ちに行く。おかしいとは思いませんか」

「佐竹さまとはご親戚なのですか」

「何代も前に枝分かれした家系ですから、親戚というほどではないですね。だから討ってもいいのですがね。ただ配下であるはずの広常らの言いなりになっている自分が悔しいのです」

万寿は声を高めて言った。

「わたくしにお任せください。鎌倉の本拠となるこの建物も、鶴岡八幡宮の移設も、大路の縄張りも、すべてはわたくしが差配いたしました。武将たちも御所の近くに邸宅をもたねばなりませぬ。御所に近い大路に面した土地は、わたくしが管理いたしております。上総であろうと千葉であろうと、わたくしの差配に従って土地の割り当てを受けねばなりませぬ。あなたさまがただの神輿でも、わたくしはこの鎌倉の御台所でございます。鎌倉はわたくしが差配することになります」

力強く言い切った万寿の顔を、頼朝は穴の開くほどしげしげと見つめていた。

それから感慨深げにつぶやいた。

「北条の館におったころは、そなたが朝餉に夕餉に台盤を供してくれて、それで武者たちを差配していましたね。これからは鎌倉が、というよりも東国の全体が、そなたの差配を受けることになるのですね。そなたに任せておけば、東国は一つにまとまるのでしょうね」

万寿は微笑をうかべた。

「家人や郎党が一つにまとまることを、東国では一揆同心と申します。鎌倉に居を構える武士は誰もが一揆同心でなければなりませぬ。勝手な独歩は、このわたくしが許しませぬ」

万寿は力強く言い切った。

頼朝はまた大きく息をついた。

万寿は訝しげに問いかけた。

「いかがなされたのですか。わたくしに何か不服があるのですか」

頼朝は慌てて口ごもりながら言った。

「そ、そうではありません。そなたがおればこの鎌倉は安泰じゃと心の底から安堵いたしたのです」

それから急に、頼朝はいま思い出したといったふうに語調を変えた。

「ところで、台盤所どのに頼みがあるのですがね。此度の戦さで下総から武蔵へ回り、駿河まで出向いたおりに、わたしの旗揚げを知って弟たちが次々と馳せ参じてくれました。三人もおるので、泊まるところを手配してくれませんか」

「三人も……」

万寿は絶句した。

「いったいあなたさまには何人弟ぎみがおられるのですか」

「九人兄弟だと父から聞かされました。わたしは嫡男ですが三男で、兄二人は亡くなっています。六人おるはずの弟たちもずっと消息がなかったのですが、六男の範頼（のりより）というのが現れましてね。母親は遠江（とおとうみ）の池田宿の遊女ということですが、わが母方の一族に引き取られて京で育ったようです。末の三人は父が寵愛しておった常盤という九条院の雑仕女が産んだ男児で、幼名は今若、乙若、牛若といっていたのですが、三人とも寺に入れられておりました。その今若がわたしが下総の鷺沼におる時に全成と号する僧となって名乗り出てきましてね。末の子の牛若は寺を脱走して武士として修行を重ね、陸奥の藤原秀衡に保護されておったのが、富士川からの帰りの黄瀬川の宿に現れました。いまは義経と名乗っています。そういうわけで、鎌倉に連れてきたのは、範頼、全成、義経の三人です」

今度は万寿が大きく息をついた。

「その方々は弟とはいえ、ともに育ったわけではないのでしょう」

「顔を見たこともありませんでした。希義という同母弟がいたのですが、平治の戦さのあと四国に流されて殺されたようです。希義が生きておれば、他の弟などどうでもよいのですが、いまとなってみれば異母弟でも大事な血縁です。源氏の棟梁と崇められてはいても、三浦も千葉も赤の他人です。血のつながった弟ならば信用できるはずです。弟であれば三浦や千葉の上に置いても世間が認めてくれるでしょう。鎌倉ではわたしは孤立無援です。信頼できる配下が必要なのです」

頼朝の目が赤くなっていた。

涙もろい男だ。

情けない、と思いはしたが、万寿も大事な弟を亡くしたばかりだった。

三郎宗時にしろ、小四郎義時にしろ、自分にとっては異母弟だ。

夫である頼朝の異母弟も、大事にせねばならぬと自分に言い聞かせた。

「わかりました。弟ぎみの部屋を用意いたしましょう」

万寿の言葉を聞くと、頼朝は安堵したように弱々しい笑いをうかべた。

それからまた頼朝は、急に思い出したといったふうに、声を高めた。

「この鎌倉に入って驚いたのは、わたしの御所が出来ておったことです。さらに八幡宮の鳥居が立ち、大路の縄張りが出来ておった。これらの差配は台盤所のそなたと、平太景義が尽力したと聞いています。その平太景義の弟の景親は、石橋山でわたしを殺そうとした憎むべき敵将です。景親の配下であった武将たちはことごとくいまはわたしの配下になっております。景親は駿河まで逃げ延びたようですが、捕らえて鎌倉まで連行しました。そこでわたしは平太景義に尋ねたのです。おぬしの功績に免じて、弟の命を助けてやろうかと。すると景義は答えました。すべては御曹司と御台所のお心のままにお任せしますと……」

頼朝は万寿の顔色をうかがうように問いかけた。

「そこでそなたに問うのですが、景親の処分、どうすればよいでしょうね」

万寿は三郎宗時のことを思った。

自分の婿にとも思っていた最愛の弟を殺されたのだ。許すわけにはいかぬ。

「晒し首にいたしましょう」

万寿は短く答えた。

頼朝は間を置かずに常陸の佐竹一族を征伐するために出陣した。上総広常や千葉胤頼の軍勢が中心で、三人の弟は鎌倉に残った。

万寿は三人を集めて対面した。

年の順なら範頼、全成、義経ということになる。

全成は頭を丸めた僧形をしているが、顔立ちも体つきも武骨な武者の姿だ。目つきや姿全体の雰囲気からも、粗暴なものが感じられた。北条の館で郎党たちに囲まれて育った万寿には親しく懐かしい男の臭いが感じられた。

範頼は母親が宿場の女だということで、万寿の境遇とも通じるものがあったが、京の貴族の館で育てられ、おっとりとした穏やかな人柄だった。多少の教養はあるようだが、毒にも薬にもならぬ人物だ。

年の若い義経は、危険なものを秘めていた。まず姿が美しかった。頼朝にご落胤の噂があったと牧宗親が話していたが、この若者にも高貴なお方の血筋を感じさせる気品があった。それでいて武士の気迫のようなものがその全身から発散されていた。若さゆえに逸る気持を抑えきれないのか、手柄を立てて立身したいという意気込みが強く感じられた。

この若者は警戒せねばならぬ。

そんな思いを抱きながら、万寿は三人の義弟に向かって語り始めた。

「御曹司の頼朝さまは東国武士の棟梁と仰がれておられる。されども長く流人の暮らしをされ、直属の兵は有しておられぬ。富士川の戦さでは平家の追討軍を敗走させたが、軍勢の動きは御家人と呼ばれる東国領主の方々の合議によって決められたようじゃ。頼朝さまにとって配下の御家人は、心を許すことのできぬ輩ばかりじゃ。そこへいくとそなたらは血を分けた兄弟じゃ。よう駆けつけてくださった。頼朝さまもどれほど心強く思うておられることであろう」

万寿は語調を強めて言葉を続けた。

「されどもこのことだけは肝に銘じておかれよ。鎌倉の府は御家人の方々によって成り立っておる。血縁じゃからというて、御曹司に甘えてはならぬ。弟ぎみに出過ぎたところがあれば、御家人の方々は気分を害されるであろう。頼朝さまの思いを汲んで、そなたらもつねに控え目にして、御家人の方々を立てねばならぬ」

全成は無言で話を聞いていた。不満はあるのだろうが、御台所という立場にある万寿の言葉には逆らえぬと思い定めているようだった。

範頼はとくに深い考えがあるわけではなく、よくわかったといったようすで微笑をうかべていた。

義経は不満を抑えきれぬようすで、万寿が言葉を切ると、激しい語気で口を挟んだ。

「兄ぎみは源氏の棟梁として、源氏恩顧の武将を率いておられるのだろう。兄ぎみに従う武将どもは、われら源氏に仕える配下ではないか。なにゆえにそれほど気を遣わねばならぬのだ」

万寿は義経の顔を見据えた。

美しい顔だちをしているが胸に野心がある。いつの日か兄を凌駕して、この国を支配するつもりであろう。

こやつは殺さねばならぬ。万寿はそう思った。


真鶴岬から安房に渡った頼朝が、上総、下総、武蔵と進軍していく間に、近辺の武将は一斉に参集して頼朝の麾下に入ったのだが、上野(こうずけ)や下野(しもつけ)など遠方の源氏一族は、自らが旗頭になって平家と闘うという思惑があって、すぐには頼朝のもとに馳せ参じなかった。そんな中でいち早く駆けつけたのが足利義兼(あしかがよしかね)という下野の武将だった。

足利一族も八幡太郎義家の血を引く源氏一族で、義兼は頼朝の曾祖父源義親の弟義国の孫にあたる。近い親族ではないが八幡太郎義家の系譜であるから、頼朝は義兼の参陣を大いに喜び、万寿の同母妹の千寿との縁組みを即座に決めてしまった。

万寿はその話を聞き、驚いて頼朝に抗議をした。

「わが妹の婚姻を勝手に決めてしまうとは何事でございますか」

頼朝は一瞬、万寿の剣幕に怯えたような顔つきになったが、すぐに気を取り直して言った。

「めでたい縁組ではないですか。妻同士が姉妹となれば、足利どのとわたしは兄弟も同然です。足利どののもたいそうお喜びになっておられます。義兼どののお父ぎみの足利義康どのは、保元の戦さでわが父とともに闘った盟友で、信頼のできる一族です。下野に広大な領地を保有されており、足利どのと姻戚となれば、北条時政どのもお喜びになるはずです」

「父の思惑などどうでもよいことです。妹の気持も考えてやらねば……」

頼朝は意外そうにとぼけた口調で言った。

「本人の気持ですか。そんなものはどうでもよいではないですか。婚姻というのは、一族と一族を結びつけるものでしょう」

万寿は頼朝の顔を睨みつけた。

「わが父は山木兼隆を婿に迎えようとしたのですよ。わたくしが自分であなたさまを選び、婿としたのです。とにかく本人の気持が何よりも大事です」

そんなふうに万寿に言われると、頼朝は返す言葉をもたなかった。

万寿は急いで妹のもとに駆けつけた。

「千寿や。一大事じゃ。そなたの嫁ぎ先を頼朝どのが勝手に決めてしまわれた。しかも下野の足利などという、とんでもない遠方じゃ。そなたはそんなところに嫁ぐつもりなどないであろうな」

万寿は一気に言いつのった。千寿は驚くようすもなく、静かに姉の言葉に聴き入っていたが、穏やかな口調で応えた。

「どうして姉ぎみはそのように決めつけてしまわれるのですか」

千寿は微笑をうかべた。

「わたくしの気持を確かめる前に、姉ぎみはすべてをご自分の思いどおりに進めようとされる。わたくしはいつも姉ぎみに逆らわぬように努めておりましたが、もういやでございます」

万寿は妹の顔を見つめた。幼少のころからともに暮らしている同母の妹だが、こんなに強く姉に反抗したのは初めてのことだった。万寿は驚きを隠すことなく、息を弾ませながら語りかけた。

「われはそなたのことを思うて心配しておるのじゃ。ならばそなたは足利へ行ってもよいというのか」

「わたくしとの婚姻をお望みの殿方がおられるのなら、いずこへなりと参るつもりでございます」

千寿は静かだが決意を秘めた口調で言いきった。

同母妹の千寿は足利の地に嫁ぐことになった。

五年後のことになるが、万寿はその足利の地を訪ねた。妹が急病で倒れたと報せがあったからだ。慌てて足利の地に赴いたのだが、重篤な病ではなかったようで、万寿が着いた時にはすでにかなり回復していた。せっかく訪ねたのでしばらくその地に逗留した。

足利はなだらかな山地に囲まれた土地で、鳥羽院から皇女の八条院に伝えられた広大な荘園が広がっていた。その無税の農地を実質的には足利一族が管理していた。山地の裾野には桑畑が続き、絹織物の産地として知られていた。万寿は日に日に元気になる千寿とともに半月ほどをその地で過ごした。

千寿といっしょにいると、子どものころに帰ったようだった。万寿、千寿というのは幼名で、父の名から一字ずつ採った、政子、時子という諱（いみな）があるのだが、その名を用いることはなく、二人は互いを幼名で呼び合っていた。

足利の地にいる千寿は幸せそうだった。自分も北条の地で三郎宗時と結ばれていれば、こんなふうに穏やかに暮らしていただろうと万寿は思った。北条は小領主に過ぎず、足利のような広大な土地を所有しているわけではないが、自分に与えられたささやかな領地を守っていればよいというのであれば、どれほど気持が楽なことか……。だが御台所として鎌倉を差配するいまの万寿には、そんな穏やかな暮らしは望むべくもないことだった。

千寿の夫となった足利義兼にはすでに妻がおり、二人の男児もあったが、千寿は正室として迎えられ、嫡男の義氏（よしうじ）を産むことになる。

そこから五代先に、足利尊氏（たかうじ）という新たな将軍が誕生する。


多忙な万寿のもとに、父の時政が訪ねてきた。正室の牧の方と舅の牧宗親も同行していた。万寿は妹の阿波局とともに対応した。

山木との婚姻を押しつけられたことを万寿はまだ恨みに思っていて、父親とはなるべく口を利かないようにしていたのだが、改めて挨拶に来られると対応しないわけにはいかない。牧宗親とは親しい間柄になっていたし、牧の方とも穏やかな関係になっていた。

時政は挨拶もそこそこにいきなり用件を切りだした。

「そなたに頼みがあるのじゃ。できれば大倉御所に近い要地に土地を分けてはもらえまいか。此度の戦さではわしもいささか貢献したつもりなれば、よい土地を分けてもらうのは当然であろう」

万寿は訝りながら問いかけた。

「父ぎみは名越（なごえ）の街道近くの山上に館を築かれたと伺うております。何ゆえ御所のそばに土地が必要なのですか」

「わしが住むのではない。実は、小四郎義時を分家させるつもりでな」

「小四郎を分家……」

そばにいた阿波局が声を高めた。

万寿は小四郎を子ども扱いして虐めることが多かったが、阿波局は弟を可愛がっていた。小四郎はいつも暗い目つきをしていて、いじけたところがあった。亡くなった三郎宗時に比べれば、頼りがいのない男だと思っていたのだが、頼朝の側近として実直で気配りが利いた働きをする小四郎義時を目のあたりにして、万寿の評価も変わってきた。

その小四郎を分家にするとは、万寿としても認めがたいことだった。

万寿は強い口調で問いかけた。

「嫡男の三郎宗時が亡くなったのですから、跡継は小四郎義時しかおりませぬ。何ゆえに小四郎を分家にするのですか」

時政は頭を下げるようなそぶりを見せた。

「このことは小四郎も承知しておる。狩野川の対岸にある江間の領地を分けることにした。名乗りも江間小四郎となる。郎党はおらぬが、あやつは御曹司に気に入られておる。これからも側近として御所に仕えることになろう。御所の近くに館を建ててやりたい」

時政の意図が見えてきた。

牧の方は時政のもとに正室として迎えられた。子どもはまだ女児だけだが、いずれは男児を産むだろう。そうなれば正室の子息が嫡男となる。争いが起こらぬようにいまのうちに小四郎を分家しておくということだ。

確かに小四郎は武士としては覇気に欠けるところがあった。時政がこれから生まれて来る男児に北条一族の将来を託す気になったことを責めるわけにはいかない。

時政は小さく息をついてから語り始めた。

「思えば御曹司が北条の館におられたころは、そなたが台盤所、わしは舅ということで、それなりに御曹司からも立てられておった。しかし鎌倉に来てみると、何千騎、あるいは一万を超える騎馬武者を擁する御家人方がおられて、わずか数十騎の郎党しかおらぬわしは、御家人の末席に加えられておるだけの弱小の配下となってしもうた。とはいえそなたは鎌倉の御台所じゃ。その父親のわしには、それなりの地位が与えられるべきではないか」

万寿は応えなかった。

父親の繰り言の相手をするのはうんざりした気分だった。

時政は声を荒立てた。

「わしは流人であった御曹司を二十年にわたって支えてきた。そのわしが流人の監視を任されたのは、こちらにおられる牧宗親どののご推挙があったからじゃ。何と言うても宗親どのは、御曹司の命の恩人の池禅尼の弟ぎみであられる。そのことは御曹司もよくご承知のはずじゃ。宗親どのは大岡牧のご領地をご子息に任されて、わしの館にお住みいただくことになった」

確かに牧宗親は、頼朝にとっては大事な恩人だ。

大岡牧では軍馬を育てている。

これから大きな戦さが始まろうとしている。軍馬を供給する牧宗親の役割は鎌倉幕府においても重要だ。

時政はそれなりに自分の身を立てる戦略を考えているのだろう。

万寿は尋ねた。

「父ぎみの名越の館は城砦のごときものだそうですね。鎌倉で戦さをなさるおつもりですか」

「戦さがないとは限るまい」

時政は小狡そうな薄笑いをうかべた。

「幕府が設置されたというても、配下にあるのは各地の武将の私兵にすぎぬ。いずれ武将の間で激しい抗争が始まるであろう。わしは御曹司の舅として、鎌倉を護らねばならぬと思うておる。上総や千葉は恐れるに足りぬ。大領主といえども何千もの騎馬武者を鎌倉に常駐させることは出来ぬ。領地が離れておれば、軍勢を呼び集めるにも時がかかる。警戒せねばならぬのは三浦一族じゃ。三浦の動きを注視せねばならぬ」

万寿の顔を見据えながら時政は言葉を続けた。

「大倉御所の東に杉本城という城砦がいまもある。城を築いた杉本義宗は三浦一族の嫡男であったが早くに亡くなったため弟の三浦義澄が一族の総帥となった。杉本義宗の子息の和田義盛は分家して和田を名乗っておるが、此度の戦さでは上総広常を説得して味方につけるなど破格の活躍をしたため、先頃設置された侍所の別当に任じられた。三浦と和田を併せれば大きな勢力となる。しかも大倉御所のすぐ近くに杉本城を構えておる。何事かが起これば三浦が敵となることもあろう。わしが築いた名越の城館は、杉本城と三浦の領地を結ぶ街道を見下ろす場所にある。三浦も容易に軍勢を動かすことはできぬ」

万寿は溜め息をついた。

「父ぎみは三浦一族と一戦交えるおつもりですか」

時政は声を立てて笑った。

「三浦義澄は小四郎の烏帽子親ぞ。闘うつもりはないが、侮(あなど)られぬように三浦の通り道を山の上から見張っておるのじゃ」

万寿は小四郎義時に土地を与えると約束した。分家の話は意外であったが、父の館は山の上なので、小四郎が大倉御所に通うには不便な場所だ。

小四郎が頼朝の側近として仕えてくれているのは、万寿にとっても何かと心強いことだった。それで話は終わりかと思ったのだが、去り際に時政は声をひそめて言った。

「いつかそなたに話そうと思うておったことがある」

ためらうように間を置いてから、時政は言葉を続けた。

「御曹司が伊東祐親の娘との間に男児を成したことはそなたも知っておろう。不愍ながらその赤子は川に沈められたと聞いておる。だが御曹司にはもう一人、隠し子がおるのではないか。これはわしと安達盛長しか知らぬことじゃ。それゆえわしの胸の内に留めておくつもりであったが……」

時政は万寿の顔を見据えて言った。

「いずれそなたも男児を産むであろう。そうでなくてはならぬ。御台所のそなたが男児を産めば、嫡子となることは確かじゃ。されどもいずれの日にか、自分が御曹司の長男だと名乗り出るものがおるやも知れぬ。そのことは覚悟いたしておいた方がよい。まだ元服したばかりの少年であった御曹司が蛭ヶ小島に配流された直後のことじゃ」

語っている時政の目が怪しく輝き始めた。

「側近の安達盛長が二十年にわたって絶えず御曹司のお世話にあたったと、そういうことになっておるが、実際は違う。当初は比企尼と、二条帝にお仕えする女房であった長女が京より呼び戻されて、おそばに侍っておった。やがて比企尼は実家の武蔵国比企郷に帰り、長女だけになったのじゃが、半年ほど経ったころに夫の安達盛長が京より呼び戻された。盛長と交替で娘は武蔵国比企の実家に帰っていった。どうやら娘は懐妊しておったらしい。男児が生まれたという噂を聞いた。とにかく盛長が側近を務めたのはそれからのことじゃ」

無口で実直な安達盛長に、そのような過去があったのか。

万寿は胸を衝かれた。

父親の話をそのまま信じたわけではない。とはいえ、頼朝が女好きであることは、ふだんの挙動から見てとれた。

邸宅の土地の割り当てを求めて万寿を訪ねてくる御家人の中には、自分の娘や親族の娘を、女房や下女として使ってくれと頼み込む者も少なくなかった。娘が御曹司のお手つきになれば、父親の地位も上がる。そんな期待から、選りすぐりの美女が御所に差し出される。

警戒せねばならぬ……。

万寿は心の内で自分に言い聞かせた。


万寿はただちに小四郎義時のもとに向かった。

小四郎義時は頼朝の最も親密な側近で、常時、御所に侍っている。

「小四郎、そなたが分家するという話を聞いた。まことか」

幼いころから北条の館でともに育った弟なので遠慮はない。御所で顔を合わせる武士の中で、ただ一人気を許して話ができるのが小四郎だった。

万寿の勢いに小四郎はいつものように姉を恐れているような卑屈そうな表情で対応する。

「……そのようだな」

「承諾したのか」

「父ぎみの仰せだ。仕方ないだろう」

「牧の方にはまだ男児も生まれておらぬ。なぜ分家を受け容れたのじゃ」

小四郎はすぐには応えなかった。困惑したように目を伏せて黙り込んでいる。歯がゆさを感じた万寿が、声を高めて詰問しようとした時、不意に小四郎は鋭い目つきで姉の顔を見据えた。

「おれは北条の領地や資産などに興味はないのだ」

小四郎の目に不敵な光が宿っていた。

万寿は息を呑む思いで、声を落として問いかけた。

「さればそなたは何を求めておるのじゃ」

小四郎は静かに答えた。

「この鎌倉を東国の府とするだけでなく、日本国の府としたい。これは御曹司の望みでもあろうが、おれの夢はさらに大きい。いずれは朝廷をも凌駕して、武士が支配する国を築く。これがおれの夢だ。姉者も同じ夢を抱いておるのではないか」

目を伏せておどおどしていた小四郎の姿はそこにはなかった。

小四郎には野心がある。

わが弟ながら、恐ろしい男だ、と万寿は思った。


二年後の寿永元年（一一八二年）、八月。

万寿は待望の男児を産んだ。

頼朝の側近の比企能員（ひきよしかず）の邸宅があることから比企谷（ひきがやつ）と呼ばれる地に産所を設け、頼朝と有力御家人が待機するものものしい雰囲気の中で、万寿は男児を産み落とした。大姫に続く第二子であったが、男児であったので、産所は喜びに包まれた。

男児は万寿の君と呼ばれた。万寿自身と同じ幼名であった。鎌倉では御台所と称されている万寿を幼名で呼ぶ者はいない。

頼朝の乳母であった比企尼（ひきのあま）が今回も産所を差配していた。

赤子の乳つけは、比企尼の次女で河越重頼に嫁ぎのちに河越尼と呼ばれることになる女が務めた。

実際の乳母は、比企尼の三女が務めた。

この三女は、頼朝とも親しかった伊東祐清の妻だったが、石橋山の戦さで祐清の父の祐親が平家側に回ったことから、祐清は妻を離縁して謹慎し、やがて自害することになった。

離縁された三女は大倉御所に女房として仕え頼朝からも寵愛されていたのだが、やがて懐妊し男児を生んだばかりだった。乳母としての役目を終えると、信濃の領主平賀義信（よしのぶ）のもとに正室として迎えられた。

平賀は源氏を祖とする一族で、信濃の佐久盆地に広大な馬の放牧地を有する大領主だった。万寿の妹が嫁いだ足利などと比べれば遠い親族ではあったが、平治の戦さで義朝の側近を務めた恩顧の武将で、早い時期に頼朝のもとに馳せ参じていた。

信濃では頼朝の従弟にあたる木曾義仲（よしなか）が勢力を伸ばしていた。義仲も以仁王の令旨を受けて独自に旗挙げしていて、頼朝とは対立していた。それだけに信濃の大領主の平賀が参陣したことは、頼朝にとっては無上の喜びだった。そのためお気に入りの女房を義信に譲ったのだが、女が生まれたばかりの男児を連れて信濃に赴いたことから、頼朝の落胤ではないかという風評が流れた。その男児は頼朝の猶子の扱いとなり、頼朝から一字を採って平賀朝雅（ともまさ）と名乗る。ずっとのちのことだがこの朝雅の周囲に波乱が生じることになる。

頼朝の嫡男、のちに頼家（よりいえ）と呼ばれることになる男児は、比企谷の地で比企一族に囲まれて育つことになった。比企能員の妻が頼家を育てた。蛭ヶ小島で側近として尽くした比企能員を頼朝は信頼していた。万寿も御台所としての仕事で多忙であったため、産んだ子の世話にまでは手が回らなかった。

比企尼の一族が男児の世話をしてくれるのはむしろありがたいと思っていた。このことがのちに禍根を残すことになる。

比企一族は、三浦一族の杉本城、北条一族の名越の城砦に対抗するかのように、小町大路に接した山地に城砦を築いていた。やがてはこの三つの一族が覇権争いを展開することになる。

当主の比企能員はただ実直なだけの好人物で万寿も信頼していたのだが、一族の利害が絡むと話は複雑になってくる。比企一族が頼家を囲い込むことによって、三者の力関係が変わっていくことは確かで、頼家の成長に伴ってやがて問題が露呈することになる。


男児の誕生は鎌倉の御家人たちにとってもめでたいことだった。後継者が決まれば将来の政争を未然に防ぐことができる。その後継者の母として万寿の地位も特別なものとなった。連日のように祝いの宴会が催された。祝われているのは誕生した赤子だが、祝いの言葉がかけられるのは万寿だった。祝われれば嬉しくないわけはない。万寿は満ち足りた気分だった。

その祝いの気分に冷水を浴びせるような事件が起こった。

十一月、大倉御所に戻っていた万寿のもとに、継母の牧の方が訪ねてきた。

「御台所のお耳に入れたいことがございます。亀の前という女のことはご存じであられましょうや」

「亀の前……」

万寿にはかすかな記憶があった。

「確か大殿が伊東祐親の館におられたころに、赤子が出来た八重姫どのの他に、通っていかれる館があって、そこにおられたのが亀の前とか……」

「その亀の前が、鎌倉の近くにおられるのでございます」

万寿はかたわらにいた妹の阿波局に問いかけた。

「亀の前のこと、そなたは知っておったのか」

阿波局は頭を下げて言った。

「知らぬのは姉ぎみだけでございます。少し前から安達盛長さまの配下の小中太光家どのの館に匿（かくま）われておったのですが、姉ぎみが産所に入られるとより鎌倉に近い伏見広綱（ひろつな）どのの館に移って、大殿は毎日のように通っておられました。いまでも通っておられるのではないでしょうか」

信頼していた妹が隠しごとをしていた。裏切られた気持がしたが、いまはそのことを責めても仕方がない。

万寿は目の前の牧の方の顔を見据えた。

北条の館にいたころは、時政は大岡牧まで通っていた。万寿が継母を追い出すようなかたちになっていた。時政が名越の山の上に新たな城館を築いたことで、牧の方はようやく北条の台盤所となった。そのことが嬉しくてたまらないようすだ。

頼朝の行状を告げ口しに来たのは、自分の方が優位な立場にあるということを見せつけたかったのかもしれない。

浮気をした頼朝にも腹が立ったが、むしろ牧の方に不快感を覚えた。

「どういうつもりでそのようなことをわれに告げられるのじゃ」

強い口調で詰問した万寿の語気の鋭さに、牧の方はうろたえた。

「他意はございません。時政どののもわたくしも、御台所のことを気づかっておるのでございます」

「このこと、牧宗親どののもご存じか」

「もちろん父も知っております。鎌倉を差配する御台所の配下に、隠し事をする御家人がおるというのは由々しきことじゃと申しておりました」

「それならば宗親どのにお頼みしたいことがある」

万寿は身を乗り出すようにして言った。

「われの命令じゃと公に言うてかまいませぬ。牧宗親どのに北条の郎党を何人か連れて伏見広綱の館に赴き、館をすべて壊していただきたい。広綱は流罪じゃ」

夫の浮気に対して妻の実家が乗り出してきて騒動を起こすというのは、東国では珍しいことではなかった。領地をめぐる紛争が絶えなかった東国では、娘の嫁入りは相手と同盟を結ぶ政治的な手段だったから、夫の浮気は妻の実家を敵に回すことになる。そこから武力闘争が生じることもあった。御台所の命とあれば、牧の方は拒むことができない。そのまま退出して、時政の名越の館に戻っていった。

牧の方が退出したあとで、阿波局が問いかけた。

「伏見広綱の館を壊すのは当然のことだと思いますが、なぜ父ぎみではなく、牧の方のお父ぎみにお命じになったのですか」

「牧の方を寄越したのは、女に告げ口させて、われと大殿の仲を裂こうという、父ぎみの魂胆じゃ。われを怒らせて女のもとに乗り込ませようとの策略であろうが、大殿が女にだらしがないのは病のごときもので、いちいち腹を立ててはおられぬ。それよりも父ぎみの言うなりにここに乗り込んできた牧の方が許せぬ。それで牧宗親どのを巻き込むことにした。大殿は宗親どのを命の恩人として尊んでおられるが、これで風向きが変わるであろう」

そう言ってから、万寿は妹の顔をのぞきこんだ。

「大殿の浮気の噂は他にもあるのではないか」

うつむき加減になってためらったあとで、阿波局は応えた。

「実は今年に入ってからのことでございますが、大殿は兄の義平さまの未亡人に何度も文を送られたそうです。父親の新田義重さまは危うきものを感じて、未亡人を他家に嫁入りさせたとのことで、大殿はたいそうご立腹でございました」

「そういうことを知っておって、そなたはなぜわれに隠しておったのじゃ」

「姉ぎみはすでにご懐妊であられたので、余計なことを告げてお体に障ってもと慮りました」

そんなふうに言われては妹を責めることもできないが、万寿は強い口調で言った。

「ともかく大殿の行状を見張って、何かあれば必ずわれに報告するのじゃ。よいな」

そのように阿波局に告げたのだが、やがて思いもかけぬ事態が生じることになる。


牧宗親は北条の郎党を引き連れて伏見広綱のもとに乗り込み、たちまち館を打ち壊した。広綱は命からがら亀の前を連れて、三浦一族の大多和義久(よしひさ)の館に避難した。

翌日、頼朝はその義久の館に牧宗親を呼びつけ、叱責したあげくに怒りに駆られて宗親の髻を切り落とした。

宗親が万寿の指示で動いたことはわかっていたが、自分の浮気が原因なので万寿を責めるわけにはいかない。怒りを宗親にぶつけるしかなかった。

牧宗親は北条時政にとって舅にあたる。舅が受けた屈辱を許しがたいとして、時政は頼朝に抗議の意思を示すために、牧の方や宗親とともに、伊豆の北条の館に引き上げてしまった。

鎌倉に館を構えていた舅が領地に引き上げてしまうというのは、頼朝にとっても穏やかではない事態だったが、頼朝が懸念したのは妻や舅の怒りではなく、側近の小四郎義時を失うのではないかということだった。

頼朝は慌てて大倉御所のすぐ近くの小町大路に面した小四郎義時の館に使いを出したのだが、義時は在宅していた。すでに分家していた義時は父とは距離をとっていた。

義時が父に従わずに鎌倉に残ったことを、頼朝は大いに喜び、小四郎義時はけっして自分を裏切ることはない、と配下の御家人たちに語るようになった。


その義時が、さらに頼朝の信頼を得ることになる事態が生じた。

姉の阿波局が懐妊した。

そのことを本人から聞かされた万寿は激しく動揺した。

頭に血が昇って、思わず大声で詰問した。

「懐妊したとはいかなること……。相手は、相手はどなたなのじゃ」

問うまでもないことだった。

阿波局は大倉御所の女房だ。つねに万寿のそばに控えている。御所の外に出ていくことはない。

ただ万寿が訪ねてきた御家人の相手をしていたり、市街地の造成の視察のために外出している時に、阿波局が奥向きの用をしていることはある。頼朝の部屋の片づけなどで二人きりになる機会はいくらでもあった。

「お察しのとおりでございます」

そう言っただけで、阿波局は涙をこぼした。

思えば聡明な妹を頼りにして御所の仕事をさせているうちに、二十歳を過ぎ婚期を逸した。不憫なことをしたと万寿は悔やんだ。同母の妹は足利に嫁いだのに、阿波局の婚姻のことは気にかけていなかった。御所の女房を差配する役目を阿波局に押しつけていて、嫁になどいかれては困るという思いがあり、結果として婚期を逸してしまうことになった。

阿波局を責めるわけにはいかない。

頼朝に相談すれば、配下の御家人に嫁がせてしまうだろう。比企尼の三女が信濃の平賀に嫁いだことを想い起こした。地方領主にとっては頼朝と姻戚となることが何よりも重要で、むしろ落胤を尊ぶような風潮もあった。

阿波局を遠方に嫁がせるわけにはいかない。万寿としては、阿波局を自分のそばに置きたかった。嫁ぐにしても鎌倉在住の御家人であってほしい。

万寿は小四郎義時を呼んで相談した。頼朝の側近の義時ならば、適当な嫁ぎ先を提案してくれるかもしれない。

義時は意外な返答をした。

「姉ぎみの赤子ならば、おれの子として育てればいいだろう」

義時は阿波局の同母弟だ。異母ならば従兄妹と同じ扱いで婚姻も可能だが、同母の場合は禁忌となる。

万寿は声を高めた。

「そのようなことは世間が許さぬ」

「姉ぎみと婚姻するわけではない。適当な下女を側室として、その女が産んだことにすればよいのだ」

万寿と阿波局は顔を見合わせた。

兄の三郎宗時と違って、聡明さも覇気も感じさせない小四郎義時であったが、控え目な態度とは裏腹に、意外に肝の座ったところがある。

万寿は頼朝のもとに出向いた。

「大殿に申し上げたきことがございます」

「はあ、何ですか」

頼朝は怯えたようなそぶりを見せた。

「北条の館で婚姻をしたおり、妻はわたくし一人に限ると、あなたさまはお約束なさいました。憶えておられますか」

「そんなこともありましたね。かすかに憶えておりますよ」

「亀の前は側室ではないのですか」

「側室というほどのものではありません。それに、あなたが館を壊してしまったので、通っていけなくなりました」

「あなたさまが約束をお破りになったのですから、館を壊すのは当然のことです。わたくしの指示で館を壊した牧宗親どのに対して、あなたさまは手ひどい仕打ちをなさいました。これからは御所の兵を差し向けることにいたします」

「あなたが御所の兵を差配するのですか。鎌倉を支配しているのはわたしですよ」

「わたくしは御台所です。御所の守りの兵はわたくしが差配いたします」

頼朝は大きく息をついた。

「まあ、しようがないですね。これからはどこへも通わぬようにいたします」

実際に万寿は不審者の侵入などに備えて御所の兵を差配していた。頼朝は頭を下げるしかなかった。

万寿は頼朝の顔を見据えた。

「もう一つ、お伝えいたしたきことがございます」

その厳しい語調に、頼朝はのけぞるような姿勢になった。

「はいはい。何でございましょうか」

不安げに上目づかいでこちらを見ている頼朝に向かって、厳しい口調で言い渡した。

「側室をもたぬことはもとより、御所の女房に手をつけるのもおやめいただきたい」

頼朝は急に不満げな顔つきになった。

「それはもちろん、気をつけておりますよ。妻でも側室でもない女に無闇に手をつけたりはしないです。この頼朝がそんな男に見えますか」

「阿波局が懐妊いたしました」

「は……」

頼朝は意味不明の呻き声を発した。

「覚えがおありでございましょうね」

「はあ。ないこともないですが」

頼朝はうろたえながら、声をふるわせた。

「阿波局にはいろいろお世話になっておりますので、感謝の気持で声をかけまして、肩などをちょっと撫でてみたのですが……」

「肩を撫でただけで懐妊はしません」

「そうでしょうねえ」

頼朝は急に、操り人形の糸が切れたように、だらんとした感じになった。

「どうすればいいのですか」

「懐妊した女房をどこぞの御家人に押しつけて、それで片を付けるのはおやめください。阿波局はわたくしの妹です。御所の女房として、わたくしのそばでこれからも働いてもらわねばなりませぬ」

「確かに、阿波局は聡明できっちりしていますからね」

「阿波局はしばらく病気ということで、御所を退出させます。父の館は山の上で不便なので、小四郎のところで養生させます」

「義時の館はすぐ近くですからね」

「生まれた子は義時の子として育てます」

頼朝は驚いたようすを見せた。

「義時はまだ独り身ではないですか。歳も二十歳を過ぎたばかりでしょう」

「阿波局は姉ですから妻にはできませぬ。どこぞの女を側室として子が生まれたことにいたします。そのことをご承知おきいただきましょう」

頼朝は急に嬉しげな顔つきになった。

「そのことを義時も承知しているのですね。御台所の配慮と義時の忠義、心にしみます。男児が生まれるといいですね」

やがて阿波局は男児を産み落とした。

金剛と名づけられた。のちの三代執権北条泰時(やすとき)だ。

第四章　御曹司が鎌倉に幕府を開く

鎌倉に大倉幕府を開いたあとも、頼朝は京に攻め上る気配は見せなかった。坂東八国に伊豆、駿河、遠江、甲斐、信濃と、東国の全体を制圧するために、各地に小規模の軍勢を派遣するばかりだった。

頼朝がとくに大事にしたのは東国各地の源氏一族と友好関係を結ぶことだ。万寿の同母妹の千寿が嫁いだ下野の足利、比企尼の三女が嫁いだ信濃の平賀、富士川の闘いに参戦した甲斐の武田、安田などは、頼朝の麾下に入ったが、信濃の木曾義仲は最後まで頼朝に従わなかった。

義仲は頼朝の従弟にあたる。父の義朝の弟の義賢(よしかた)の嫡男だ。義賢も兄と競うように東国に支配地を広げていたのだが、義朝の長男の悪源太義平の夜襲によって討たれた。二歳だった義仲は父の側近に守られて木曾に脱出し、成長すると周囲の小領主を従えて父の旧領の回復を図り勢力を伸ばしていた。

この木曾義仲に対して、ようやく頼朝は動いた。

信濃の義仲の拠点に向けて軍勢を進めた。信濃や上野で義仲に領地を侵略された領主の他に、新たな恩賞を求める武将らが加わり、十万騎の大軍で義仲軍を圧倒した。

義仲は和議を求めた。

人質として嫡男の義高を差し出すと申し出た。

頼朝はこれを受け容れ、義高を大姫の婚約者とすると約定した。

その義高が鎌倉の大倉御所に護送された。義高は十二歳。大姫は六歳。双方ともにまだ子どもだ。

人質の少年が鎌倉に来ると聞かされた万寿は、ただちに頼朝と対面して詰問した。

「人質が御所に来るというのは、まことでございますか」

頼朝は満足げな顔つきで応えた。

「そうなんですよ。木曾義仲が和議を申し出て、嫡男を差し出すというので大姫の婚約者として受け容れることとしました。歳のつりあいもちょうどよいでしょう」

大姫の将来については万寿も懸念していた。万寿の父の北条時政は、側室がいて娘が何人もいる。次々に御家人のもとに嫁として送り出して、姻戚関係を網の目のように広げていた。東国は領地争いが多く、婚姻によって関係を強化するのは戦さを防ぐための手段でもあった。

御家人同士ならそういう婚姻も可能だが、武士の棟梁となった頼朝の場合は、娘の嫁ぎ先が難しくなる。格下の御家人のもとに嫁がせるわけにもいかない。

木曾義仲は親族なので格下とはいえず、似合いの縁組みと見なすこともできた。

だが、万寿には懸念があった。

「この和議はいつまで続くのでございますか」

万寿の問いに、頼朝は困惑したようすで応えた。

「先のことはわかりませんよ」

頼朝はそう言ったものの、万寿の表情が硬ばったのを見て、慌てて付け加えた。

「木曾義仲はわたしの従弟ですからね。御家人たちは自分の領地を守ることしか頭になく、京に攻め上れと命じても動きません。そこでわたしは義仲を越後の方に追い立てて、北陸の領主たちを集めて各地の国府を襲わせ、その勢いで京に向けて進撃させようと思うのです。平家も防衛のために京から軍を派遣し、北陸のどこかで衝突して、義仲は助けを求めてくるでしょうから、その時は援軍を送ってやるつもりです。国府を落として平家や摂関家の荘園を抑えておけば、それを恩賞として与えることができますから、御家人たちも動いてくれるでしょう」

頼朝は言い訳のようにそんなことを話したのだが、それでは義仲が制圧した地域を頼朝が横取りすることになる。大姫と人質の義高の将来のことを考えると、万寿は不安を覚えずにはいられなかった。

頼朝は幼少のころ、守り役の三善康信とともに明法博士中原広季(ひろすえ)のもとに通って勉学していた。広季のもとには養子として住み込みで勉学している少年が二人いた。そのうちの一人はのちに参議となる藤原光能(みつよし)の子息の親能(ちかよし)で、いまは中原親能と名乗っている。

その中原親能が混乱の京を脱出して、鎌倉の頼朝を訪ねた。親能は実父の領地が相模にあったことから、蛭ヶ小島の頼朝のもとにも頻繁に通っていた。これまでも書状で京のようすを報告していたのだが、久し振りに対面して、京の現状を頼朝に報告した。

各地の小領主を味方につけながら北陸路を駆け抜けた木曾義仲は、京から派遣された平家の軍勢を倶利伽羅(くりから)峠などで打ち破り、そのままの勢いで一気に上洛を果たした。清盛が熱病にとりつかれて没した後、統率者を失った平家は木曾軍の勢いに恐れをなして、幼い安徳帝とともに西国に逃れた。平家は後白河院の拉致も計ったのだが、その気配を察知して院は逸早く比叡山に逃れた。

京を支配した木曾義仲だったが、配下の兵は寄せ集めで統率がとれず、京の治安を維持できなかった。長く続いた天候不順で食料が不足していた京に、食料を持たぬ木曾の大軍が入ったため、兵たちが貴族の邸宅に押し入って食料を強奪するありさまだった。木曾義仲は評判を落とした。

混乱した京を脱出した親能には連れがあった。頼朝の同母姉と夫の一条能保や子どもたちだった。

頼朝にとっては幼少のころ以来の姉との再会であり、その夜は宴席となった。万寿と小四郎義時も同席した。

姉と弟としての昔話が続いた宴席が終わり、一条能保らが寝室に去ったあとも、中原親能は席に残った。

「大江広元を憶えておいでですか」

親能が広元の名を出すと、頼朝の目が輝いた。

「憶えておるとも。そなたの弟であろう。三善康信と四人でともに学んだ仲ではないか」

大江広元は文章博士を輩出する大江一族の出身で、親能同様、中原広季の養子となって勉学に励んでいた。

頼朝は遠い過去を懐かしむような柔和な表情になって言った。

「四人の中では広元が最年少で体も小さかったが、頭の良さはあやつが図抜けておった。師の広季に質問するのも広元ばかりで、われらはただ聞き役に回っておった。広元はいまは右大臣九条兼実の側近を務めておるようじゃな」

「広元も鎌倉に下るつもりでおります。そのおりは出家して隠遁しておる三善康信を誘うと申しておりました」

「おお、それはありがたい。鎌倉におるのは武士ばかりで、政務の助けとなる文官が不足しておるのだ」

「広元は後白河院とも親しく、右大臣との間の連絡役になっており、すぐに京を離れることができぬため、書状を預かって参りました。これでございます」

親能は懐から分厚い書状を差し出した。頼朝は書状を開いて読み始めたのだが、ぎっしりと漢文で書かれた文書に圧倒されたようだった。

「書状はあとでじっくり読むとして、そなたは広元から書状の内容については聞いておるのだろう。大事なところを手短に話してくれ」

頼朝に促されて、親能は語り始めた。

「広元の書状には三つの提言が記されております。その第一は、平家を攻めるにあたっては、時をかけてゆるりと進撃すること。第二は鎌倉の武士は必ず鎌倉の指示に従うこと。第三は鎌倉を武士の府とするために武士を統括する政務の役所を設けること。以上の三点でございますが、順を追って詳細に述べることにいたします」

そこでわずかに間を置いてから、親能は語り続けた。

「まず最初の、平家を攻めるにあたっては、というところでございますが……」

相手の話を遮って頼朝が問いかけた。

「平家は木曾義仲の軍勢にも怯えて逃げ出したくらいだ。ゆるりと攻めずとも、容易く勝てるのではないか」

そばで聞いていた万寿がさらに口を挟んだ。

「大殿は木曾軍は北陸路のどこかで平家軍と衝突して助けを求めてくるはずだと仰せでしたが、苦も無く上洛してしまったではありませんか。大殿の見通しが甘かったのではありませぬか」

万寿に詰問された頼朝は急に小声になった。

「平家がこれほど弱いとは思いもしなかったのです。木曾義仲を増長させてしまったのは、確かにわたしの失態ですね。ただちに軍勢を出して木曽を討つことにせねば……」

「お預かりしている人質はどうなさるのですか」

「さて、困りましたね」

頼朝がそう言った直後に、かたわらの小四郎義時がつぶやくように言った。

「生かしておけば必ず親の仇を討とうとする。ただちに殺さねばならぬ」

万寿の顔が硬ばった。

「大姫は義高さまのことを兄のように慕っているのですよ」

小四郎義時は応えなかった。

頼朝はもじもじとして薄笑いをうかべるばかりだ。

「先を続けてよろしいでしょうか」

中原親能の言葉に頼朝はほっとしたように応えた。

「ああ、続けてくれ。平家を討つ話であったな」

親能は軽く咳払いをしてから再び語り始めた。

「保元、平治の戦さで闘った騎馬武者は、両軍合わせても千騎ほどでございました。京の市街地で闘われた小さな戦さにすぎませぬ。京や福原に駐屯しておる騎馬武者の人数も限られております。それゆえ平家は大事をとって西国に撤退したのでございます。西国は長く平家の知行地となっており、在地領主も平家の配下となっておりますので、いずれは騎馬武者を調達して福原を奪還することでございましょう。されども鎌倉の御家人を結集しますれば、数の上では平家を凌駕できます。ただ心がけねばならぬことがございます。それが広元が第一条に掲げた、平家を攻めるにあたっては、『時をかけてゆるりと進撃すること』でございます」

頼朝が不審げに問いかけた。

「なぜ『ゆるりと攻める』のじゃ。一気に攻めて敵を一掃すればよいではないか」

「伊勢平氏から起こった平家一族は水軍を擁しております。一族は船で移動することでしょうが、鎌倉の軍勢が闘う相手は、西国各地の平家配下の在地領主たちでございます。東国の武士と同様、西国の武士も土地に命をかけております。まともに闘えば激戦となりましょう。激戦が続けば土地は荒廃し、土地を管理していた郎党たちは滅ぼされ、生き残った者たちは東国武士に恨みをもつことになります。たとえ当面の戦さに勝利しても、鎌倉から遠く離れた西国を武力で支配するのは困難でございます。一気に攻めるのではなく、ゆるりと攻めれば、東国各地の武士が頼朝さまの麾下に入ったように、西国武士の中からも鎌倉方に寝返る者が出てまいります。その者らの土地を安堵してやれば、西国には平穏が訪れ、支配も容易くなります。ゆるりと攻めよというのは、大軍をその地にとどまらせて、在地領主の帰順を待つということでございます」

この時、小四郎義時が言葉を挟んだ。

「鎌倉の御家人は恩賞がなければ動かぬ。西国の在地領主の領地をそのまま安堵させるというのであれば、御家人には何を与えればよいのか」

親能は大きく頷いて言った。

「平家は西国に多くの荘園を有しております。これを御家人の皆さまに分配すればよろしかろうと存じます。また皇族や摂関家の荘園には、地頭と呼ばれる荘官を配置します。御家人の郎党の方をこの荘官に任じれば、ご満足いただける恩賞となるでしょう」

小四郎義時はさらに質問した。

「『ゆるりと攻める』というのは、容易きことではない。軍勢を一つの土地に長く駐屯させれば、兵粮の調達が必要だ。慣れぬ遠国で食料を調達するのは至難ではないか」

親能はすかさず応えた。

「一つの地方国を制圧いたしますと、その国の国司や目代は討たれておりますので、治安の維持が必要でございます。頼朝さまは富士川の戦さのあと、国司や目代が不在となった駿河や三河に、守護奉行という役職を設置されました。これを西国にも設置し、その配下に地頭を置きます。平家の荘園だけでなく、朝廷や摂関家の荘園からも、地頭が食料を調達して軍勢に届けます。そうなりますと京の皇族や公卿の皆さまが飢えることになりましょう。そのために頼朝さまにお願いいたしたきことがございます」

親能は頼朝の方に向き直った。

「わしに頼みとは、いかなることじゃ」

「これは大江広元が書状に書いておる秘策でございます。いま頼朝さまは東国を完全に制圧しておいでです。平家の家人の領地は戦功のあった御家人の方々に分配されましたが、朝廷や摂関家の荘園の中で、不正な名義変更のない純正の荘園もあろうかと思われます。そこから得られた食料は頼朝さまのご指示で京に送られるとよいと思います。京の周辺は飢饉が続き、平家は兵粮をもって西国に逃げ、木曾の軍勢は掠奪をいたしました。朝廷も公卿もいまは困窮の極みにあります。東国からの食料が届けば、後白河院もお喜びになると存じます」

「東国から食料を送る代わりに、西国の荘園の食料は、鎌倉の軍勢の兵粮といたすのじゃな」

「さようでございます。守護奉行と地頭を配置しながら先に進めば、九州までを制圧したあかつきには、東国武士が守護と地頭を務めることになり、その時点で鎌倉幕府による西国支配が確立することになるのでございます」

話を聞いていた小四郎義時は納得したように頷いた。その小四郎のようすを万寿は目をみはるような思いで見つめていた。頼朝が遥かに遠い西国に赴くとは思えない。現地で在地領主と闘い兵粮を調達するのは小四郎義時の役目だ。聡明な兄の三郎宗時と比べれば、どことなく愚鈍な弟と思っていたのだが、親能の話を聞いてたちどころにその内容を理解し、西国支配の体制を自らの手で実現してみせようという意気込みが小四郎の顔つきから見てとれた。

頼朝の側近としてこれほど頼もしい人物はいないのではないか。

そう思って頼朝の顔を見たのだが、こちらは親能が語った大江広元の秘策をどれほど理解したのか、よくわからないぼんやりした表情をうかべ、ぽつりと独り言のようにつぶやいた。

「戦さが終わればただちに支配体制が確立しておるなど、話がうますぎるのではないかな」

小四郎義時が低い声でささやきかけた。

「おれに任せてくれれば、そのゆるり攻めるという戦さ、広元の提言どおりに実現させてみせる。それにしても大江広元という文官は知恵者だな。鎌倉に下ってくれれば、政務はすべてそやつが担ってくれるだろう」

頼朝も大きく頷いた。

石橋山の緒戦では、三郎宗時が命をかけて頼朝の旗挙げを支援した。今度は弟の小四郎義時が、頼朝の全国制覇を実現させせようとしている。

頼朝はかたわらの小四郎義時の方に顔を向け、微笑をうかべた。

「京に送る軍勢の総大将は弟の範頼に任せるつもりじゃが、そなたを側近に付けることにする。範頼はただの旗頭だ。実際はそなたが戦略を立てて軍を進めてもらいたい」

そう言ってから、頼朝は中原親能の方に顔を向けた。

「それで、広元の提言の二番目は何であったかな」

「第二は鎌倉の武士は必ず鎌倉の指示に従うこと、でございます。鎌倉の武士が京の秩序を守り、平家の追討にも成功したとなれば、後白河院は戦功を挙げた武士に恩賞として官職や位階を授けようとされるでしょう。武士に官職や位階を与えて朝廷の秩序の中に組み込むというのが、従来の朝廷のやり方でございました。東国武士も大番役として上洛し、御所の守りに就いておりましたので、官職や位階がどれほど重要なものかは熟知しております。憧れであった高い官職に就いたり、五位や六位に叙されたりすれば、大喜びで後白河院に感謝することでございましょう。そうなれば京に赴任しておる武士はすべて朝廷に取り込まれてしまいます」

「どうすればよい」

「御家人が朝廷から直接に官職や位階を受けることを禁じればよいのです。後白河院が御所の守りや京の治安維持のために、衛門府や検非違使の武官が必要であるならば、その要請を院から鎌倉に出していただき、頼朝さまの裁量で御家人を推挙する。そのような制度を確立しますれば、院が東国武士を配下に取り込むことを防げますし、頼朝さまの権威が高まることになりましょう」

「おお、そのようにいたせばわしの権威が高まるのじゃな」

この提言については、頼朝は大いに満足したようすだった。

万寿が横合いから口を挟んだ。

「制度を作るだけでは役には立ちませぬ。厳しい罰則を設けてくださいませ」

「厳しい罰則とは……。それではわたしも罰を受けねばならんことになってしまいます。わたしは流罪になる前は従五位下に叙せられ、右兵衛権佐に任じられておりました。この位階と役職は流罪となったおりに剝奪されておったのですが、このほど院から復位復職を言い渡す旨の宣旨が届きました。

ありがたく受け取ってしまいましたが、そうなるとこのわたしも罰せられることになるのですね」

「大殿は例外でございます。御家人が朝廷からの官職や位階を勝手に受けてしまえば、死罪に処するくらいの厳罰とせねばなりませぬ」

「御所の門番に任じられただけで死罪になるというのか。これは大変じゃ」

そう言って頼朝は楽しげに声を立てて笑った。

三番目の提言は、鎌倉を武士の府とするために武士を統括する政務の役所を設けること、というものであったが、これは三善康信と大江広元が鎌倉に下ってくれれば実現できる。すでに頼朝は武士を統括するための侍所を設置し、三浦一族の和田義盛を別当に就けていたが、訴訟を統括する問注所と政務を統括する公文所（のちの政所）を設置し、それぞれ三善康信と大江広元を責任者とすることをその場で取り決めた。

あとは東国武士を鎌倉に結集させて、軍団を編制し、京に向けて進撃を開始するばかりとなった。

だが頼朝の表情は冴えなかった。

頼朝は思い惑うようなようすで、誰にともなくつぶやいた。

「上総広常を何とかせねばならぬ」

その声は万寿の耳にも届いた。

上総広常は石橋山の戦さのあと、安房に渡った頼朝が、上総、下総と進撃したおりにも、日和見を決め込んで参戦しなかった。親交のあった和田義盛が直談判に及んでようやく軍勢を引き連れて参戦したのだが、富士川の戦さのあと、敗走した平家軍を追撃せよと命じた頼朝に異を唱え、結局、頼朝は追撃を断念して鎌倉に引き返すことになった。

木曾義仲を討ち、さらに西国の平家を追討するとなると、此度の遠征は長い旅になる。恩賞が与えられるといっても、遠い西国の領地をどのように管理すればいいか、御家人たちにも途惑いがあるはずだ。上総広常は東国随一の大領主で、その発言は多大の影響力をもつ。

上総広常を殺さねばならぬ……。

万寿は思わず、小四郎義時の方に目を向けた。

「おれが何とかする」

小四郎義時の低い声が響いた。

頼朝の顔に笑みがうかんだ。


翌日の夕刻、頼朝が万寿に声をかけた。

「梶原という武士を呼んであります。わたしは姉ぎみと会食しますので、梶原の相手は小四郎義時に任せます。配膳などは御所に復帰した阿波局に任せて、あなたも立ち合ってください」

万寿は問い返した。

「梶原というと、あなたさまが石橋山の戦さに敗れて箱根の山中を逃げ延びたおり、大庭の軍勢に忍び入って敵の捜索隊の目をくらました、あの梶原でございますか」

「そうです。梶原平三景時です。あやつも安達盛長と同様、傭兵の一党を率い密命を果たすことを得意としており、何かと役に立ちそうな輩です」

「梶原に言い渡す指示について、小四郎は承知しているのですか」

「梶原を使うと提言したのは小四郎義時ですよ。あやつはなかなかの戦略家です。万事を小四郎義時に任せておけば鎌倉は安泰です」

頼朝がそこまで小四郎を信頼しているとは思っていなかったので、万寿は絶句するしかなかった。

その夜の宴席は阿波局に任せて、万寿は梶原景時が現れるのを待ち受けていた。

やがてその男が、万寿の前に現れた。

背の低い風采の上がらぬ人物だったが、鍛えられた武者らしい身のこなしが感じられ、目つきに怪しいほどの鋭さがあった。

万寿は身構えるような気持になった。こやつは信用できぬと心の内でつぶやいた。

「そなたは石橋山の戦さのあとで、大殿の命を救うてくれたそうじゃな」

万寿が声をかけると、梶原は卑屈な笑いをうかべた。

「安達盛長どののご指示で大庭の軍勢に潜入いたし、役目を果たしたまででございます」

「そなたも安達と同様、領地を持たずに配下の雑色を差配いたしておるのか」

「石橋山での功績が認められ、いまは鎌倉からも程近い寒川に領地を拝領いたしております」

「そなたは大殿から呼ばれたようじゃが、大殿は京から姉ぎみがおいでになって、夕餉をともにされている。そなたへの指示は小四郎義時が務めることになっておる」

「承知いたしました」

梶原は頭を下げたが、不満げなようすを隠さなかった。頼朝からの直接の指示を期待していたのだろう。

小四郎義時が呼ばれ、酒を酌み交わすことになった。万寿も同席した。

しばらくの間、無言で飲食が続いた。

酒を酌み交わしているのに会話がない。不思議な会食だった。

食膳の料理がなくなり、瓶子の酒も空になった。

小四郎義時がようやく口を開いた。

「石橋山でのそちの功績を鎌倉殿は高く評価されておる。その上にさらに功績を重ねてもらいたい。いずれ重要な密命を与える。余人に洩らしてはならぬ」

「心得ております」

梶原は低い声で応えた。

「細かい指示は追っておれから伝える。それまでは御家人の一人として、何気ないふうを装っておれ。有力な武将の方々とも、臆せず酒を酌み交わし、座興の戯れにも応じて交遊しておればよい」

「御家人に加えていただき領地も賜りました。鎌倉殿には感謝いたしております。鎌倉殿のために命を献げる覚悟でございます」

梶原は表情を変えずに頭を下げた。口元に不気味な笑いがうかんでいた。万寿は梶原の表情のわずかな変化も見逃すまいと、注意深く見守っていた。

梶原が退出したあとで、万寿は小四郎義時にささやきかけた。

「あやつは信用のおける輩なのか」

「いまのところは」

小四郎義時は短く応えた。


東国のすべての御家人が鎌倉に集められた。大倉御所の大広間に入りきれないほどの御家人たちが、頼朝の話に聴き入ることになった。

頼朝は夢を語った。平家を滅ぼし西国をも鎌倉が統治する。大江広元の三つの提言についても語られ、戦さに勝てば恩賞が得られることにも触れられた。

始めのうちは静まり返って頼朝の話に聴き入っていた御家人たちの間に、ざわめきが広がっていった。御家人たちの多くは大番役で上洛した経験をもっている。平家の栄光と権威を目の当たりにしていた。その平家と戦って勝てるのか。勝てば恩賞が得られるという話だが、遠い西国に領地を得たとしてもそれをどのように管理すればよいのか。不安と途惑いが御家人たちの間に波のように広がっていくことが、互いに目配せしたり、私語を交わして頷きあったりする動きで、手に取るようにわかった。

万寿は御台所として、頼朝のわきに控えていたから、御家人たちの表情の変化を正面から見てとることができた。

このままでは東国武士が一揆同心することは、難しいのではないか。

万寿が覚えた不安を掻き立てるかのように、突如として大声が響き渡った。

「待たれい。その話、同意するわけにはいかぬ」

御家人たちの最前列中央の席に座した上総広常が立ち上がり、背後の御家人たちの顔を見回しながら、大声で捲（まく）し立てた。

「鎌倉殿は何を言うておられるのじゃ。東国の武士を西国や九州にまで遠征させて、命をかけて闘えと命じられるか。見も知らぬ西国の領地を恩賞として与えると言われても、東国武士は誰も喜ばぬ。はっきりと申しておくが、わしは西国に行くつもりはない。配下の郎党を派遣するつもりもない。これからも自分の領地を守っておればよいと思うておる」

周囲の御家人たちのざわめきがいっそう高まった。中には賛同の声を発する者もいた。

頼朝は困惑したようすで力なく言った。

「御家人の間にさまざまな考えがあることは承知しておる。されどもいま話したことは鎌倉の存亡にかかわる重大事じゃ。本日の談合はここまでとする。一晩寝て、じっくりと考えることじゃ。明日の昼過ぎからまたここで話を続けることとしよう。今宵は宴席の用意がある。酒を酌み交わして寛いでくれ」

人数が多いのでいくつかの部屋に分散して宴席となった。御家人たちが定められた部屋に分かれていくさまを、万寿は目で追っていた。頼朝を守るようにして奥の座敷に引き上げていく小四郎義時の姿が見えた。小四郎はすぐに引き返してきて、万寿のかたわらに座した。梶原景時が近づいてきた。

言葉は交わさない。

梶原が問うように小四郎義時の顔を見た。

小四郎は小さく頷いてみせた。


翌日は午後から合議がある。多くの御家人が昼前から御所に押しかけて、知り合いの者らが集まって談合をしていたが、囲碁や双六に興じる者もあった。

その双六の勝負をかたわらから見下ろしていた上総広常に声をかけた者がいる。

「上総広常どのとお見受けいたしました。お手合わせをお願いできますかな」

「おまえは誰じゃ」

「梶原平三景時と申します」

「名は聞いておる。囲碁は面倒じゃ。骰子(さいころ)を振ることにするか」

広常と梶原は双六の盤を挟んで向き合い石を並べた。

対戦者が交互に二個の骰子を振り、出た目に従って盤上に置かれた十五の石を動かしていく。双六は偶然の出目だけでなく、戦略によって趨勢に差がつく。石の配置によって、相手が動けなくなることもある。

「ひ、卑怯な……」

梶原が苦しげな声を発した。

広常が声を荒げた。

「卑怯とは何じゃ。双六は戦略で勝負が決まる。おぬしの頭が悪いのじゃ」

「聞き捨てならぬ」

梶原の声が響き渡った。近くにいた御家人たちが振り向いた時には、すでに梶原は脇差しを抜いて上総広常の胸に突き立てていた。

一瞬の出来事で、広常は即死だった。

父の死を報された嫡男の上総能常（よしつね）は罪を負って誅殺されたと思い自害した。領地は源氏恩顧の千葉、三浦らに与えられた。双六の勝負が原因の争いだとして、梶原景時は謹慎処分となったがすぐに放免された。

この事件で御家人たちは頼朝を恐れるようになった。異を唱えれば誅殺される。それ以後、頼朝の命令に逆らう者はいなくなった。

数万の軍団が編制され京を目指して進軍を始めた。

頼朝の弟の範頼が総大将、もう一人の弟の義経が搦手（からめて）の指揮を執ることになった。最後尾に位置する搦手の軍勢は少数精鋭の遊軍で、本隊が近江の勢多で木曾軍と衝突して木曾義仲を討ち果たしている間に、義経に率いられた搦手軍は別行動をとって山間部を流れる宇治川の急流を越え、木曾方の手薄な守りを突破して本隊よりも先に京に入った。

義経は英雄となり、範頼の影が薄くなった。

軍勢が出発すると鎌倉は静かになった。

頼朝は鎌倉に残り、姉たちと毎日のように宴席を設けた。そこには新たな賓客が加わっていた。平清盛の正妻池禅尼の実子の権大納言平頼盛。

頼盛は当初は清盛の弟ということで要職に就いていたのだが、池禅尼の没後、清盛の子息たちが成長するにつれて冷遇されるようになった。平治の乱のおりに頼朝の命を救うなど、平家一門とは異なる動きをしていた頼盛は、後白河法皇に接近するようになった。木曾義仲が進撃したおり、頼盛は比叡山に近い山科の守りに就いていたのだが、都落ちした平家からの連絡がなく山科に取り残されてしまった。そこで頼盛は、比叡山に避難していた後白河院のもとに赴き、院の命を受けて鎌倉に下ってきた。

すでに鎌倉には、頼朝の姉の婿となっていた一条能保や、その叔父で頼盛の舅にもあたる参議の持明院基家(もといえ)が亡命していた。

小四郎義時らの側近も京を目指す軍勢に加わったため、頼朝の周囲は京からの賓客ばかりになっていた。上西門院の御所で育った頼朝にとっては、公卿や文官との会話は心躍るひとときだった。

頼朝は連日宴席を設けて歓談した。とくに平頼盛は命の恩人であった。実母の池禅尼の弟にあたる牧宗親や息女の牧の方も招かれて旧交を温めることになった。伊豆に引き上げていた北条時政も鎌倉に戻り、御所の宴席に加わるようになった。

頼盛を始めとする京の公家たちの物腰や話しぶりは、万寿にとっては新鮮な驚きだった。声音が穏やかで動作がゆっくりしているのは、まるで女のようだと呆れてしまったが、言葉の抑揚には東国武者にはない気品があると感じずにはいられなかった。語られる話の内容も、漢詩や和歌、物語など、奥床しい教養が感じられるものだった。

鎌倉の軍勢が京に入った時、平家の水軍は和田泊に上陸して、平家が築いた新都福原を奪還していた。水軍は須磨の浜にも上陸して、急峻な山地を背後にした一ノ谷に後陣を張っていた。範頼が率いる本隊は福原の手前に何本もある急な河川を越えるのに手間どっていたのだが、義経が率いる搦手軍は急峻な山地の獣路を辿って、鵯越と呼ばれる急坂を駆け下って、平家の後陣に奇襲をかけた。驚いた平家軍は須磨の浜に待機させていた船に乗り込んで沖合に脱出した。その動きにつられて福原の本隊までが和田泊に待機していた船で脱出し、四国の屋島に後退することになった。

わずかな手勢で平家の全軍を撤退させた義経は京の皇族や公家に英雄として迎えられた。後白河院は義経を検非違使左衛門少尉に任じ、従五位下に叙した。

その直後に、軍勢に同行して院との交渉にあたっていた中原親能が鎌倉に戻ってきた。かねて約束していたように、頼朝の学友であった三善康信と大江広元を伴っていた。幼なじみの四人の学友が揃ったことになる。宴席が設けられ旧交を温めることになった。

万寿も宴席に加わった。康信も広元も初対面ではあるが、この二人については繰り返し話題になっていたので、親しい人物とやっと会えたという思いだった。

口数の多いのは最年長の三善康信だった。康信は幼少のころの頼朝の守り役だった。朝から晩まで頼朝のそばにいた。文覚が武術の指導をする時もつねにそばで見守っていた。それだけに頼朝のことを実の弟のように思っているのだろう。上西門院の御所の法金剛院の想い出を語り、幼いころの頼朝の話を笑いながら語り続けた。

背が高く温和な顔立ちの三善康信の話は、闊達で機知に富んでいた。武術担当の守り役の文覚にも引けをとらないほどの力強い話しぶりで、とくに万寿にとっては初めて聞く話が多く、笑い転げたり、いろいろと質問もして、大いに座が弾んだ。

やがて康信は、石橋山の合戦の話に移った。

「以仁王の反乱が鎮圧されたあと、上洛して鎮圧の軍に加わっていた大庭景親が騎馬武者を引き連れて相模に戻ったという報せを受けて、弟に書状を託して北条に届けさせました。陸奥にでもお逃げなされと書いたのでございますが、頼朝さまはお逃げにならず、命がけの戦さに挑まれました。その勇気にわたくしは心底驚かされました」

頼朝は上機嫌で笑い声をあげた。

「あれは御台所がわしを唆けたのじゃ。東国の武士が一揆同心するためには、命をかけて闘うという御曹司の心意気を示さねばならぬ、と御台所が言うたので、わが嫁はわしが死んでもよいと言うのか、と言い返したのじゃが、するとわが嫁に、あなたさまは命を惜しまれるのですか、と叱責されてしもうた。いまの鎌倉があるのも、ひとえに御台所のおかげじゃと思うておる」

かたわらの万寿がとりなすように言った。

「大殿は十日もの間、命がけで箱根の山中を逃げ回っておったそうでございます。まことによく逃げおおせたものでございます」

頼朝が感慨深げにつぶやいた。

「わしがいまこうしておるのも、天命であったのだろう。だとすればその天命に背かぬように己の責務を果たさねばならぬ」

この時、いままで黙って話を聞いていた大江広元が、静かに問いを発した。

「九郎判官どのを、どのように処分なされますか」

「判官とは……」

頼朝が訝しげに問いかけた。

「源九郎義経どのは京ではそのように呼ばれておいでてございます」

横合いから三善康信が説明した。

「義経どのは院から左衛門少尉の官職を授けられました。三等官の大尉や少尉で検非違使を兼ねる者を別名で判官と称します。それゆえ九郎判官でございます」

万寿が高い声で言った。

「大江広元さまの書状に従うて、大殿の許しなく朝廷より官職や位階を授かることは禁止といたしました。禁を破った者はたとえ大殿の弟ぎみでも厳罰に処さねばなりませぬ。死罪に処すべきでございましょう」

頼朝は笑い声を立てた。

「御台所は血も涙もないお方ですね。まあ、義経の処分はあとで考えるとして、とりあえずは堀川の館で謹慎ということにしてあります。ただ義経には確かに軍略の才があるようですね。利用できるものは利用した方が得策ではないですか」

これを受けて中原親能が発言した。

「上洛する軍勢が鎌倉を出発したおり、わたくしは院への報告のために本隊より先に出発いたしました。そのおり義経さまが率いる搦手の少数精鋭の武者たちに尾張から美濃のあたりまで、護衛をしていただきました。ともに旅をして語り合ううちに、まことに聡明なお方と感じ入りました。不破の関跡を越えて近江に入ったところで、木曾軍の布陣を察知し、少数の武者だけでは闘えぬと進軍を停止されました。その後の宇治や一ノ谷での戦さぶりとは違った、慎重な一面もおもちでございます。引くべきところでは引き、ここぞというところでは大胆な奇襲をかけられる、若さに似合わぬ秀でた軍略家でございます」

親能があまりに義経を褒めそやすので、頼朝は勃然とした表情になった。

万寿が口を挟んだ。

「秀でた軍略家ならなおのこと、早急に処分をせねばなりませぬ。義経どのが英雄となり、後白河院の支持を得ることになれば、幕府が二つに引き裂かれてしまいます」

「それが院の狙いでございましょう」

低い声で大江広元が言った。声は低かったが、その言葉の重みが胸を打ったようで、その場の全員が広元の方に顔を向けた。

大江広元は小柄な人物だった。四人の学友の中では最年少ということだが、老成したような枯れた物腰で、口数も少ないものの、黙っているだけでも鋭い目つきでその場にいる者を支配しているように感じられた。

広元はわずかに声を高めた。

「後白河院は日本一の大天狗でございます」

「大天狗……」

頼朝がうめくような声を洩らした。

広元が語り始めた。

「平安京遷都以後三百五十年、京においては戦さというほどの騒乱は皆無でございました。その平安の世を揺るがした保元の戦さのあと、権力を掌握したのは院の乳父（めのと）の信西（しんぜい）入道でございました。育ての親ともいえる信西の存在を目障りと感じられた院は、平清盛に熊野詣を勧め、側近の藤原信頼と源義朝を嗾（そそのか）して清盛不在の間に信西入道を討たせました。権力を握ったつもりになった信頼に、ご自分は一時は御所に幽閉されていたのですが、隙を見て脱出し、熊野から引き返してきた清盛の六波羅邸に二条帝とともに逃げ込んで庇護を求められたのです。この平治の戦さで清盛が大権力者となると、院は以仁王に指示を出して平家追討の令旨を出させ、これに応えた木曾義仲が入京すると、頼朝さまに木曾の追討を命じられました。院はつねに策謀をめぐらせて強くなりすぎた権力者を叩き、自らの権威の維持を図られる、何とも狡賢いお方でございます。まさに大天狗……」

「日本一の大天狗か。なるほど、こちらも用心してかからねばならぬな」

頼朝は納得したように頷いてみせた。

広元は語気を強めた。

「平家を滅ぼしたあかつきには、いずれ院は頼朝さまと義経どのを反目させ、どちらかを滅ぼすお考えではと思われます」

広元の言葉に頼朝は思案顔で応えた。

「広元が書状で伝えてきた第一の進言、『平家を攻めるにあたっては時をかけてゆるりと進撃する……』という心得は、御台所の弟の小四郎義時が胸に刻んでおる。全軍の総大将を任せた範頼は虚け者じゃが、義時を参謀につけて差配を任せることにした」

頼朝はそこで小さく息をついた。

「平家の主力は水軍じゃ。もともと伊勢平氏は水軍を有しておった。その水軍で瀬戸内の海賊を制圧して配下につけ、宋船が福原に近い和田泊まで来航できるようにした。平家の本隊は水軍とともに四国の屋島に駐屯しておる。これを義経に攻めさせたい。あやつの軍略家としての才がいかほどのものか、試してみようと思う。案ずることはない。あやつが目立ち過ぎぬように、梶原景時を戦さ奉行として随行させておる。軍勢を動かすのは梶原じゃ。一ノ谷の戦さでは、梶原は義経の勝手な行動に腹を立てて、範頼の本隊に合流しておった。そのため義経の独歩を見逃してしもうたのじゃが、今回は熊野水軍を率いることになるので、すべては梶原の差配で動くことになる。義経の独歩暴走は許さぬ」

頼朝の話しぶりには、どこか楽観的な響きがあった。おそらく頼朝は、弟の義経という人物をいくぶん見くびっていたのだろう。

事態は頼朝の思惑を超えて予想外の方向に展開していくことになる。


範頼が率いる本隊は、広元の進言に従って時をかけてゆるりと進撃した。平家の水軍が対岸の屋島に控えていることから、平家配下の在地領主たちも必死の抵抗を見せた。進撃が前に進まぬと兵粮の調達も進まない。範頼の本隊は停滞を続けていた。

頼朝の当初の予定では、大軍が山陽道を進撃して九州までを制圧し、平家の退路を断った上で正面から屋島を攻めるというものだったが、本隊が長く停滞していることに業を煮やした頼朝は謹慎中の義経に参戦を命じた。

梶原景時と三浦義澄が差配する百五十隻の軍船が難波津に待機していた。三浦の水軍に新宮に本拠を置く熊野水軍が加わっていた。ただちに出陣する予定だったが、天候不順で海が荒れ、予定通りに出発することができなかった。嵐を突いて出陣せよと義経は命じたのだが、梶原は動かない。義経は梶原の諫言を無視してわずかな手勢とともに、夜明け前に五隻の船だけで出発した。

五隻の船では屋島に駐屯する平家の大軍とは闘えない。義経は四国の東岸に船を着け、そこからは陸路で前進した。平家配下にある四国の在地領主に奇襲をかけ、一部の兵を味方につけて義経は嶮峻な山路を辿り屋島に到達した。島と呼ばれてはいるが、屋島は狭い水路で隔てられているだけで、ほとんど四国と陸続きの場所だった。

屋島の対岸に到達した義経は、海岸に面した民家に火を放った。これは大軍の進撃を装うための策略で、その火焔を背景にして少数精鋭の武者たちは浅瀬を越えて屋島に上陸した。鎌倉方の水軍の襲来に備えていた平家は、予想もしない背後からの襲撃に驚いて、我先に軍船に乗り込み、沖合に逃れた。

一ノ谷の場合と同様、軍船が待機していることが平家の弱みとなった。奇襲に慌てふためいて、闘わずして海に逃れた。義経はまたもやわずかな手勢だけで、平家の大軍を追い立てることに成功した。

屋島の拠点を乗っ取られた平家は、本州の西端、狭い水道を挟んで九州と向き合っている彦島まで水軍を後退させるしかなかった。水軍が屋島から離れたことで、西国の在地領主たちは戦意を喪失した。幕府側に寝返る者が続出し、範頼が率いる本隊も無事に前進することができた。

義経の鮮やかな奇襲に驚いた瀬戸内の塩飽（しあく）党、三島水軍など、かつて海賊と呼ばれた一族も平家から離れて義経の配下に入った。源氏方についた新宮の熊野水軍とは別れて、平家側に回っていた田辺の熊野水軍も、最終的には義経の側に回った。平家の水軍は孤立することになった。

彦島から近い壇ノ浦の合戦で平家一族は滅びた。八歳の安徳帝は三種の神器とともに海底に沈んだ。義経は英雄となり意気揚々と京に凱旋した。大歓迎を受けた義経は検非違使として京の治安を担当することになった。東国武士に敗れた京周辺の武士たちは義経の麾下に入った。平家が滅んだいま、義経が率いる畿内の武士団は、鎌倉に続く第二の勢力になりつつあった。

範頼と小四郎義時はさらに九州全域の治安維持のために奔走した。戦時下の臨時の処置であった守護奉行と地頭は、そのまま継続することになり、鎌倉幕府は西国を完全に支配することになった。

のちに義経が院の宣旨を得て頼朝追討の動きを見せたおり、頼朝は軍勢を送って逆に義経追討の宣旨を院に要請した。吉野を経て陸奥の平泉に逃亡した義経を追捕するために、頼朝は東国全体を戦時下と見なして守護奉行と地頭の任命権を院に求めた。これが認められ、頼朝は日本全国の守護地頭の任免権を得て、実質的に日本国の最高権威となった。この結果、朝廷の除目による国司長官は肩書だけの名誉職となった。

陸奥を支配し黄金の都と呼ばれる平泉の街を築いた藤原秀衡（ひでひら）は義経を保護したが、秀衡が没すると跡継の泰衡（やすひら）は鎌倉の権威を恐れて義経の館を攻め自害に追い込んだ。その直後に陸奥は鎌倉の軍勢に攻められ、奥州藤原一族は滅んだ。

十年後の建久六年（一一九五年）、万寿は頼朝とともに鎌倉を出て、生まれて初めて京に赴くことになった。

平家と対立した僧兵との戦さで奈良の寺院の多くが炎上した。その炎熱で大仏の首が落ちたと伝えられる。その大仏の修復と大仏殿の落慶供養の華やかな儀式に参列するために、頼朝は六万騎の騎馬軍団とともに上洛した。京において要人と面会したあと、旧都奈良に向かい、儀式に加わった。

万寿は長女の大姫、嫡男の頼家、次女の乙姫、次男の千幡（実朝）を産んでいた。この旅にも伴っている。鎌倉に大仏が出来るのはのちのことなので、大仏の偉容は万寿にとっては想像を絶するものだった。子どもたちも喜んだ。

とくに心を病んでいる大姫が大仏を見て笑顔をうかべたので、奈良に来てよかったと万寿は胸を撫で下ろした。

木曾義仲が近江で討たれた直後に、人質の義高は危険を感じて逃亡を図ったのだが、逃げ延びた武蔵国入間のあたりで追っ手に捕まってその場で殺害された。

義高を兄と慕い将来の夫とも考えていた大姫にとっては、衝撃的な出来事だった。

それ以後、大姫は重い気鬱にとりつかれ、笑顔を見せることがなくなった。この娘の将来のことが気にかかった。最初に考えた縁組は、頼朝の姉が産んだ一条高能（たかよし）という若者だった。姉の一家は鎌倉に避難していた時期があるので、家族ぐるみで親しくなっていた。

一条能保は京に戻ると、頼朝の親族ということでにわかに出世して要職に就くようになった。嫡男の高能もすでに叙爵され右馬頭（うまのかみ）などを務めていた。縁組の話を大姫にしてみたのだが、大姫は頑なに拒否した。自分は一生、婚姻などはしないと決意しているようだった。

そういう大姫の気持をどれほどわかっているのか疑問だが、頼朝は大姫の入内を画策するようになった。鎌倉幕府を開き、全国を支配している頼朝ではあるが、その権威は朝廷に認められているからこそ維持できるものだった。朝廷との円満な関係を維持するためには、婚姻によって縁戚になるのが得策だった。

万寿としても、朝廷への入内ということになれば、大姫の気持も変わるのではないかという、かすかな期待があった。

落慶供養の儀式を終えた一行は、京に戻った。

万寿には重要な責務が残っていた。
丹後局（たんごのつぼね）との二人きりでの対面が予定されていたのだ。
後白河院の晩年の側近となった丹後局は、すでに高齢ではあるものの、類例のない美貌の女官だという噂が鎌倉まで伝わっていた。

夫は平業房（なりふさ）という下級貴族で左衛門佐という低い身分だったが後白河院の側近を務め、その縁で女官として院に仕えた。

平清盛との対立で後白河院が鳥羽離宮に幽閉されたおり、付き人はただ一人に限ると厳命された院は丹後局を選んだ。他の側近や女官は解官となり流罪となった者も多かった。院との二人きりの蜜月を過ごすうちに、丹後局は院の代官のごとき立場となり、平家が滅んだあとも朝廷を差配するようになった。

院が亡くなった後も、朝廷の陰の支配者として君臨していた。後鳥羽帝はまだ十六歳で、政務に口を挟むことはない。公卿や側近たちの勢力も丹後局には及ばなかった。丹後局は村上源氏の流れを汲む中納言の土御門通親と手を結んで、自らの権威の延命を図っていた。

頼朝はかつて平清盛や池禅尼が居住していた六波羅の大邸宅を接収して、上京したおりの館としていた。京に到着した日に、丹後局をこの邸宅に招いて、最初の顔合わせは済ませていた。頼朝、万寿に子どもたちも加えて、和やかに言葉を交わした。鎌倉から持参した砂金などの手土産を渡すだけの短い顔合わせだったが、さりげなく大姫を引き合わせるというのも密かな目的だった。

そのおりに、丹後局との再度の話し合いを約束していた。

今度は二人きりでの対面だ。

相手は後白河院亡きあとの朝廷を支配する闇の女帝ではあるが、万寿の側に気後れはない。こちらは鎌倉幕府を陰で支える御台所だ。いまは幕府が朝廷を圧倒している。

わずかな緊張感があった。まず先に万寿が話しかけた。

「あなたさまとこのように二人きりでお話ができるのは、夢のような心地でございます」

丹後局が静かに応える。

「わたしなど、ただ晩年の後白河院にお仕えしたというだけのことでございます。東国の武者たちを一つにまとめておられるのは、頼朝どのではなく御台所であると、大江広元が申しておりました。あのお方の判断をわたしは信用しております」

大江広元はかつての右大臣、いまは関白となった九条兼実の側近を務めていたことがあるので、院や公卿とも親交がある。鎌倉で公文所を改編した政所の別当を務めながら、京との間を頻繁に往復して、朝廷との調整役を務め、丹後局にも気に入られていた。

丹後局は言葉を続けた。

「先日は天台座主の慈円さまがこんなことを話されました。わが日本国は皇后と女帝によって築かれた女人入眼の国にして、いままさにその女人の時代が復活せりと……」

慈円は関白九条兼実の同母弟で、門跡寺院の青蓮院の門主を長く務め、三年前に仏教界の最高位ともいえる天台座主となった。慈円は和歌の道にも秀でているのだが、『愚管抄』という歴史書も執筆していて、独自の歴史解釈を試みている。

その慈円が神功皇后、推古女帝、皇極女帝らの例を挙げて、古代日本の基礎を築いたのは女人だという見解を述べ、それを「女人入眼」という語で示した。仏師は最後の仕上げとして仏像に眼を入れる。日本国を築いて最後に眼を入れたのは女人だというのだ。

慈円が歴史書を書いていることを万寿は知らない。それでも丹後局の話しぶりから、偉大な高僧が女人の時代が到来したと語ったという話を聞いて、誇らしい気がした。

万寿は丹後局の顔を見据えて問いかけた。

「あなたさまは、いまの世をどのように思うておられるのでございますか」

丹後局は微笑をうかべた。

「保元の戦さののち、日本国は武者の世となったと慈円さまは語っておられます。あの戦さ以来、平家が武力をもって国を支配するようになりました。後白河院は内裏の中ではお好みの女房のすべてに手をつけるなど、わがもの顔にふるまっておられましたが、治天の君などと呼ばれながら結局は何の力もなく、鳥羽離宮にわたしと二人きりで幽閉されてしまいました。わたしにとっては好都合でございましたけれど……」

そこまで話して、丹後局はにわかに厳しい表情になった。

「頼朝どのは後白河院のことを『日本一の大天狗』と呼ばれたと広元が話しておりました。それは過大なお言葉でございましょう。院がいくら悪あがきをしてもすでに日本国は武者の世になっており、その武者を束ねられている鎌倉幕府の権威には、院の力は及ばなかったのでございます。それでも最後の抵抗で、木曾義仲に威されて発した征夷大将軍の宣旨を頼朝どのには出しませんでした。院がお亡くなりになりましたので、わたしが任じて差し上げましたが、朝廷に出来るのはそこまででございます」

「朝廷の権威は永遠に失われることはございません。それが日本国でございます」

相手の言葉を遮るように万寿は強い口調で言った。

「京の御所には帝がおられます。神代から継承された帝の権威は、いまも日本国を支配いたしております」

「朝廷と幕府の融和を図り、戦さに明け暮れたこの国に、永久の平穏をもたらす策がございます」

「幕府の御台所がそのようなことを言われるからには、何か策をおもちになったのでしょうね」

「大姫さまの入内でございますね」

相手が先にそのことを口にした。万寿はいささか虚を衝かれた気がした。

「さすがは丹後局さまでございます。すべてをお見通しでございましたか」

万寿の言葉に、丹後局は事もなげに応えた。

「二人きりで話がしたいとお申し出があった時から、このことは予想いたしておりました」

そう言ってから、丹後局は急に表情を曇らせた。

「清盛は正室の妹（建春門院滋子）が高倉帝を産み、娘（建礼門院徳子）が安徳帝を産み、外戚として帝を支配する地位に昇りました。されども入内させた娘が皇子（みこ）を産むかどうかは、天命に従うしかないと申せましょう」

十六歳の帝のもとにはすでに関白九条兼実の娘の任子（たえこ）、丹後局とは昵懇の間柄の中納言土御門通親の養女の在子（ありこ）が入内していた。丹後局としては在子が皇子を産むことを期待しているのだろう。そこに大姫を入内させることは、競争相手が増えることになる。

万寿は身を乗り出すようにして言った。

「わたくしどもは孫を皇位に就けようなどという大それたことを考えておるのではございません。娘を内裏の中に留めていただいて、皇室と親交を深められればと思うておるだけでございます。もしも僥倖に恵まれまして、大姫が懐妊し、男児を産むようなことがありましたら、鎌倉に迎えて、次の将軍に立てたいと思うております」

丹後局は驚いたように低い声でつぶやいた。

「将軍に……。あなたさまには男児が二人もおられるではありませぬか」

「朝廷と幕府の融和を図るためでございます。わたくしはわが実子（うみのこ）にこだわるつもりはございません」

丹後局は万寿の顔を見据えた。

それから微笑をうかべてささやきかけた。

「大姫さまは病んでおられるようにお見受けいたしました」

万寿は息を呑んだ。大姫が抱えている重い気鬱を見破られたのでは、この話は進まぬものと覚悟した。

しかし丹後局は、病んでいる大姫は競争相手にならぬと判断したようだ。

「よろしゅうございます。おりを見て話を進めることにいたしましょう。わたしにお任せください」

そのようにして大姫入内の話は決まった。

鎌倉への帰途、頼朝は上機嫌だった。

だが万寿の胸の内には不安が渦巻いていた。

生まれ育った鎌倉を離れて大姫を京の御所に入内させる。それは容易いこととは思えなかった。

この年の暮れに、懐妊していた二人の妃が相次いで出産した。九条兼実の娘が産んだのは女児だったが、土御門通親の養女は男児（のちの土御門帝）を産んだ。失意の九条兼実は関白を辞して引退し、娘の任子も御所を退出して落飾することになった。

こうした朝廷の権力争いがあって大姫の入内はすぐには実現しなかったが、関白九条兼実を失脚させ、土御門通親と丹後局が朝廷を完全に掌握すると、入内の話は実現に向けて進み始めた。

その矢先、大姫は病没した。

入内の話が進みつつあるさなかの突然の逝去だった。

頼朝と万寿の画策は水泡に帰することとなった。

万寿のこれまでの人生に、挫折というものはなかった。三郎宗時を失った悲しみはあったが、源氏の御曹司と出逢い、鎌倉に東国の府を築き、平家を滅ぼして日本国を武力で制圧した。何もかもが思うがままの人生だった。

だがいま、朝廷との融和という計画が、もろくも崩れた。娘を失った悲しみよりも、計画が挫折したことの悔しさが胸にのしかかってきた。思うがままの人生に暗い翳がさしたように感じた。

これより後の万寿の人生は、挫折の連続となる。

そのことを万寿はまだ知らない。

第五章　頼朝の急死と二代将軍頼家

建久十年（一一九九年）、正月。

相模川にかかる橋の落成を祝う儀式に参列した頼朝は、鎌倉に戻る途中で落馬したと伝えられる。馬が急に暴れだしたという報告があった。もともと頼朝は乗馬は得意ではなかった。意識を失ったまま御所に運ばれた頼朝は、そのまま息を引き取った。

享年五十三。

総帥を失った鎌倉幕府は瓦解の危機にあった。

長男の頼家は十八歳に過ぎない。

御家人たちを統率するだけの力量は具わっていない。だが嫡男であることは確かで、頼家が幕府の総帥の地位を継承するしかなかった。

ただちに朝廷に使者が送られ、頼朝の死を伝えた。

京では二十歳の後鳥羽院が五歳の為人（ためひと）親王（土御門帝）に譲位をして院政を敷いている。院はまだ若年で権威の座にあるわけではない。

帝に立てられた為人親王の母は権大納言土御門通親（みちちか）の養女で、通親はこの年に内大臣に昇って政権を掌握することになるのだが、摂関家の出身ではないので独裁には到らない。三年後にはその通親が急死して、かつて関白の座から失脚した九条兼実の次男の良経が摂政となり、九条家が権威を復活させることになる。

頼朝の死は鎌倉幕府の危機であったが、朝廷の側も揺れ動いており、幕府を制圧するだけの体制が整っていなかった。

翌月には相続を認める宣旨が届き、諸国守護の任免権は頼家に委ねられることになった。

この時期の万寿は、朝廷との交渉をすべて政所別当の大江広元に任せていたが、広元と直接に会うこともなく、連絡役の小四郎義時に伝言するだけだった。

頼朝の死も幕府の危機も、万寿の眼中にはなかった。次女の乙姫（三幡）が死に瀕していたからだ。大姫で叶わなかった夢を、頼朝と万寿は乙姫に托していた。今年で十四歳になる乙姫の入内の話は着々と進んでいた。すでに女御という中宮に准ずる称号も受けて、上洛するばかりになっていた。

その矢先に乙姫は病に倒れた。

京から丹波時長という名医が呼ばれた。幕府の招聘には応じなかった医者を院宣によって鎌倉に下向させ、破格の待遇で迎え入れた。だがその甲斐もなく乙姫の病状は悪化の一途を辿った。

頼朝の死の半年後に、乙姫は息を引き取ることになる。

頼家の養育を比企一族に任せてしまった反省から、万寿は乙姫と末の千幡（実朝）は手元に置いて育ててきた。この時期は千幡を乳母を務めてくれた阿波局に任せて、万寿は乙姫の看病にかかりきりになっていた。

医者の処方が災いを招いたのか、死を迎えた乙姫は顔が腫れ上がり、変わり果てた姿になっていた。臨終に際して呼ばれた阿波局と千幡も目をそむけるほどだった。姉の無残な死にざまを目にした八歳の千幡は、その後、長く気鬱に取り憑かれることになる。

万寿自身も乙姫の葬儀を終えたあとは、全身の力が脱けたようになって、しばらくの間、床に就いていた。それでも小四郎義時を通じて、幕府に指示は出していた。

頼家が後継者になったとはいえ、御台所としての地位はいささかも揺らいでいない。頼家に従っているのは少年のころから側近を務めた近習（きんじゅ）の若者たちと育ての親の比企一族だけで、多くの御家人は御台所の万寿の配下にあった。

政所別当の大江広元、問注所執事の三善康信も健在だった。ただ侍所は別当の和田義盛に代わって執事の梶原景時が差配するようになっていた。これは頼家の指示によるものだった。侍所は御家人たちを統率する立場なので、まるで梶原景時が幕府の総帥になったかのように見えることもあった。

このことについて小四郎義時が、御家人たちの噂として、万寿にこんな話を伝えた。

「大殿が落馬された日、繋がれた馬のそばに梶原景時の姿があったという噂がある」

「梶原が馬に何かを与えたというのか」

「馬を暴れさせる薬物はいくらでもある。密偵などを担う雑色を率いる梶原は、そのあたりのことは熟知しているはずだ」

「ただちに梶原を捕らえて訊問せねばならぬ」

「それはどうかな。事を荒立てると御家人たちが動揺する。守護の任免権の継承を朝廷が認めたばかりだ。いま鎌倉で騒ぎを起こすのはまずい」

「梶原を動かしているのは比企能員じゃな」

「頼家さまはまだお若い。その頼家さまを意のままに動かして、比企一族が鎌倉の支配を企んでいるのだろう。だが姉者は御台所だ。頼家さまの母でもある。比企一族の思いどおりにはならぬ」

小四郎義時には元服の時以来の盟友三浦義村や、政所で大江広元の補佐をしている京育ちの文官二階堂行政の子息の行光など、信頼できる仲間がいた。また長く頼朝の側近を務めてきたので、大江広元、三善康信とも親しい。そうした小四郎義時の周囲の人々と、頼家を囲い込んでいる比企一族との間には、しだいに大きな溝が穿たれようとしていた。

頼朝が健在であったころは、問注所で審議すべき案件が頼朝のもとに持ち込まれ、頼朝の裁量ですべてが決まることも多かった。東国では領地争いが頻発する。武力で奪われた土地を再度武力で取り戻すということがあり、そのようなことが重なっていくと、その土地の本来の所有者がわからなくなる。頼朝の裁きには誰もが従うしかなかった。そのため頼朝のもとに持ち込まれる案件が増えていた。

そうした将軍による裁量を、頼家は自分が引き継ぐつもりになっている。実際にすでに多くの案件が頼家によって処理されているようだった。

ようやく体力が回復して人と会えるようになった万寿のもとに、大江広元と三善康信が揃って訪ねてきた。

まずは康信が頼家の勝手な裁量について実例を挙げて説明した。頼家が勝手な裁きを続けるようでは、問注所の役目が果たせなくなり、責任者の執事を務める康信の面目が失われるだけでなく、幕府そのものの信用がなくなれば、政務にも支障が出る惧れがあった。

万寿はかたわらにいる大江広元に問いかけた。

「いかがいたせばよいのじゃ。広元、そちには腹案があるのであろう」

大江広元は一礼してから顔を上げた。

「鎌倉殿は政所、問注所、侍所を設置し、幕府の役割の分散を計られましたが、重要な案件については、ご自身の裁量で事を進めておられました。幕府の政務は将軍の独裁によって進められておったのでございます。ただその政務をご嫡男の頼家さまがそのまま引き継ぐことになるのは、いかがなものかと存じます。頼朝さまは真っ先に平家配下の目代を討ち、命がけで石橋山の合戦に臨まれました。その心意気に賛同して、東国の御家人たちが結集し、一揆同心して鎌倉幕府を築き上げてきたのでございます。はっきり申しまして、頼家さまにはそのような人望はございません」

万寿は肯くしかなかった。

「鎌倉殿ほどの人望のあるお方は、他にはおらぬ。若輩の頼家はもとより、要職に就いておるそなたらでも、鎌倉殿の代わりは務まらぬであろう」

「われらには務まりませぬが、ただ一人、鎌倉殿の代わりを務めていただけるお方がおります」

「そのような者がおるというのか。それは誰じゃ」

「あなたさまでございます」

冷ややかとも思える口調で広元は言った。

「たとえ将軍職が嫡男の頼家さまに継承されましても、御台所は健在でございます。あなたさまのご意向には、すべての御家人が従いましょう」

言われてみれば、確かにそのとおりだった。頼朝が健在であったころでさえ、御家人たちはまず御台所のご機嫌を伺い、差配に従っていた。

自分が健在である限り、鎌倉幕府が揺らぐことはないはずだ。

頼朝の死があまりに突然であったことと、乙姫の病が重篤になったことで、気が動顚していた。

万寿は広元の顔を見据えて言った。

「確かに大倉御所の奥向きのことに関しては、御家人たちはわれの意向に従うであろう。されども政務に関しては、そなたらの助けが必要じゃ」

「わたくしもそのように思いまして、これを用意いたしました」

広元は書面を差し出した。

十三人の御家人の名が記されていた。

「中原親能は京に赴任しており留守でございますが、三善康信、それに小四郎義時さまと相談いたしまして、この十三人を選びました。いずれも鎌倉殿より重要な職務を任された宿老でございます。政務に関してはこの十三人の宿老が、御台所と頼家さまを補佐することといたし、何事につけても合議によって事を進めていくということにしたいと存じます」

万寿はその十三人の名簿を眺めた。

気に懸かるところがないわけではないが、確かにこの十三人で、過不足がないという気がした。


大江広元、政所別当。

三善康信、問注所執事。

中原親能、京都守護。

和田義盛、侍所別当。

梶原景時、侍所別当代行。

二階堂行政、政所執事。

足立遠元、公文所寄人。

安達盛長、三河守護。

三浦義澄、相模守護。

八田知家、常陸守護。

比企能員、上野守護。

北条時政、伊豆守護。

北条義時、寝所警護衆。

「ご懸念がございましょうか」

広元が声をかけた。万寿の目の動きから、同意しかねる点があることを読み取ったのだろう。

万寿は迷いながら懸念を口にした。

「比企能員は頼家の養育に関わったのをよいことに、出過ぎた真似をいたしておるようじゃ」

広元は落ち着いた口調で応えた。

「そのことはわたくしも承知いたしております。されどもいまや頼家さまの側近となっております能員を外したのでは、頼家さまが承知されないでしょう」

「梶原はいかがなものか。あやつは腹黒いところがある。多くの御家人が嫌っておる」

「梶原景時さまは鎌倉殿の側近で、頼家さまにも目をかけられ、侍所別当の役目を代行しております。外すわけにはいかぬかと……」

広元の言葉を遮って、三善康信が口を挟んだ。

「この名簿は小四郎義時どのにもご覧いただきました。義時どのも梶原の名に目を留められましたが、こやつはおれが始末すると言われました」

万寿は息をついた。

まだ北条の館にいたころ、頼朝の最初の男児を産んだ伊東祐親の娘が訪ねてきたことがあった。赤子を殺されすでに狂っているように見えた。頼朝に会わすわけにはいかぬと思った。

「女をどこぞまで連れて行って、二度と館に近づかぬようにせねばならぬ」

そう言った万寿に対して、小四郎義時は暗い顔つきでささやきかけた。

「殺せばよいのだな」

その時の弟の冷酷な表情が瞼の奥に灼きついている。

小四郎義時は生真面目で一途な性格で、時として恐ろしいほどに冷徹になるところがある。

万寿はもう一度、十三人の名簿を眺めた。

「わが父が入っておるが不要ではないか」

広元が珍しく強い口調で言った。

「北条時政さまは、鎌倉殿の旗揚げを支えた功労者でございます。御台所の父ぎみでもあられるので、誰も反対いたしませぬ。お父ぎみは山の上にお住まいですので、合議にわざわざ来ていただくこともないかと思うております。そのため小四郎義時さまの名を加えました。肩書きのないお方でございますが、鎌倉殿の第一の側近であり、御台所の弟ぎみであられる。反対する者はおりますまい」

この名簿に記されているのは、大江広元と三善康信が考え抜いて選んだ者たちのようだ。万寿としても認めぬわけにはいかなかった。

「わかった。この宿老十三人の合議によって政務を進めることとしよう。されども、朝廷から鎌倉殿の後継者と認められておるのは頼家じゃ。形の上では頼家が幕府の総帥ということになるであろうな」

「頼家さまは、母ぎみには逆らえませぬ」

「そうであったな」

万寿は大きく頷いた。

「朝廷との抗争はこれからも続くであろう。気を許してはならぬ。すべての御家人が一揆同心して一つにまとまらねばならぬ。いまから御所に出向いて、頼家によく言い聞かせてやらねばならぬ」

そう言うと万寿は立ち上がった。

万寿は頼朝の葬儀が済むと御所の主殿を明け渡し、千幡が暮らしている別棟に移っていた。頼家のいる主殿とは、渡り廊下でつながっている。

万寿は駆けるような勢いで渡り廊下を進んでいった。

頼朝と自分が使用していた御所の一郭であるから勝手はわかっている。

主殿に入ると頼家の姿が見えた。取り巻きの近習が何人かいて、昼間から酒を飲んでいる。

小笠原弥太郎、比企三郎、和田三郎、中野五郎、細野四郎……。いずれも有力な御家人の子息だが、小笠原の他は嫡流から外れた将来に希望のない若者たちだ。

いきなり現れた御台所の姿に、若者たちはその場に平伏したり、驚きの余り身動きがとれないでいる。

「母ぎみ、何事でございますか」

頼家だけは冷静な声で問いかけた。

乳母の住む比企一族の館で育てられたので、わが子でありながら成長の過程をつぶさに見てきたわけではない。たまに見かけるおりに、感情の起伏が激しくわがままに育てられていると感じてきたが、父の跡を継いだことで、いやに居丈高な物言いをするようになった。

「大事な話があって参ったのじゃ。他の者がおってもよい。皆の者に言い渡しておくことがある」

万寿の強い語気に、頼家はその場で居ずまいを正した。

「鎌倉殿が亡くなったあともわれは乙姫の看病に当たっておった。幕府の新たな体制を築かねばならぬと気に懸けておったが、まずは朝廷の御沙汰を待たねばならぬ。その御沙汰も下り、そなたへの継承が認められて、われも安堵したことであった。そこで改めて、幕府の新たな体制について、御家人たちに言い渡さねばならぬが、まずはそなたに聞かせておきたい」

頼家の顔がしだいに硬ばっていく。何を言い渡されるのか、不安な気持になっているのだろう。

「鎌倉殿は亡くなったが、御台所のわれは健在じゃ。亡き鎌倉殿のご遺志を継ぐためにも、今後も御台所の役目を果たさねばならぬと思うておる。幕府はわれが差配いたす。されども重要な案件については宿老たちの助言を仰がねばならぬ。そこで鎌倉殿に信頼されておった十三人の宿老を選び、その十三人の合議によって幕府の方針を定めることとした。このことを伝えるため、ただちに御家人たちを呼び集めることとする」

言い捨てると万寿は、頼家に反論の機会を与えず、足早に主殿から退出した。

ほどなく御台所の指示によって御家人たちが集められた。十三人の宿老による合議制が発表され、さらに今後も万寿が御台所の役目を果たすことが伝えられた。

万寿は頼朝の没後ただちに出家している。尼にして御台所ということで、「尼御台」と呼ばれることになった。


八月に入り、事件が起こった。

十三人の宿老による合議制が確立され、万寿が御台所を務めることで、頼家の独裁は許されなくなった。

しかしそれは重要案件に限られる。

細かい日常の案件については、頼家に指示を仰ぐ御家人が少なくなかった。そして頼家が御家人に命じたある指示が、大きな問題を引き起こすことになる。

乙姫が亡くなった直後で万寿はまだ心の整理がつかず、御所の片隅にある自分の居室に引きこもっていた。

そこに側近として仕えている二階堂行光が飛び込んできた。

行光は十三人の宿老にも名を列ねている政所執事二階堂行政の次男で、頼朝が健在であったころから、小四郎義時とともに頼朝の側近を務めていた。

その行光が昂奮したようすで語りかけた。

「戦さが……、戦さが始まります」

万寿は冷静に対応した。

「いかがいたした。慌てずに起こっておることを順にお話しなされ」

行光は大きく息を吸い込んで語り始めた。

前月、三河国で紛争が起こった。頼家はただちに安達景盛（かげもり）に三河に出立するように命じた。景盛はすぐには応じなかった。景盛の側室は絶世の美女と噂され、以前から頼家が関心を示していたからだ。しかし病床にある、この安達盛長が三河守護を務めていたので、嫡男の景盛が対応するしかなかった。景盛が出立した隙に、頼家は側近たちを派遣して評判の美女を拉致し大倉御所の奥まったところに監禁してしまった。鎌倉に戻った景盛は驚いたはずだ。郎党を率いて御所に乗り込んでくるのではと懸念されたのだが、頼家は機先を制してこちらから攻めるべしと近習の五人の若者に命じた。景盛に謀反の疑いありということで、近習たちはただちに侍所別当を代行している梶原景時の館に駆けつけ、兵の出陣を命じた。

噂は一気に広がり、御所周辺の御家人たちも大騒ぎとなっている……。

それだけのことを行光は一気に語った。

万寿は建物から出て厩に向かった。

じっくり思案している暇はない。安達景盛の父の盛長は、蛭ヶ小島で二十年にわたって頼朝に仕えた忠臣だ。嫡男の景盛は長谷の甘縄にある館に同居している。館が襲撃されれば病床にある盛長にも災いが降りかかることになる。

久々の乗馬だったが子どものころから馬を駆っている。跨がると体がひとりでに動き出した。馬の尻に鞭を当てた。

若宮大路を全速力で下って海を目指した。

由比ヶ浜に出る直前を右に折れ、海岸沿いの街道を進む。海の際まで迫り出している丘陵の麓、のちに大仏が出来る長谷の近くの甘縄という地に安達盛長の館があった。

寒川は鎌倉の西にあるので梶原の軍勢は西方から腰越と呼ばれる海沿いの道を来たはずで、館の周囲はすでに兵で囲まれていた。

先導して駆けている二階堂行光が大声で叫んだ。

「道を空けよ。尼御台さまのお出ましなるぞ。道を空けよ……」

兵が慌てて道を空けた。

館の前に出ると、万寿は馬を反転させて兵たちの方に向き直り、鎌倉の隅々にまで届くような大声を発した。

「われは大倉御所の尼御台なるぞ。鎌倉の御家人も配下の兵も、すべてはわれの差配に従わねばならぬ。安達の館に一歩でも踏み込むことは、この尼御台が許さぬ。兵どもはただちに囲いを解いて寒川に引き返すべし。われの命令を無視して館に押し入るというならば、まずこの尼御台を矢で射てからにせよ」

万寿の厳しい語調に兵たちはたじたじとなった。その場にいた頼家の近習たちは畏れおののき、兵に退却を命じた。

万寿は安達の館の方に向き直った。

「兵は引いた。門を開けよ。われは尼御台なるぞ」

安達景盛は館の門を閉ざして引きこもっていたようだが、中で声がして、やがて門が開かれた。

門の中には安達の郎党たちが武装して身構えていた。

その前に安達景盛が進み出て、地面に平伏した。

「お騒がせいたして申し訳なし。尼御台さまのお手を煩わすとは、まことにわが不覚にして、お詫びの言葉もございませぬ」

万寿は馬から跳び降りて言った。

「そなたに言うて聞かせたいことがある。されどもその前に、左中将（頼家）どのに書状を書かねばならぬ。墨と筆を用意いたせ」

館の中に入ると万寿は頼家に当てた書状を書き始めた。

幕下（将軍頼朝）が薨じられて後、時を経ずに乙姫が早世し、悲嘆に暮れておるところに、合戦を起こそうとされるのは、いかなる所存か。安達一族は長く将軍に仕えた忠臣なるぞ。詮議もなく兵を出陣させて誅殺などすれば後世に禍根を残すことになる。幕下の後継者にあるまじきふるまいなり。

この書状を二階堂行光に託して頼家のもとに届けさせた。

万寿が書状を認めている間、安達景盛は部屋の隅で平伏したままでいた。

安達景盛には風評があった。景盛の母は比企尼の長女で、父の安達盛長が京から戻るまでは、景盛の母が蛭ヶ小島で頼朝に仕えていた。そのため景盛は頼朝の落胤ではないかと噂されていたのだ。

この話にはさらに尾鰭がついていた。

頼朝が上洛したおり、後白河院から太刀を拝領したのだが、それは代々源氏の嫡流に伝えられた髭切丸という宝剣で、頼朝が元服したおりに父の義朝から贈られたものだった。平治の戦さで頼朝が捕らえられた時に平清盛の手に渡り、それが院に献上されていたのを、院が頼朝に下げ渡したということらしい。再び手に戻ったその宝剣を、頼朝は長く側近を務めていた安達盛長に与えた。それがいまは景盛に伝えられているというのだ。

この風評は万寿も父の時政から聞いていた。景盛は実直な人柄と思慮深さから多くの御家人たちから評価されていた。その評価に落胤という風評が加わって、頼家は自分の地位が脅かされると警戒したのか。あるいは本来は自分が受けるべき宝剣を取り返そうと画策したのかもしれない。

行光が書状をもって出ていくと、万寿は景盛に声をかけた。

「そなたには鎌倉殿の落胤という風評がある。そのことを承知しておるか」

景盛は即座に応えた。

「根も葉もない風評にございます。わたくしは一介の御家人でございますので、左中将さまにひたすらお仕えする所存でございます」

「そなたの父が幕下より宝剣を賜ったという話は存じておるか」

「詳細は存じませぬ。父は長く鎌倉殿にお仕えいたしましたので、恩賞として太刀を下げ渡されたという話は聞きましたが、その太刀はどこぞの神社に奉納したと聞いております。ご不審でございましたら、病に伏しております父に訊いてまいりましょうか」

「それには及ばぬ。そなたの父は鎌倉殿の第一の忠臣だ。その嫡男であれば他の御家人から嫉みを受けることもあろう。父の名誉を守ろうと思うならば目立たぬように言動に注意せねばならぬ。絶世の美女を得たと自慢するところがあったのではないか。とはいえ左中将に非があることは確かじゃ。われが諌めておくゆえ、そなたにはいかなる野心もなく鎌倉将軍に忠誠を誓うと、起請文を書いてもらいたい」

景盛はその場でただちに起請文を書いた。

万寿はその起請文をもって大倉御所に帰り、ただちに頼家のもとに出向いた。万寿が馬を駆って御所に戻ったことは頼家にも伝わっていたようで、主殿に一人きりで母が来るのを待ち受けていた。

万寿は幼い子どもを叱りつけるような口調で声を高めた。

「いきなり兵を出陣させ詮議もなく景盛を誅殺せんとしたのは人の道に反する暴挙ではないか。そのようなことでは武家の棟梁は務まらぬぞ。そなたは毎日愚かな近習どもと蹴鞠に興じ、昼間から酒を飲み、臣下の女を拐かして淫らなふるまいに耽っておるというではないか。鎌倉幕府は御家人によって支えられておる。そなたの自分勝手なふるまいが続くようでは、御家人の間に乱れが生じ、国の乱れを招くやもしれぬ」

頼家の目が怪しく光っていた。

怒りを抑えるように肩で息をついている。

母の顔を睨みつけるようにして頼家は言い返した。

「その国の乱れを防ぐために景盛を誅殺せねばならぬのですよ。女をめぐる争いに見せかけたのは、騒ぎを大きくしたくなかったからです」

「それはいかなることぞ。なぜ安達景盛を討たねばならぬのじゃ」

「母ぎみはご存じないのですか。景盛は父ぎみの落胤だと噂されております。だとすればあやつは父ぎみの長男ということになります。鎌倉幕府に不満のある御家人どもが、あやつを旗頭にして反乱を起こさぬとも限りませぬ。反乱の芽は摘み取っておかねばならぬのです」

　万寿は冷ややかな口調で言った。

「愚かなことを考えるものじゃ。御家人に不満を起こさせぬように、細心の気配りで統率いたすのがそなたの責務ではないか」

　そう言ったものの、万寿の胸の内に疑念が生じた。

　安達景盛は頼朝が蛭ヶ小島に配流された直後に生まれた。万寿自身が幼女だったころの話だ。そんな昔の話をなぜ頼家が知っているのか。

　景盛の母は比企尼の長女だ。頼家は比企一族に囲まれて育った。頼家の嫡男としての地位を脅かすような噂を、比企一族が伝えるとも思えない。

「根も葉もない風評じゃ。誰がそのようなつまらぬ話を吹き込んだのじゃ」

　頼家はわずかにためらってから、吐き捨てるように言った。

「侍所別当代行の梶原景時です。あやつは父ぎみの側近でした。信用のおける男でしょう」

　万寿は息を呑んだ。

　胸の奥底から不快感が迫り上がってきた。

　梶原景時は怪しい男だ。

　安達盛長の密命を帯びて傭兵として大庭景親の配下となり、石橋山で敗れた頼朝が箱根山中の洞窟に隠れている時に、大庭軍の捜索隊をあらぬ方向に巧みに誘導して頼朝を救ったとされる。

　源平の合戦でも梶原景時は搦手大将の義経の参謀を命じられ、義経が多くの戦功を挙げた陰で、頼朝の意向を無視して勝手な奇襲をかけた経緯を詳細に報告した。義経の評価が凋落したのはこの報告が原因だとされている。

何よりも頼朝が木曾義仲と平家追討のために出陣しようとした時、強く反対した上総広常を、翌日になって双六の勝負にかこつけて誅殺した。平家を滅ぼす戦さの端緒となった大きな功績だった。だがそれらはすべて、戦場での武功ではなく、怪しい陰謀や画策によるものだ。梶原景時は策略家だ。つねに他人の隙を衝き、人を陥れることだけを考えている。やがては頼家を自在に操り鎌倉を支配する最高権力者の座を狙っているのではないか。頼朝の馬に毒物を与えたのも、そうした野望の第一歩だったのでは……。

梶原に対する疑念は果てもなく広がっていく。

「われは梶原を信用してはおらぬ。父ぎみの最大の失態はあのような輩を信用しすぎたことじゃ」

万寿がそう言うと、頼家は顔を硬ばらせた。

「これは異な事を言われる。梶原を信用しておるのはわたしだけではありませぬ。比企能員はとくに梶原を重用いたしております」

「安達景盛を誅殺せよと進言したのは、比企能員であったか。鎌倉殿の随一の忠臣であった安達盛長とその嫡男を滅ぼして、幕府を独裁せんと企てたのじゃな。そのような野望のために無実の忠臣を誅殺するとは許しがたし。幕府を独裁したいのであれば、まずは尼御台のわれを殺せばよいのじゃ」

「たとえ母ぎみであろうと、理不尽なことを言われてこれ以上わが政の邪魔をされるのであれば、容赦はいたしませぬぞ」

怒りを抑えきれなくなったように、頼家は声を張り上げた。

その頼家の顔を、万寿はじっと見つめていた。

これがわが子か……。

われが胎を痛めて産んだ子が、何故にこのような暴君に育ってしまったのか。

長男を乳母の一族に育てさせたことを後悔した。

万寿は言葉もなくその場から去っていった。


後日、万寿は密かに大倉御所を出て、御所から近い小町大路に面した小四郎義時の館に向かった。

義時の正室が出迎えた。乳母を迎えて長男を育てさせていた義時は、やがて頼朝が寵愛していた女房を下げ渡されて正室としていた。姫の前という美女で、頼家の舅として権力を掌握しつつある比企能員の弟の娘にあたる。すでに二男一女を産んでいた。阿波局が産んだ長男もこの館に同居していた。

館には義時の盟友の三浦義村が招かれていた。

義村は頼朝の旗揚げに最初から加わった三浦義澄の嫡男だ。義澄が高齢になったいまは、三浦一族の総帥として、同族の和田義盛と覇を競うほどの有力者となっていた。

三浦義村を招くようにと指示を出したのは万寿だ。

酒席の用意がされていたが、その前に内密の話があると告げて、万寿は正室を遠ざけるように義時に命じた。

「梶原景時を討たねばならぬ」

万寿は低い声で義時と義村にささやきかけた。

わずかな間のあとで、さらに付け加えた。

「頼家をいずれ廃嫡にせねばならぬと思うておる」

義時と義村は緊張したようすで互いの顔を見合わせていた。

万寿は小さく息をついてから、義時に言った。

「比企一族と戦さになるであろうが、覚悟はあるか」

義時は不敵な笑みをうかべた。

「姉ぎみのご決断だ。おれは従う。わが妻は離縁するしかない」

「その覚悟を聞いて安堵いたした。ならばご正室を呼んで、今宵は和やかな宴としようぞ」

終始無言のまま姉と弟のやりとりを眺めていた三浦義村の目が、怪しく輝いていた。


小四郎義時の正室、姫の前が部屋に戻った。夫が離縁を決意したことを知らずに、かいがいしく酒や料理を運ぶ姿が哀れでもあった。

少し遅れて御所から阿波局が駆けつけてきた。万寿、阿波局の姉妹に弟の義時。ともに北条の館で育ったかけがえない家族だ。長男の金剛もその場に加わっている。

金剛は乳母に育てられていたが、阿波局は足繁く義時の館に通って赤子の世話をした。幼い金剛にとっては、阿波局は母そのものだった。実際に血の通った母と子なので、金剛と阿波局の間には余人にはうかがい知れぬほどの強い絆があるように感じられた。

のちに阿波局は頼朝の指示で、弟の阿野全成の正室となり、時元という男児を産んだのだが、同じころに万寿が次男の千幡（実朝）を産んだので、阿波局は乳母として御所に留まった。駿河国にある阿野の領地とは疎遠となっている。阿波局は乳母として千幡の世話をしながら、義時の館にも頻繁に通っていた。

いまは正室の姫の前がいて、継母として金剛を支えている。しかし姫の前にも男児がいるので金剛の立場は微妙なものとなっている。幼いころから世話をしてくれた阿波局は、金剛の心の支えになっているはずだ。その阿波局が自分の実の母だと、金剛は知っているのかどうか。

この日は三浦義村も宴席に加わっていたが、金剛と義村の娘が婚約しているので、いまは親族といっていい間柄だった。

宴席には義時の正室もいた。姫の前は比企一族の出身だから、いずれ比企と戦さになるという話は、伏せておかねばならない。宴席での会話はどことなく重苦しいものとなった。

弾まない会話が続いた時、急に金剛が、尼御台さまにお願いがあると言いだした。

何事かと万寿は金剛の顔を見た。

「改名をいたしたいと思うております」

真剣な口調で金剛は言った。

幼名は金剛だが、頼朝の生前に烏帽子親になってもらい、金剛はすでに元服している。烏帽子名は頼朝から一字を貰い受けて、頼時という。

万寿は改まった口調で問いかけた。

「頼時という名を改めたいというのか。鎌倉殿からいただいた大事な名ではないか」

「わが父とともに側近として鎌倉殿の寝所の警護衆を務めておられた結城朝光(ゆうきともみつ)どのがこぼしておられたことがございます。自分は烏帽子名のせいで冷遇されているのではないか……と」

結城朝光は頼朝の乳母の一人、寒河尼(さむかわのあま)の子息で、元服のおりは頼朝が烏帽子親を務めた。それゆえ朝光と名乗っているのだが、頼家が父の頼朝から優遇されていた御家人を嫌っていて、何かにつけて目の敵(かたき)にされるというのだ。

確かに頼家が安達景盛を誅殺しようとしたのは、頼朝が安達一族を特別に優遇していたことに、嫉妬を覚えたからだろう。

幸いにして、金剛が落胤ではないかといった風評は、世間の耳には届いていない。

だが、頼時という烏帽子名は、金剛にとっては負担になっているのだろう。

万寿は言った。

「そなたの気持もわからぬではない。ならばわれが烏帽子親の代わりとなって、そなたの新たな名乗りを考えることとしよう」

万寿は改めて金剛の姿を眺めた。

頼家よりは一歳年下だが、ほぼ同年代だといっていい。いつまでも子どもっぽいほどにわがままな頼家に比べて、後ろ盾となる母が不在だという生い立ちを背負って、控え目に生きてきた金剛には、年齢にそぐわぬ落ち着きと、もの静かな気品があった。

この金剛が将軍であれば、鎌倉の未来も安泰なのだが……。

そう思った時、新たな名がうかんだ。

泰時。

これ以後、金剛は北条泰時と名乗ることになる。


烏帽子名のせいで冷遇されるとこぼしていた結城朝光は、頼朝の寝所を警護する十一人の武者に選ばれるほどで、側近として重用されていた。だが頼家は頼朝の忠臣をことごとく遠ざけ、同世代の若者だけを身辺に侍らせていた。そのことで多くの御家人たちが不満を抱えていた。

朝光は大倉御所の広間に出仕したおりに、同じように不満を抱えている御家人たちを相手に、昔はよかった、といった愚痴をこぼした。

「昔から、忠臣は二君に仕えず、というではないか。鎌倉殿が亡くなったおりに、わしも職を辞して出家すればよかった。いまは後悔しておる」

朝光がそう言ったのを、部屋の隅で梶原景時が聞いていた。

景時はこういった御家人たちの噂話に耳を傾けていて、そのつど頼家に報告していた。朝光が頼家に不満を持ち、仲間を煽って謀反を起こそうと企んでいる。景時がそのような讒言(ざんげん)をしたために、頼家は側近たちに朝光の誅殺を命じた。

自分が誅殺されそうになっていることを、当の結城朝光はまったく知らなかった。のんきに御所に出仕したところに、阿波局が駆け寄って、身の危険が迫っていることを報せた。話を聞いた結城朝光は慌てて、御所の西門の前にある三浦義村の館に駆け込んだ。この時にはすでに義村が動いていて、和田義盛や安達盛長に使者を出し、梶原景時を糾弾する連判状への署名を求めていた。そこから一気に動きが速くなり、最終的に六十六人の御家人が連判状に署名することとなった。

三浦義村と同族の和田義盛が、政所別当の大江広元の館に出向き、連判状を提出した。受け取った広元はしばしの間、沈黙していた。戦さが起こることを懸念していたのだ。しかし和田義盛が怒気をはらんだ声で対処を求めたので、仕方なく御所に出向き、頼家に奏上することになった。

こうした動きは万寿にも伝えられた。

「大江広元さまが連判状を奏上されました」

阿波局の報告に、万寿は冷ややかに問いかけた。

「それで頼家はどういたした」

「ただちに梶原景時さまを呼び出して申し開きをさせたようです」

「梶原は弁明したのか」

「何も申されず、ただちに御所を退出して、一族を引き連れて領地に戻られたそうです。有力な御家人が六十六人も署名しているのですから、言い訳をしても無駄だと悟られたのでしょう。ただ三男の景茂(かげもち)さまだけが残られて、頼家さまに梶原一族のこれまでの戦功を挙げ、あれこれと弁明されたそうです」

「頼家は何ぞ仕置をしたのか」

「それが、比企の館に移って側近の方々と蹴鞠に興じておられるそうです」

「愚か者めが……」

その後、和田義盛と三浦義村が奉行を務め、梶原一族は鎌倉から追放された。寒川の所領は没収され館は打ち壊された。

梶原一族は相模を脱出して駿河に入ったが、その途上で待ち構えた地元領主の軍勢と衝突し、一族の大半が誅殺された。


尼御台と称される万寿と、征夷大将軍の宣旨を受けた頼家。

厳しい対立が続いていたが、大きな事件は起こらず、四年の年月が経過した。

頼家は二十二歳になっている。

万寿は二階堂行光とともに、北条金剛泰時を側近とするようになった。

泰時は頼家より一歳年下の二十一歳。年齢を重ねるごとに面影が頼朝に似てくるような気がしてならない。

御所には阿波局もいる。阿波局は万寿の次男千幡の乳母を務めた。

万寿は、頼家の後継者のことを考えている。

頼家は若年ではあるが、比企能員の娘を妻として、すでに嫡男の一幡(いちまん)が生まれている。鞠子(まりこ)という同母妹の他、側室にも三人の男児がいる。

一幡は六歳。元服にはまだ間がある。

手元で育てている千幡も元服前の十二歳にすぎない。

泰時を将軍に立てることはできないか。

万寿はそんなことを夢想する。泰時は頼朝に似ている。

自分が胎を痛めた子ではないが、妹の阿波局の実子だから、北条の血を宿している。頼朝の落胤だということは、誰にも知られてはいない。

父を早くに失った千幡は、梶原景時の失脚で侍所別当に復帰した和田義盛を父のごとく慕っている。義盛と頼朝が同じ年齢で、頼りがいのある武者と感じられるのだろう。

同じように、千幡は側近となった泰時を、兄のように頼りにしている。

若年の千幡を将軍に推し立て、泰時が陰で支えてくれたら……。

千幡には京から招いた源仲章（なかあきら）という学者を侍読（じとう）に付けて漢籍を学ばせ、文通で藤原定家（ていか）から和歌の指導を受けさせている。京の公家の文化に憧れている千幡には、武家の棟梁は務まらない。

泰時の支えが必要だ。

そんな思いを抱きながら、たまたま阿波局も二階堂行光も不在で、そばに泰時しかいない時に、万寿はさりげなく泰時に尋ねてみた。

「泰時どの。妙なことを問うとお思いかもしれぬが、そなたに訊いてみたいことがある。そなたはこの鎌倉幕府というものを、どのように考えておるのじゃ」

突然の問いだったので、答えが得られるとは思っていなかった。義時や三浦義村に同じ質問をしても、大いに途惑い、そのような大きな問題には自分は答えられない、といった返答があるのではないか。

だがこの問いに泰時はただちに答えた。

「いまのところは東国の武将たちの寄り集まりでございます。朝廷の律令制度や位階の序列のような、基本となる制度や式目を整えねばなりませぬ。武将たちの勝手な領地争いを厳格に管理し、武士のあるべき生き方を示して、東国に秩序をもたらすことが肝要でございます。さすればその秩序を、日本国の全土に広げることも可能となりましょう……」

思いがけない答えだった。

二十歳を過ぎたばかりの若者が、幕府ばかりか、日本国の在り方について考え、明確な理念をもっている。

泰時の聡明さに驚いた。だが気に懸かることがあった。

まだ何か言い足りぬことがあるのではないか。

万寿は改めて問いかけた。

「東国に秩序をもたらし、その秩序を日本国の全土に広げる……、その先に、どのような行く末があるのじゃ」

わずかな間のあとで、泰時はつぶやくように言った。

「もはや朝廷などというものは不要となりましょう」

万寿は息が詰まり、胸の鼓動さえ止まるような気がした。

政所の大江広元、問注所の三善康信、侍所の和田義盛と、頼朝とほぼ同世代の責任者が、幕府の行政や訴訟を管理していたが、所領の配分など重要な案件は、尼御台と呼ばれる万寿の裁量で進められていた。

だが万寿の指示とは別に、頼家が勝手に所領の配分をすることがあった。比企一族の関係者や、取り入ろうとする者らが、特別に優遇されることが多かった。万寿は頼家との間が険悪にならぬように、譲歩をすることもあったが、許しがたいこともあって声高な言い争いになることもあった。

十三人の宿老の内、梶原景時は失脚し、安達盛長と三浦義澄は病没し、領地が遠国で不在の者もあったが、鎌倉在住の宿老は万寿を支持している。

尼御台と将軍が対立すれば、将軍の方が劣勢となる。

頼家は自分の無力を痛感するとともに、いつか自分が尼御台と宿老たちによって、失脚させられるのではと密かに懸念していたようだ。

自分が将軍の座から引き下ろされるようなことがあれば、誰が後継者となるのか。

頼朝の弟であり、尼御台の妹の阿波局の夫でもある阿野全成。恐怖に駆られた頼家は全成の抹殺を謀った。

建仁三年（一二〇三年）、五月。

頼家はだしぬけに阿野全成を謀反の疑いで捕縛し詮議もせずに常陸国に流罪とした。

このことに万寿や阿波局が気づいたのは、すでに阿野全成が常陸に向けて護送されたあとだった。ただちに使者を派遣して流罪を解くように指示を出したのだが、全成は配流先に着いた途端に、常陸国守護で十三人の宿老の一人でもある八田知家の手の者によって暗殺されてしまった。

さらに頼家は全成の正室の阿波局までを捕縛しようと比企の兵を御所に差し向けたのだが、万寿は御所の兵で凌いだ。そこに急を聞きつけた三浦義村が近くの杉本城から兵を呼び寄せた。少し遅れて北条時政の兵も名越の城砦から出陣した。三浦、北条の連合軍と、比企の軍勢があわや衝突という事態になった。

劣勢を悟った比企の兵が撤退したため、その場は収まったが、比企一族は孤立することになった。

頼家の暴挙は、体調の悪化による焦りが原因だったのかもしれない。直後に頼家は生まれ育った比企の館に引きこもって寝込んでしまった。比企の館は御所から離れた場所にあるので、病の重さは不明だったが、頼家が大倉御所から離れて比企の館に引きこもったことは、将軍職の放棄というしかなかった。

万寿と小四郎義時は朝廷に向けて頼家危篤の報せを発した。

宿老たちが集まり家督についての話し合いがあり、地頭が管理している荘園のうち、東国は嫡子の一幡、西国は弟の千幡が引き継ぐと定められた。これには一幡の外祖父にあたる比企能員が異議を申し立てた。

激しい対立の最中、北条時政の名越の館で法事があるということで、比企能員が招かれた。蛭ヶ小島で頼朝の側近を務めていた比企能員は、頼朝が北条の入り婿になってからも側近として侍っていた。同じ館で暮らしていたので、時政とも懇意になっている。

能員はすでに病床の頼家から、北条追討の命令を受け、戦さの準備をしていたのだが、招待を断ると怪しまれると周囲の者に語り、武装せずに北条の館に乗り込んでいった。しかし比企一族が戦さの準備を始めたことは、万寿も小四郎義時も察知していた。時政も石橋山の合戦以来の僚友の天野遠景らをあらかじめ呼び寄せて、待ち伏せをしていた。名越の坂の途中で比企能員は襲撃され、誅殺された。

間を置かず尼御台の指示で小四郎義時を大将とする幕府の軍勢が比企の館を攻めた。一族は館に火を放ちことごとく自決して果てた。頼家の嫡男の一幡も没した。

頼家は直前に大倉御所に戻っていたので無事だった。病もほとんど回復していたのだが、後ろ盾の比企一族が滅亡し、嫡男の一幡まで亡くなったとあっては、大きな衝撃を受けずにはいられなかった。体は回復しても、心の病に冒されることになった。

すでに頼家は死んだことになっていて、朝廷から弟の千幡に征夷大将軍の宣下があった。頼家は伊豆修善寺に幽閉されることになった。

翌年の七月、万寿は馬を駆って単身で伊豆修善寺に向かった。

修善寺は弘法大師空海が創建したと伝えられる古刹だ。地名にもなっており、万寿が幼時を過ごした北条の館からも近い。少女のころから近在を馬で駆け回っていた万寿にとってはわが庭のようなものだ。

頼家には寺域の片隅の小坊が与えられていた。周囲を北条の兵が警護している。牢獄のようなものではなく、戸は開け放されていて、小坊の周囲の散歩くらいは許されているはずだが、失意のためか動く気力もなく臥せっていることが多いという。

万寿が小坊に入ると、気づいた頼家が夜具の上に身を起こした。

「これは陰謀でございます」

頼家がつぶやいた。

入ってきたのが母だということはわかっているようだが、まるで他の誰かに聞かせるようなつぶやきだった。

「わたしは将軍としては失格だったのですね。もともとわたしには父の跡を継ぐ資格がなかった。父ぎみの長男はやはり安達景盛なのでしょう。あやつを討っておけばよかった。いまになって、母ぎみが血相を変えて景盛を護ったわけがわかりましたよ。母ぎみはあやつを将軍に立てるおつもりなのでしょう。それとも阿野全成の息子ですか。先手を打ったつもりで全成を殺したのですが、駿河の阿野の地に阿波局が産んだ嫡男がいるのですね。そやつこそは父ぎみの落胤なのでしょう。駿河まで兵を出せばよかった」

頼家はふらふらと立ち上がって、万寿の顔を睨みつけた。

「やはり次の将軍は安達景盛ですか。あやつを討てなかったことが悔やまれます。いまからでも遅くはない。母上、お願いでございます。景盛を討つことをお許しください。落胤が大きな顔をして将軍になるなど、御家人たちに示しがつかないではありませんか」

充血した目から涙がこぼれ、だらしなく開いた口からも涎が垂れていた。目の焦点が合わず、きょろきょろしながら、もがくように足を踏み出そうとする。

狂っておる……。

万寿は胸の内でつぶやいた。この子をここまで狂わせたのは、自分であったのかもしれぬ。そう思えば不憫でならぬが、自分には鎌倉を護る責務がある。鎌倉の街も、御所も、八幡宮も、自分が築いた。文覚が持参した地図の上に、平太景義の進言を採り入れて、墨で大路の線を描き入れた。京にも負けぬ東国の府を築くと誓った。

頼家の声が響き渡った。

「母ぎみ、何の御用でございますか。何をしにここに来られたのですか。あなたが胎を痛めて産み落とされた子の無残な姿を見に来られたのですか。さあ、どうぞ。これがあなたさまの実子（うみのこ）の哀れな姿でございますよ」

頼家はにわかに身を翻すと、部屋の隅の方に危うい足取りで近づいていった。

そこには美しく装飾された鞘に収まった太刀が飾ってあった。

「ここに護送される時に、わたしは武士の棟梁だから太刀だけは手放したくないと訴えたのです。病人に太刀は使えまいと思われたのか、部屋に置くことを許されました」

そう言いながら頼家は太刀を手にした。鞘から一気に引き抜くと、上段に振りかぶった。刀身が、ぎらりと光った。

「へ、へへっ……」

頼家は気の抜けたような笑い声を洩らした。

「残念ながらこれは、源氏の嫡男にのみ伝えられる宝剣の鬚切丸ではありませぬ。それでも父ぎみから賜った太刀ですから、わたしは大事にしてきました。戦さに出たこともないので人を斬ったことはないのですがね。死ぬまでに一度でもいいから人を斬ってみたいと思っていたのですよ」

頼家は太刀を手にしたまま万寿の方にじわじわと歩み寄った。

「結局のところ、母ぎみはわたしのことがお嫌いなのですね。わたしの妻の一族を皆殺しにして、わたしを鎌倉から追放したのも、あなたのご命令なのでしょう。なぜですか。なぜわたしをお見捨てになったのですか。わたしはあなたが憎い。どうせわたしはここで殺されるのです。死ぬ前にあなたさまを殺して差し上げましょうか。どうです。わが子に殺されるご気分はいかがなものですか。へへっ……、わたしのことが、怖くはないですか」

身の危険はいささかも感じなかった。万寿は北条の館で剣の修行を怠らなかった。木刀で鍛えただけだが、技は身についている。手元には剣も小刀もないが、死にかけている息子が相手では、素手でも恐れることはない。

「そなたは母を殺めようというのか。ならばいっそ、母の手によって死になされ」

そう言うと万寿は懐剣さえ持たぬ無防備な姿で、頼家の方に一歩踏み出した。

頼家は薄笑いをうかべた。

「どうなされました、母ぎみ。近づいてきたら、本当に殺しますよ。いいのですね」

万寿がさらに一歩踏み込むと、頼家は悲鳴のような声を上げて、構えた太刀を振り下ろした。

万寿は軽く身をかわすと、太刀を奪い、間を置かずに相手の胸に突き立てた。

血が周囲に飛び散った。

赤子を産んだ時にも、このように血まみれであった、と万寿は思った。


建仁三年（一二〇三年）、九月。

千幡は十二歳にして叙爵され、征夷大将軍に任じられた。まだ兄の頼家が生存している時期の叙任だった。

いまだ元服前で烏帽子名もなかったので、後鳥羽院が「実朝」と命名したと伝えられる。

十月。千幡は北条時政の名越の館で元服し、実朝と名乗ることになった。

皇族の場合、乳母の夫が乳父として後見人を務める。実朝の乳母は阿波局で夫の阿野全成は亡くなっていた。阿波局の父の時政が後見人となり、将軍を後見するために政所別当に就任した。

本来の別当は大江広元であったが、時政が上位とされた。京において上皇や法皇の政務を担当する院別当が複数任じられることがあり、最上位の責任者が「執権」と呼ばれた例に倣って、時政は「執権」と呼ばれた。

時政は義経が失脚した直後、京の治安を回復するために派遣され、初代の京都守護を務めた実績はあるが、そのおりに出過ぎた専横があったとされ、鎌倉に戻ってからは要職に就いたことがなかった。

それでも各地の守護を歴任して資産を増やし、騎馬武者の数も鎌倉の周辺に限れば杉本城の三浦一族と競うほどの武将になっていた。

とはいえ時政に与えられた執権という立場は、ただの名誉職に過ぎない。

政務の実権は尼御台の万寿と小四郎義時が掌握していた。

義時は分家して江間小四郎と名乗っていた時期があった。牧の方には政範（まさのり）という男児があり、時政の嫡男とされている。しかし周囲の御家人たちは、義時こそ北条一族の中心人物と見なし、北条どのと呼ぶことが多かった。義時もあえて江間と名乗ることはなくなっていた。嫡男でもない義時が北条の代表者とされることに、牧の方は不満を抱いていたようで、そのことが恐ろしい陰謀を企む端緒となったのかもしれない。

牧の方の長女は信濃の大領主、平賀朝雅（ともまさ）に嫁いでいた。朝雅の母は伊東から出戻った比企尼の三女で、伊東祐清から離縁されたあと、大倉御所の女房を務めていた時期がある。そのため朝雅には頼朝の落胤ではという風評があった。頼朝自身が朝雅を猶子として、烏帽子名に「朝」の字を与えている。

牧の方はこの朝雅を将軍に擁立しようと考えていたようだ。

その平賀朝雅は京都守護として京に赴任していた。伊賀と伊勢で起こった平家残党の反乱を手際よく鎮圧し、後鳥羽院の信頼を得て、いまでは院の側近となっていた。牧の方は院の支援を計算に入れて、いずれは実朝を亡き者にしようと企んでいた。

牧の方の実朝に対する敵意は、以前からのものだった。実朝が生まれたばかりのころ、乳母の阿波局は実家の時政の館で実朝を育てていたのだが、牧の方の挙動がおかしいと危険を感じて、実朝とともに御所に避難してきたことがある。

それ以後は、乙姫のいる大倉御所の離れで、万寿と阿波局の二人で実朝を育ててきた。

しかし実朝が将軍となり、時政が後見人の執権となったことで、再び実朝は名越の館を本拠とするようになり、阿波局も実朝とともに父のもとに移った。

実朝に身の危険が及ぶ惧れがある。

阿波局は警戒を怠らなかった。

翌、元久元年（一二〇四年）。

実朝と京の公卿の娘との婚姻がまとまった。

父親は権大納言で後鳥羽院の母方の叔父にあたる藤原信清。三条坊門に邸宅があるので坊門信清と名乗ることもある。

娘の信子は十二歳。実朝は十三歳で、似合いではあるが当分の間は雛遊びのような夫婦だ。

信子を迎えるために使者として結城朝光ら御家人たちの一行が上洛した。

京都守護の平賀朝雅が自らの邸宅に御家人たちを招いて酒席を設けた。

その席で諍い（いさかい）が生じた。

一行の中に剛腕の荒武者として名をはせた畠山重忠（しげただ）の子息の重保（しげやす）がいた。重保の母は北条時政の側室の娘で、朝雅の正室は牧の方の娘だから、双方とも執権時政の縁戚にあたる。縁戚でありながら、時政が朝雅ばかりに期待をかけるのを、重保も恨みに思っていたのか、酒の酔いが回るにつれて朝雅に絡み始めた。やがて声高な諍論（じょうろん）となった。重保は乱暴な言葉で相手を罵り、朝雅は耐えがたい屈辱を受けたと伝えられる。

またこの旅の途上で、随行した牧の方の嫡男政範が急病で亡くなるという不幸があった。このことに落胆した時政と牧の方は、同時に耳にした平賀朝雅の屈辱に怒りを覚え、やり場のない悲嘆の矛先を畠山一族に向けた。

時政は畠山一族を討つために名越の館に騎馬武者を集め戦さの準備を始めた。そのことは、小四郎義時の耳にも入った。

義時は盟友の三浦義村を伴って、万寿のもとに相談に来た。

「父ぎみにも困ったものだ。京で何やら諍いがあって、平賀朝雅と畠山重保が反目したらしい。その遺恨から父ぎみは畠山を討つと息巻いておるらしい。重保は身の危険を感じて武蔵の領地に逃げた。父ぎみは武蔵まで出向くようだ。重保の父の重忠は戦功を重ねた歴戦の勇者だ。父ぎみの軍勢だけでは戦さが長びくことになる。どうしたものかと思案しておるのだが……」

義村が言葉を挟んだ。

「三浦がお味方いたして、一気に決着をつけるべきではないでしょうか。鎌倉には畠山の縁者もおります。機先を制して捕縛いたしましょう」

義村は若いころから言葉が巧みで、爽やかな話しぶりも相まって、誰からも信頼される好漢という印象があった。だがその爽やかさの裏に、巧妙に隠蔽された狡猾なほどの聡明さがあるのではないかと万寿は感じていた。正論ともいえる進言にも、深慮遠謀があるような気がして、疑念を覚えてしまう。

石橋山の合戦のおり、風雨のために参戦が遅れた三浦一族は、武蔵から駆けつけた畠山重忠と闘うことになった。結局、海に面した衣笠城に逃げ帰り、一族は船で安房に向かったのだが、祖父の義明はただ一人、城に残って畠山の軍勢に討たれた。

畠山重忠はその後、頼朝が千葉や上総を味方につけたのを見て、決断して自らも頼朝の麾下に入った。畠山一族は武蔵の武士団を統率していた。そのため武蔵のほとんどの領主が重忠のあとを追って頼朝の配下となった。畠山重忠の素早い決断が、頼朝が鎌倉幕府を開く大きな要因となったことは事実で、頼朝もその功績を認めていた。

しかし義村にとっては、畠山一族は祖父の仇ということになる。

万寿は義村の顔を睨みつけた。

「畠山が鎌倉の御家人に加わったおり、そなたの父の義澄どのは強く反対されたと聞いておる。父の仇と同席するわけにはいかぬといわれたそうじゃ」

義村は爽やかな笑顔をうかべた。

「祖父は城を捨てるわけにはいかぬと、ただ一人城に残ったのでございます。祖父は年老いておりましたので、安房から上総、下総と回る長旅で、一族の迷惑とならぬように、死を覚悟したのでございましょう。畠山重忠さまが当初は大庭の配下にあったことも、やむなきことでございました。わたくしは恨む気持など毛頭抱いてはおりませぬ。東国を一つにまとめるためには、遺恨は捨てねばならぬと、父に諫言したくらいでございます」

「されどもいまは、畠山を討とうとしておるではないか」

「重忠さまは剛腕の武者として多くの武功を立てられましたが、融通の利かぬ一本気なお人柄で、その後はいくつもの問題を起こされました。いまは若年の実朝さまを護って、すべての御家人が一揆同心すべき時にございます。問題の多い畠山一族は早めに片づけておくのが得策と存じます」

「畠山に罪はない。罪なき者を誅するわけにはいかぬ」

「尼御台さまが命令をお出しになれば禍根が生じましょう。この際、責任をすべて時政さまに押しつけてしまわれてはいかがですか。遺恨による私的な戦さで、畠山が応戦した。戦さとなればご子息の義時さまが加勢されるのは当然で、盟友の三浦がお味方するのも当たり前のことでございましょう。畠山の背後には武蔵の武士団が控えております。戦さが長びけば畠山の側の援軍が増えることでしょう。大きな戦さにならぬように、一気に片を付けるべきだと存じます」

話を聴きながら、万寿は思った。

畠山一族の滅亡を期待しているのは、誰よりもこの三浦義村ではないか。畠山を滅ぼせば、義村は次の敵に向かうはずだ。

父の三浦義澄が亡くなり、義村は三浦一族の総帥となっている。しかし侍所別当の和田義盛は三浦の本家筋にあたり、一族の信望を集めている。畠山の次に義村が狙うのは和田一族だろう。

次々と戦さが起こる……。

義村の動きを見張っていなければならぬ。

そんな思いを秘めながら、万寿は小四郎義時に言い渡した。

「義村の申すとおりじゃ。父が戦さを起こせば子が加勢するのは当然のこと。小四郎、畠山をお討ちなされ」

武蔵武士団の総帥であり、多くの伝説を残した畠山重忠は滅んだ。


畠山一族の滅亡は御家人たちの反感を招くことになった。畠山重忠は数多くの武功を挙げた英雄であり、その一本気な気質に愛着を感じる者も多かった。時政の怒りの原因が、京における平賀朝雅と畠山重保の諍いにあったことは、周知の事実だった。そこから噂が広がり話に尾鰭がついて、北条時政が平賀朝雅の将軍擁立を狙っているという風評が広まっていった。

実朝は時政の名越の館に囲い込まれていた。実朝のもとには若御台と呼ばれる信子や、京から随行した女房たちがいる。女たちは和歌が得意で、和歌を学んでいる実朝は毎日、雅な遊びをして楽しんでいる。それを見ていた牧の方が、羨望を覚えて挙動がおかしくなってきたことを、実朝のもとに侍っている阿波局は見逃さなかった。

牧の方は狂っている。

このままでは実朝と若御台の命が危ない。

阿波局からの通報に、尼御台万寿が動いた。

御所の護りに就いている結城朝光、三浦義村らに、武者を引き連れて名越を急襲せよと命じた。

不意を衝かれたため、時政も牧の方も、抵抗することができなかった。武者たちに護られて、実朝、若御台、阿波局らの女房たちが、揃って大倉御所に移ってきた。

時政と牧の方が娘婿の平賀朝雅を将軍に擁立するために謀反を企てたとされ、この事件はのちに牧氏の乱と呼ばれた。

時政と牧の方は鎌倉から追放され、伊豆の北条の館で蟄居することになった。

鎌倉幕府からの指令で、京に赴任していた御家人たちが結集し、平賀の邸宅を襲撃して朝雅を誅殺した。

この京における戦闘は、朝廷と幕府の間に大きな溝を穿（うが）つことになった。朝雅は京都守護としての実績が評価され後鳥羽院の側近となっていたからだ。しかも京において、御家人たちが院や公卿に断ることもなく結集し、勝手に私的な制裁を加えた。これは院や朝廷を無視する暴挙と受け取られた。

この事件を契機に、後鳥羽院の胸中に幕府に対する不信と反感が広がり始めたのかもしれない。

院は画策を始めた。京に赴任している御家人たちとの交流を深め、自らの配下に取り込んでいった。さらに京の周辺の武士たちを集めて、院を警護する武士団を拡大していった。やがては西国の在地領主たちを院の近臣として集合させ、鎌倉幕府に対抗する、大きな勢力に発展させていく。

この後鳥羽院の画策がのちの承久（じょうきゅう）の乱につながっていくことになる。

第六章　将軍実朝のはかない夢の跡

鎌倉幕府は安定期に入りつつあった。その安定を支えているのは尼御台の万寿の権威であった。その権威のもとに、父の失脚によって執権の地位を継いだ小四郎義時、政所別当の大江広元、問注所執事の三善康信、侍所別当の和田義盛らが具体的な問題の処理にあたっていた。

実朝は大倉御所で、正室の信子や、信子に随行して鎌倉に下ってきた女房たちに囲まれて生活していた。女房たちは和歌に関する教養が豊かだった。幼少のころより和歌の指導を受けていた実朝にとっては、信子や女房たちとの会話でさらに和歌への思いが募るようになった。これまでも文通によって藤原定家とは交流があったのだが、実朝は自らも和歌を創作して定家に送り、添削指導を受けるようになった。実朝の和歌の技術は飛躍的に向上していった。

実朝はまだ少年ではあるが、鎌倉の未来について、それなりに構想を持ち始めていた。その手始めに、御家人たちの子や孫の中から、聡明で容姿も美しい少年たちを集めて、自らの近習として身辺に侍らせていた。信子や女房たちとの集いにも近習を参加させ、和歌などの京の文化を学ばせていた。その少年たちの中から、いずれは京の文化にも造詣の深い武士が育って、文官として将軍の支えになることを期待しているのだろう。

騎馬武者による戦さの時代は終わろうとしていた。少なくともこの安定した時期にはそのように感じられていた。この安定をより長く保たせるためには、朝廷との持続的な融和を図らねばならぬ。そのために必要なのは武力ではなく和歌などの文化の交流であり、後鳥羽院と将軍とが親しく交流することだと実朝は考えているようだった。

いずれにしても、実朝はまだ若く、将軍としての親裁を始めるのは先のことだ。政務は執権の小四郎義時が担っていた。

万寿は旅に出ることを思い立った。皇族が足繁く通う熊野権現に詣でたいと思ったのだ。道案内に弟の時房（ときふさ）を同伴させることにした。時房は時政の側室の子で、母親の実家で育てられたようで赤子の時のことは万寿は知らない。頼朝が旗挙げした時はまだ六歳だったから戦さにも加わっていない。陸奥の平泉を攻めた時には従軍していたようだが、まだ十五歳の少年だったから戦功を立てるようなことはなかった。

北条一族の中にあっては、兄の小四郎義時と、弟で牧の方の実子であることから嫡男とされた政範との間に挟まれて、影の薄い存在だった。そのためか時房は父の時政に反撥して比企一族と親しくなり、蹴鞠が達者であることから頼家の側近となっていた時期もあった。そういうこともあって、万寿とは疎遠だったが、北条一族であることから、遠江守や駿河守を歴任するようになった。異母弟ではあるが血のつながった弟ではあるし、京に赴任したことがあるので道案内としては最適だった。

長い旅路なので言葉を交わす機会はいくらでもある。

「時房よ。いまの鎌倉のありようを、そなたはどのように思うておるのじゃ」

そんなことを尋ねてみたこともあったが、とくに何も考えていないようで、いいかげんな応えしか返って来なかった。

「はあ、鎌倉ですか。武士ばかりいて、退屈なところですね。姉ぎみが京から栄西を招かれて禅寺は出来ましたが、禅宗というのは地味で暗い宗派ですよ。京の周囲にはさまざまな寺があります。奈良の東大寺の大仏も見事でございますが、宇治の平等院はまさに極楽浄土のような場所です。清水の観音堂とか、三十三間堂の百体の黄金菩薩、祇園社の牛頭天王など、数え上げればきりがありません。京には公卿の邸宅も建ち並んでおります。見事な庭園があり、風流な遊びがあり、管弦の調べが流れております。京に比べれば、鎌倉は辺鄙な田舎ですね」

「その鎌倉が全国の武士を統率し、守護と地頭を任じ、日本国を支配しておるのじゃ」

「奥州の平泉は、鎌倉など及びのつかぬ見事な都でございました。すべてが金で出来た寺があるくらいで、狭い場所ではございますが、寝殿造りの庭があり、まさに小さな京でございました。鎌倉は平泉にも及びませぬ」

「鎌倉の良きところは一つもないのか」

「まあ、一つ挙げるとすれば、姉ぎみがおられることですかね。後鳥羽院が院政を布いて帝を支配しておられるように、鎌倉では尼御台が将軍を支配しておられる。京には公卿を始め名門貴族の方々がおられますが、鎌倉は武骨な武士がおるだけで、尼御台一人がその武骨な武士どもを差配しておられる。姉ぎみがおられる限り、鎌倉は安泰です」

「われも年老いた。今年で五十三歳になる。われ亡きあとは、鎌倉はどうなるのであろうな」

「兄ぎみの小四郎義時どのがおられます。跡継の金剛泰時もおります。ただ将軍に跡継がおられぬのが、ちと心配でございますな」

実朝は十七歳になっている。妻の信子は一歳年下の十六歳。そろそろ懐妊かと期待しているのだが、そのような気配はまったく感じられなかった。

時房はさらに続けて言った。

「将軍の周囲にはいつも近習と呼ばれる美少年が侍っております。御所に出向いた御家人たちの目にも、いささか異様な光景と映るのではないでしょうか。美童に取り巻かれておれば、ご正室にも女房たちにも手が伸びぬということになってしまいがちです。あれでは当分の間、お世継ぎの誕生は期待できぬのではないですか」

　確かに将軍の周囲には美童が侍っていた。

だが万寿は気にもとめなかった。

　頼朝の周囲にも護衛を兼ねて武勇に秀でた若者たちが侍っていた。だが武骨な武士が多く、頼朝は御所の女房を寵愛し、御家人の妻や娘にまで興味をもっていた。頼朝は女好きで、女にだらしのないところがあった。その息子なのだから、正室だけでなく、子どもは容易く生まれるはずだ。実際に頼家には五人も子どもがあった。

　実朝も同じ血を引いているのだから、いまはまだ幼いだけで、そのうち次々と子どもが生まれるはずだと万寿は楽観していた。


　熊野の山道は初老の女人にとっては辛いものだったが、足腰の丈夫な万寿は輿にも乗らず自分の足で踏破した。そうした苦行を経て権現に到達するので、それなりに御利益がありそうな気がした。皇族が足繁く熊野に通うのもこの苦労が楽しみなのだろう。

　実朝が立派な将軍となり、頼朝と自分が築いた鎌倉という武士の府が、栄え発展すること……。

　万寿は権現に祈りを献げた。

帰りには京に寄った。頼朝とともに初めて上洛したおりは、大姫の入内という目的があり、丹後局との重要な面談があった。今回はとくに用もなかったのだが、滞在していれば在京の御家人たちがご機嫌伺いに訪ねてくる。

　鎌倉の尼御台が在京しているということが、御家人たちを通じて公卿にも伝わったようだ。権大納言西園寺公経（きんつね）という公卿が訪ねてきた。

　四十歳には達していない壮年の貴族で、上品そうな物腰ではあるが、どことなく狡猾そうな気配を感じさせた。大臣に次ぐ地位にある高官ではあるが、最初から丁寧な遜（へりくだ）った態度をとっていた。

「あるいはお聞き及びかとも存じますが、わたくしは一条能保どののご息女を正室に迎えております」

　薄笑いをうかべて公経は語り始めた。どうやら尼御台や将軍との親交を求めているようだ。

　一条能保はすでに亡くなっているが、その名を忘れることはない。頼朝の姉の夫で確か最高位は権中納言だったはずだ。京が混乱に陥っていた時期に、家族ぐるみで鎌倉に避難していたことがあったから、万寿は毎日のように食卓を囲んでいた。

「一条能保さまは鎌倉に長く逗留されましたので、お子さま方もよう存じあげております。確かご息女は二人ほどおられたかと……」

「ご長女が関白九条兼実さまのご次男でのちに摂政になられた良経さまに嫁がれ、次女がわたくしの妻となりました。実は良経さまのご嫡男で、わたくしとともに権大納言を務めておられる九条道家さまと、わが娘との縁組がまとまりましたので、そのことをお伝えに参上いたした次第でございます」

「ということは、もしもお子さまがご誕生ということになれば、父方と母方の双方から源氏の血が伝わるということでございますね」

「まさにさようでございます。将軍実朝さまとは縁戚ということに相成りますので、今後ともおつきあいのほど、よろしくお願いいたします」

この西園寺という家系は、公経が初代で、閑院流という傍系の藤原一族に属している。摂政関白を歴任する嫡流は近衛か九条のいずれかで、現在の摂政は近衛家実(いえざね)だが、その次には九条道家の時代が来るのかもしれない。公経はそのあたりを見据えて娘を嫁がせ、道家の縁戚となったのだろうが、将軍との密接な関係を縁(よすが)として、少しでも己の出世に役立てたいという思惑があるのだろう。

京に公卿の知人がいるのは、万寿としてもありがたいことなので、軽い気持でしばしの間、世間話をして別れた。

その時は夢にも思わなかったのだが、のちにこの西園寺公経という人物は、幕府と深く関わることになる。

十八歳になった実朝は政務に関わるようになった。頼家のような身勝手で恣意的なものではなく、漢籍に基づいた合理的な判断で次々と新たな政策を打ち出した。寺社の改修、宿場の整備、橋の修復などで、人の賑わいを助長し、京と鎌倉との交流を促そうという実朝の意図が窺えた。実朝の親政は多くの御家人たちに支持されているように見えた。ただ実朝の背後には母親の尼御台の存在があった。尼御台の権威のもとに実朝の政策が受け容れられているのかもしれなかった。

実朝は自分が文弱だということを自覚していた。戦さに出たことがないのはもちろんのこと、武術の鍛錬も疎かにして、学問と和歌に没頭していた。東国の武骨な御家人たちには不評だった。そのことを実朝は知っていたし、恐れてもいた。

実朝は侍所別当の和田義盛を重用した。義盛は武勇と戦功で御家人たちの圧倒的な支持を受けていた。義盛に相談して、御家人たちの気持を少しでも理解したいという思いがあったのだろう。何かにつけて義盛を呼び出して、親しく語り合った。義盛は頼朝と同年齢だった。幼くして父を失った実朝は、和田義盛を父の代わりのように感じ、尊敬し、慕っていたのかもしれない。

だがそのことで、不満を持つ者もいた。執権の小四郎義時と盟友の三浦義村だった。

二人揃って、万寿のもとに抗議に来たことがあった。

まずは小四郎義時が語り始めた。

「おれは父の時政から執権を引き継いだ。執権は政所の責任者で、政務を司るのが役目だ。いまは長く政所別当を務めた大江広元を相談役に置いて、政務の文書には連署させている。これで鎌倉幕府の政務が執行されるはずだが、将軍は広元の弟子であった文官たちに政所の政務を任せ、将軍自らが文官たちに指示を出して勝手な裁量をされている。これではおれも広元も役目を奪われたようなものだ。実朝さまにはそれなりのご思慮があり、頼家さまの恣意的な裁きに比べればよほどましだと言うべきではあるが、将軍の親裁に偏りがあるという不満が御家人たちの間に広まっている」

義時はさらに続けて言った。

「先日もおれは実朝さまに頼み事をもちかけた。北条の郎党の中に優秀な者が何人かおるので、御家人に昇格させてほしいと申し出たのだが、前例がないと却下されてしもうた。おれは執権だ。執権の申し出を将軍が簡単に却下してよいものか」

万寿はすかさず応えた。

「その話は実朝から聞いた。執権は御家人の最上位に立つ者じゃ。その執権が自らの郎党だけを優遇するようなことがあってはならぬ。人の上に立つ者こそ権威を笠に着て私利私欲に走るまいぞ。将軍の判断は正しい。将軍の裁量は尼御台の認めるところじゃ」

尼御台の権威は、執権よりも、さらに将軍よりも上位にある。小四郎義時としても、引き下がるしかなかった。

続けて三浦義村が言った。

「将軍は侍所別当の和田義盛を重用しておられるが、度が過ぎるのではないでしょうか。わたくしは父の義澄から一族の総帥の役目を継承いたしました。ところがいまごろになって、義盛は大倉御所のすぐ東側の山の上にある杉本城は、自分の父が築いたものだと言い出したのです。義盛の父はかつては一族の総帥であり、そのころに城を築いたことは確かですが、早くに亡くなられたので弟のわが父義澄が跡を継ぎました。義澄は石橋山の合戦の前から御曹司とともに闘うことを約定いたしました。鎌倉殿の旗挙げが成功したのも三浦一族の支援があったからでございます。和田義盛は当時は安房や上総の領地を本拠としており、戦さでは上総広常を説得したというだけの功績で侍所別当に任じられたのです。あやつは人当たりがいいというだけで、信用のおけぬ輩でございます」

義村はふだんは穏やかで陽気な人柄だが、肚の底にはつねに何かを隠しているようなところがある。その目に一瞬、狡猾そうな気配がよぎった。義村は急に声を低めてささやきかけた。

「これは小耳に挟んだことにすぎぬのですが、和田義盛が上総介に推挙してほしいと申し出て、将軍がお認めになったというのは、まことのことでございますか」

かたわらにいる義時が身を固くするのがわかった。どうやらこの日、二人揃って万寿のもとに来たのは、このことに抗議するためであったらしい。

上総、上野、常陸は平安時代の初めから親王任国と定められていて、帝の皇子が太守と呼ばれる国司長官の待遇とされる。これは形式的なもので、実際は次官の「介」が受領と呼ばれる国府の責任者となる。

いまは将軍が任じる守護が派遣されているので、国司の権限は縮小され、一種の名誉職となっているのだが、朝廷から任じられるこの官職は名誉を重んじる武士にとっては重要なものだった。

頼朝は後白河院が官職や位階を与えることで武士を配下に収めることを警戒して、武士を任官させる場合は鎌倉幕府の推挙が必要であると定めた。頼朝が没してからは、朝廷が勢力を盛り返していて、後鳥羽院が自らの判断で武士を任官させることもあったが、いまでも将軍が武士を推挙すれば、そのとおりに任官が実現することが多かった。

実際には各地の源氏一族が名誉職として国司に任じられるばかりで、御家人で国司を務めているのは、義時が相模守、弟の時房が駿河守を務めているだけだった。義盛が上総介に任じられれば、他の御家人に動揺が走り、誰もが国司を望んで規律が乱れる懸念があった。

「その件は、われが却下した」

万寿は冷ややかに言い放った。

「将軍はまだお若い。思慮が足りぬ裁量を下されることもある。御家人の間に混乱が起きぬように、尼御台のわれが将軍の裁量を見張っておる。そなたらは安堵いたしておるがよい」

義時はまだ何か言いたそうなそぶりを見せていたが、万寿はそこで話を打ち切った。

万寿は尼御台として鎌倉を差配している。少しずつ裁量の範囲を実朝に移して、いずれはすべてを将軍に委ねようと考えていた。実朝は若く、思慮の足りぬところがあるし、情に動かされることもある。いまはまだ厳しく見張っていなければならぬと思ってはいるのだが、実朝はわが子であり、妹の阿波局と二人で育てた大事な宝だ。母親として甘くなりがちな面があることを万寿は自覚していたし、警戒してもいた。

義時はそこを指摘したかったのだろう。

確かに母と子の間には、感情が通い合うことがある。

実朝は大倉御所で正室の信子とともに暮らしていた。万寿も御所の奥まったところに自分の居室を設けていたので、渡り廊下を進めばすぐに実朝と会うことができる。会食の席に招かれることも多く、信子とも親しくなっていた。

信子は若御台と呼ばれていたが、京の貴族の家に生まれ育った信子には、御家人たちを差配することなどできようはずもなかった。信子は京から連れてきた女房たちとともに、和歌などの京の文化を楽しんでいた。万寿も平頼盛や一条能保が鎌倉に滞在していたころに京の雅（みやび）な文化に触れ、これからは鎌倉の武士たちも少しは文化を嗜むべきだと考えるようになっていた。

従って、朝廷との融和を目指す実朝の姿勢を支持していた。その点では、鎌倉の御家人たちとの間には、わずかな隔たりがあった。弟の執権義時との間にも、溝のようなものが生じていたのかもしれなかった。

このころから頭角を現してきた人物がいる。小四郎義時の長男の泰時だった。泰時は頼朝の生前、とくに目をかけられていた。御所の前の道を金剛と呼ばれていた少年時代の泰時が歩いていると、ある御家人が騎馬のままですれ違った。それを見咎めた頼朝は、なぜ下馬の礼をとらぬかと叱責し、領地を没収してしまった。少年の金剛はその御家人を庇おうとして、失礼なふるまいはなかったと擁護したのだが、頼朝は処分を撤回しなかった。

この話は少年だった泰時の優しさを示す実例として、人から人へ伝えられたのだが、少年時代の泰時が頼朝から特別扱いされていたという挿話でもあった。泰時は武芸も達者で鶴岡八幡宮の恒例の流鏑馬（やぶさめ）で、最初の射手に選ばれたこともある。学問や和歌にも秀でていて、いつしか実朝の側近となっていた。

泰時の優しさを示す逸話が残っている。まだ頼家が将軍であった時代に、台風が襲来して多くの家屋が壊れ、田畑が被害を受けたことがあった。その混乱の直後に、頼家が京から招いた蹴鞠の達者とともに、蹴鞠に興じていたことがある。

この時、泰時は御所の中で御家人たちに、「蹴鞠は幽玄の技でこれを楽しむのは結構だが、飢饉の最中に御所で将軍が遊びに興じるのはいかがなものか」と批判した。これが頼家の耳にも入ったようで、泰時は伊豆の北条の館でしばらくの間、謹慎していた。

泰時は北条時政の直系の孫であるので、付近の農民の代表がやってきて、窮状を訴えた。年貢を納めることができないばかりか、領主からの貸付米を返済することもできない。夜逃げの準備をしている者もいるという話を聞いて、泰時は農民たちを呼び集め、年貢は不要だと告げて、農民たちの目の前で貸付米の証文を焼き棄てた。その上で食事を与え、備蓄米を分け与えたということだ。

農民たちに対する泰時のふるまいは伝説として人々の間に語り伝えられていた。それがやがて実朝の耳にも届いた。実朝は泰時に自分が聞いた話を伝え、これはまことのことなのかと尋ねた。この時、泰時はこのように応えたと伝えられる。

「農民たちの幸せそうな笑顔を見ることが、領主にとっての最大の喜びでございます」

これを聞いた実朝は感動して、飢饉のおりには農民たちに善政を施すようになった。これは実朝の評判を高めることになったが、御家人たちの中には実朝を批判する者もいた。御家人たちは領地の農民から年貢を取り立てて生活している。農民を甘やかすと自分たちの生活が成り立たないと愚痴をこぼす者も少なくなかった。

若き日の泰時にはもう一つ、伝説が残っている。京に赴任している中原親能配下の武士が、妻を寝取った下級貴族を殺して、鎌倉に逃げてきたことがあった。政所別当の大江広元は僚友の親能の配下であるので、処遇に困惑し、たまたま別の用で訪ねてきた泰時に相談した。当時はまだ十八歳だった泰時は、ただちにきっぱりとした口調で応えた。

「京都守護の中原どのの配下であるとか、妻を寝取られた屈辱であるとか、そのような事情は考慮する必要がございません。感情を抑えて規律を守るのが武士でございます。一時の怒りに任せて人を斬るなど、武士にあるまじき行いでございます。死罪に処すしかないでしょう」

広元はこの泰時の応えように驚かずにはいられなかった。ただ冷静に判断したというだけではなく、武士とは何かという本義に則って判断を下す姿勢に、ただものではないという感慨をもつことになった。この話を聞いて、万寿は改めて泰時という人物に信頼を置くことになった。泰時のもつ冷静さや視野の広さは、いまの実朝にはないものだった。

いずれは泰時が義時の跡を継いで、執権として御家人たちを差配するようになるだろう。泰時が実朝を支えてくれれば、鎌倉幕府は安泰だ。それまでは自分が尼御台として幕府を守っていかねばならぬと万寿は考えていた。


建暦三年（一二一三年）。

将軍実朝に大きな打撃をもたらす事件が勃発した。のちに和田合戦と呼ばれることになる激しい戦闘が鎌倉の御所周辺で展開されることになる。

信濃の源氏一族に泉親衡（ちかひら）という小領主がいた。八幡太郎義家の曾祖父にあたる満仲から十代を数える子孫とのことだから、源氏といっても実朝にとってはもはや親族とは言えない人物であったが、その泉親衡が、頼家の遺児を擁立して反乱を企てているという噂が広がった。二月ごろのことだ。

頼家には四男一女があった。嫡男の一幡は比企一族とともに滅ぼされた。次男の善哉は乳母の夫が三浦義村で、義村のもとに預けられていたが、万寿の計らいで実朝の猶子となった。その後十二歳の時に鶴岡八幡宮別当定暁から受戒を受けて出家し公暁（くぎょう）と号する。いまは近江の園城寺で修行をしている。四男も出家して禅暁と号して京の仁和寺で修行している。母が義村の弟の胤義（たねよし）と再婚したため、禅暁も三浦一族と縁がある。

泉親衡に擁立されたというのは、三男の千手丸（せんじゅまる）で、なぜ信濃の小領主と縁が出来たかは不明だが、四男の禅暁と同母だとされているので、三浦一族が密かに養育していたとも考えられる。女児の鞠子は滅ぼされた比企一族の館の跡地に居住して竹御所（たけのごしょ）と呼ばれ、のちに実朝の養女となる。

事件の発端は、泉親衡の郎党の弟で安念坊という僧が千葉一族の当主成胤（なりたね）を訪ねて反乱に加わるように唆（そそのか）したことだ。三浦一族は水軍を擁して、上総や千葉と親交を結んでいた。千葉一族は代々「胤」の文字を継承しているのだが、千手丸や禅暁の母が再婚した三浦胤義の烏帽子名にも「胤」の文字が見えるところから、関係の深さがうかがえる。

千葉成胤は即座に安念坊を捕縛して、三浦胤義を通じて執権北条義時に引き渡した。

拷問にかけられた安念坊は、反乱に加わると約定した武士の名を自白した。大部分は木曾義仲の残党と思われる信濃の武士であったが、その中に和田義盛の子息の義直、義重、甥の胤長が含まれていた。

この時、和田義盛は領地のある上総に赴いていて不在だった。

義盛の不在を衝いた陰謀とも考えられる。

泉親衡は鎌倉在住で、ただちに兵が送られたのだが、小競り合いの末に親衡は脱出した。和田義盛の子息二人と甥は捕縛された。

万寿は大倉御所の奥まったところにある自らの居室にいた。御所のあちこちに慌ただしい足音の行き交う気配がしたので、何事かと耳をそばだてた。

廊下から阿波局が飛び込んできた。

「謀反の疑いで和田義盛さまのご子息二人が捕縛されたそうでございます」

「謀反とな……」

万寿は息を呑んだ。多くの一族が滅ぼされ、あるいは鎌倉から追放されて、鎌倉には平穏な日々が訪れたはずだった。

「なぜ和田の一族が謀反を起こさねばならぬのじゃ」

万寿は声を高めた。わけがわからなかった。

阿波局は困惑した顔つきで応えた。

「詳細はわかりませぬ。首謀者は信濃の御家人で泉親衡と申す者だそうでございます」

「親衡ならば鎌倉に在住しておるが、小心そうな田舎の武士で、謀反など企てるような輩とは思えぬ……」

しばらくして、側近の二階堂行光が来て詳細を伝えてくれた。

頼家の遺児の千手丸。

その名を聞いて訝しさを覚えた。三男の千手丸の母親は三浦胤義と再婚したはずで、三浦一族がどこかに預けて養育させていたのではなかったか。

「三浦義村を呼べ」

万寿は二階堂行光に命じた。

義村は御所のすぐ近くに邸宅があるので、ほどなく現れた。

万寿は厳しい口調で詰問した。

「この謀反の企てはそなたが仕組んだものであろう」

義村は屈託のない笑顔をうかべた。

「お戯れでございますか。田舎の武士を陥れて、わたくしに何の利がありましょうや」

「狙いは侍所別当の和田義盛じゃ。義盛を失脚させて、そなたが一族の総帥になるつもりであろう」

「わたくしはすでに父より三浦一族の総帥の地位を引き継いでおります。和田は傍流です。和田を失脚させても得るところはございません」

「杉本城をめぐって悶着があったのではないか」

「あの件は解決いたしました。杉本城は義盛の父が築いたものでございますが、いまは三浦一族のものであり、義盛もそのことは認めております」

「安念坊なる者を捕らえた千葉成胤と三浦一族は親しい間柄であろう」

「確かに弟の胤義の烏帽子親は成胤どののお父ぎみでございますが……」

義村はにわかに改まった口調で言葉を続けた。

「安念坊を自白させたのは執権の北条義時どのでございます。大江広元どのも立ち合われたと聞いております。これは動かぬ証しでございますが、すべては将軍の裁量にお任せすることになりましょう」

義村は巧妙にすべての裁量を将軍に任せると述べたが、この事件を調査し裁こうとしているのは、執権の小四郎義時に違いなかった。義村は盟友の義時の指示に従っているだけかもしれぬ。

義村を退出させたあと、小四郎義時を呼ぼうかと考えたが、捕らえた罪人の詮議などで多忙だろうと思い、ためらっていると、金剛泰時がふらりと部屋に入ってきた。

泰時はいまは実朝の側近を務めている。この年に制定された実朝の側近十八名を選んだ「学問所番」の筆頭に選ばれた。執権小四郎義時の長男でもあり、三浦義村の娘婿でもある。泰時は万寿のそばに侍っている阿波局の顔を見に来たのかもしれない。

「表の方が騒がしいようだが、この事件は将軍の耳にも届いておるのであろうな」

万寿が問いかけると、泰時は的確に応えた。

「実朝さまはたいそう驚いておられます。鎌倉から見れば辺境ともいえる信濃に、将軍を倒そうなどと陰謀を企む者がおるということが、信じがたいと仰せでした。自分の政策に到らぬところがあったのか、辺境の御家人には不満があるのかと、気を揉んでおられます」

「将軍は気の優しいお方じゃ。騒動があれば、自分に到らぬところがあるのかと、ご自分を責めておられるのだろう」

「近習の中に朝盛（とももり）という若者がおります。和田義盛さまの孫にあたります。一番の美少年で将軍のお気に入りなのですが、捕縛された二人は朝盛にとっては叔父にあたり、朝盛は心労で顔が蒼褪めるほどに窶（やつ）れ果てております。実朝さまはそのことを何よりも心配しておられました。実朝さまはご正室の信子さまよりも近習の若者たちの方を大事になさっておられますから」

実朝が取り巻きの近習を大事にしていることは、万寿も気にかけていた。信子は少しも不満そうな態度を見せることはないが、どことなく寂しげな表情を見せることがあった。

万寿は改まった口調で泰時に問いかけた。

「信濃の小領主が頼家の遺児を擁して謀反を企てる。あまりにも思いがけないことでわれもただ驚くばかりじゃ。これはいかなる出来事なのか。泰時、そなたはどう思うておる」

泰時は微笑をうかべた。

「執権と将軍の闘いでございます」

「何と……」

泰時はまだ三十一歳の若さだ。亡くなった頼家とほぼ同年齢で、頼家も生きていればこれくらいの壮年だったはずだが、泰時の冷静さと判断力は、頼家とは比べものにもならなかった。

　万寿はかたわらの阿波局の方に目を向けた。

「そなたが育てた金剛の何と聡明なこと。これまでも度々驚かされてきましたが、いままた改めて感じ入りました」

　泰時の言葉を聞いただけで、万寿には悟るところがあった。執権は政所の別当の上位に立つ最高責任者だが、鎌倉幕府の総帥は将軍だ。将軍が幼少の間は執権が将軍の立場も代行していたが、将軍が親裁を試みるようになり、互いの裁量が対立した時に、どちらの裁量を優先すればよいのか。

　まさにいま、そのような事態が生じようとしているのだ。

　万寿は理解したが、阿波局には何のことかわからなかったようだ。

「金剛どの。執権と将軍の闘いとは、いかなることでございますか。わたくしにはさっぱりわかりません」

　金剛泰時は阿波局の方に顔を向けた。泰時は自分の出自について正確に知っているわけではない。ただ小四郎義時の長男とされており、阿波局が育ての母を務めている。従って阿波局に対しては、母としての恩を感じ、それなりに対応している。

「侍所別当の和田義盛どのは上総の領地の視察に出向かれておりご不在です。別当の職務を一ヵ月ほど休むと届けを出しておられます。帰参されるのは来月になるでしょう。帰参されて将軍の拝謁を得た時に、当然ながらご子息の赦免を嘆願されるでしょう。その時に将軍がどのように裁量されるか。さらにその将軍の裁量に執権がいかに対応されるか。そこに注目せねばなりませぬ」

「あなたさまは将軍の側近で、執権の長男であられる。推量がつくのではありませぬか」

　泰時はわずかな間のあとでつぶやくように言った。

「三浦義村がわが娘を返せと申し出ましたので、妻を離縁いたしました」

「ご正室を離縁されたのでございますか」

阿波局は驚きの声を上げた。

泰時の正室には十一歳になる男児がいる。夫婦仲はよかった。いったい何があったのか。

「此度の騒動には義村が関わっております。あるいは大きな戦さになるやもしれませぬ」

金剛泰時は静かに言い切った。


万寿は長い渡り廊下を進んで、実朝の御所に向かった。御所の奥には正室信子や女房たちのいる私的な場所があったが、昼間はその隣にある将軍の御座所にいるはずだった。将軍の周囲には近習と呼ばれる美童たちがいた。万寿が部屋に入っていくと、近習たちは驚いたように身構えた。

「そなたに言うておきたいことがある」

近習たちの中央に実朝の姿があった。

実朝は美しい顔立ちをしていた。その姿は頼朝に似ていた。頼朝の優しさと、どことなく頼りにならない弱さが、実朝にも宿っていた。だからこそ、この将軍は自分が護ってやらねばならぬという強い決意を、万寿は胸に秘めていた。

実朝は強いまなざしで母親を見据えた。少年のころから万寿は実朝に対して厳しく接していたが、実朝は怯えるようすはなく、いつも爽やかな笑顔で接していた。

「和田義盛の親族が捕縛されたことで、多くの御家人たちに動揺が走っておるようじゃ。その義盛は鎌倉を留守にしておると聞く。義盛が戻ってきた時に、ただちに子息の釈放を嘆願することであろうが、そのおりのそなたの対応によっては、将軍としての器量が試されることになる。心して臨むがよいぞ」

実朝は微笑をうかべた。

「わかっておりますよ。将軍の裁量は公平無私でなければなりませぬ。そうでなければ御家人たちも納得しないでしょう。執権が多くの御家人を捕縛いたしましたが、それなりの証拠はあるのでしょう。されども御家人たちには、それまでに積み重ねてきた功績があります。また問題が生じる過程にはさまざまな事情があるはずです。そういうものを考慮した上で、心のこもった裁量を下すのが将軍の役目でございましょう。わたくしは若年でございますゆえ、到らぬこともございましょうが、精一杯の裁量を下したいと思うております」

自信たっぷりのようすで語る実朝の姿を眺めながら、万寿はありし日の頼朝の姿を想い起こしていた。

実朝は父の頼朝から多くの資質を受け継いでいる。いずれは揺るぎのない立派な将軍になるはずだ。だがいまは、若さから来る心許なさがある。どうかこの時期を無難に乗り越えてほしいと、心の底から願わずにはいられなかった。

翌月になって、和田義盛が鎌倉に出仕した。

おそらく近習の朝盛の父の常盛から、上総にいる義盛に急使が送られたはずで、もっと早く鎌倉に戻ることができたはずだ。おそらくは三浦半島にある本拠に身を潜めて、鎌倉の動勢をうかがっていたのだろう。

首謀者の泉親衡が逃亡したまま、捕縛された御家人の詮議が続いていた。事態はまったく動いていなかった。

意を決した和田義盛が鎌倉に出仕して、実朝と対面した。

深く決意した口調で、義盛は実朝に子息と甥の無罪放免を嘆願した。

実朝は侍所別当として長く鎌倉幕府に貢献した和田義盛の功績を認め、義盛の要請に応じて政所に子息二人と甥の放免を命じた。

執権の義時や大江広元、政所の文官らと合議をすることもなく、将軍の即断で放免を決めた。

御所の奥にいる万寿と阿波局のところに、側近の二階堂行光が駆け込んできた。

「和田義盛どのが出仕され、将軍はただちに三浦一族三名の放免を決定されました」

そこまで話して、行光は大きく息をつき、さらに言葉を続けた。

「義時さまと広元さまは合議の上、ご子息の義直、義重どのの放免は認められましたが、甥の胤長どのは首謀者の一人だということで、すでに流罪が決定しており、放免するわけにはいかぬと、義盛どのに通達されたとのことでございます」

行光はひどく慌てたようすだった。事態の深刻さがよくわかっているのだろう。

万寿と阿波局は顔を見合わせた。

戦さになる、という話は金剛泰時から聞いていたが、それは面目を重視する武士の発想であって、万寿も阿波局もそこまでの危機感をもっていなかったのだ。

ほどなく将軍実朝が万寿の前に現れた。

「将軍の裁定を執権義時が拒否いたしました。これはいかなることでございますか。将軍の裁定が認められぬのであれば、将軍の権威が執権には及ばぬということになってしまいます。そのことを尼御台はどのようにお考えでございますか」

実朝は明らかにうろたえ、取り乱していた。その姿を見て、万寿は落胆した。裁定が理に適っているかどうかということよりも、将軍たる者がこのように感情に動かされていては、武士の総帥として君臨することはできない。

「落ち着きなされ。そのように取り乱しておったのでは、将軍は務まりませぬぞ」

万寿は一喝した。

実朝は大きく息をつき、わずかだが落ち着きを取り戻した。

「わたしは将軍です。泉親衡なる者が謀反を企てたということですが、謀反は未然に防がれました。幕府にとっては些末な事件ではありませぬか。これに対して和田義盛は長く侍所の別当を務め、多大の功績を重ねてきました。その功績に免じて親族の放免を認めることにしたのです。この裁定のどこが間違っているというのですか」

万寿は厳しい口調で語り始めた。

「そなたは心得違いをしておる。そなたの父の鎌倉どのは木曾義仲や平家を攻めるにあたっても、御家人と合議の上で事を進められた。政所、問注所、侍所を設けられたのも、合議をするほどのこともない些末な案件については、それぞれの別当や執事に一任しておけばよいというご判断によるものじゃ。此度の案件も些末な案件なれば、政所の最高責任者の執権が、捕縛された者の詮議にあたった。将軍といえども執権の判断を尊重せねばならぬ」

実朝は身を乗り出すようにして万寿にささやきかけた。

「その執権の詮議や裁定に疑義がございます。これは和田義盛を陥れるための執権の陰謀でございます。執権が侍所別当を陥れる陰謀を企んでおるのなら、些末な案件とは申せませぬ。ここは尼御台さまの裁定が必要でございます」

将軍と執権と、どちらの方に権威があるのか。

そのことを問う前に、はっきりしていることがある。

将軍よりも執権よりも、さらに大きな権威を有しているのが、尼御台の万寿だ。

「そなたは将軍じゃ。うろたえておるところを御家人に見られぬように、泰然としておらねばならぬ。此度の謀反に関しては、われも同様の疑義をもっておる。われが執権のもとに赴くことにしよう」

実朝を将軍の御座所に戻し、万寿は側近の二階堂行光を伴って御所を出た。

南門から御所の外に出た。門の正面にあるのが大江広元の館だ。かつてはその広元の館が政所を兼ねていたこともあるが、いまの政所は少し先の小町大路に面した場所にある。南門の前を右に折れ、鶴岡八幡宮の方に向かう。すぐに小町大路と交差するので左に進む。横大路を挟んで政所の向かい側にあるのが北条義時邸だ。

鎌倉幕府が開かれた直後に、父時政の要請を受けて、万寿自身の裁量でこの場所に小四郎義時の邸宅を築かせた。

予告のない訪問であるが、すぐに正室の伊賀の方が現れた。

かつて義時には姫の前という正室があったが、滅ぼされた比企の一族だったので離縁をした。後妻となったのがこの伊賀の方だ。母親が政所執事を務めた二階堂行政の娘なので、同行した二階堂行光の姪にあたる。

行光とともに奥の座敷に通された。義時は在宅だということだった。

伊賀の方の父は藤原朝光(ともみつ)といい、朝廷に仕える下級武官だったが、のちに頼朝の側近となり、その上洛に際しては朝廷との連絡にあたった。義時が娘と知り合ったのは二階堂行光の紹介で、間を置かずに正室に迎えられた。姫の前が産んだ三人の幼い子がいたため邸宅を差配する正室が必要だったたからだ。

執権と縁戚となった父の朝光はにわかに出世して、数年前に伊賀守に就任し叙爵された。それ以後は伊賀朝光と名乗り、娘も伊賀の方と呼ばれるようなった。気の強い女で、どことなく牧の方を想い起こさせるところがあって、万寿はこの邸宅にはめったに足を運ぶことがなかった。

伊賀の方には九歳になる男児がいる。のちに三浦義村が後見人となり政村（まさむら）と名乗ることになる。

奥の部屋にいたらしい小四郎義時が姿を見せた。

なぜか義時は上機嫌だった。薄笑いをうかべながら勢いよく話し始めた。

「そのうち姉者から呼び出しがかかるだろうと思うておったのだが、姉者の方からこちらに来られるとは思いがけなかった。何を言われるかは見当がついておる。将軍からの要請を受けて義盛の子息二人は放免したが、甥の胤長は放免するわけにはいかぬ。あやつは首謀者だ。泉親衡などは下っ端にすぎぬ。おそらく金で雇われて首謀者の振りをしておったただけだ……」

義時の言葉を万寿が制した。

「小四郎、そなたは何を企んでおる」

低い声で万寿は問いかけた。

義時は口を閉ざして、姉の方を見つめていた。その顔から笑いが消えていた。

「企んだのはおれではない。すべては義村の企みだ。あやつの弟の胤義が頼家どのの側室を妻とした。男児が二人おって、弟は出家させたが、上の子は地方領主に預けて武士として育てようとした。そのことを知っておった義村が、従兄の子にあたる胤長を唆（そそのか）して謀反を企ませた。あやつは陰に隠れておるが、いずれは和田義盛をも唆すつもりであろう。あやつの狙いはただ一つ、和田義盛を陥れて、三浦一族を一つにまとめることだ」

「そなたはそのことを知っておりながら、なぜ事前に止めなんだのじゃ」

「これは三浦一族の内輪の争いだ。おれが口を挟むべきことではない。和田義盛を参謀にしておる将軍どのには気の毒なことをしたと思うておる。それゆえ子息二人は放免してやった。だが、和田はいずれ戦さを起こすだろう」

「それは陰謀ではないのか。そなたも和田義盛を陥れることに与したのか。それは将軍に対する裏切りじゃ」

「将軍を裏切るつもりはない」

義時は微笑をうかべた。

「おれは姉者と将軍をどこまでも支えていくつもりだ。この鎌倉を護らねばならぬとも思うておる。義村と和田義盛はいずれは争いを起こす。いまの鎌倉は安定しておる。決着をつけるとすればいまだ」

義時は大きく息をついた。

「姉者に黙って事を運んだことは詫びたい。おれは姉者を裏切ることになったな。金剛泰時には何も話しておらぬのだが、あやつは何かを察して、自ら志願して法華堂の修復を始めた」

「法華堂……」

義時の言葉は意外だった。確かに泰時は戦さが起こることを予測し、執権と将軍の闘い、と語っていた。泰時は何もかもを見抜いている。

それにしても法華堂とはいかなることか。大倉御所の北門の先にある山の中腹に、亡き頼朝の墓所があり、法華堂という小坊が建てられている。確かに時が経ち、木材が朽ちて修復の必要はあるかもしれないが、なぜいま修復せねばならぬのか。

万寿の不審げな顔つきを見て、義時が説明した。

「泰時はよく気のつく輩だ。ただの修復ではなく、墓所の脇の土地を広げて、法要などができる広い建物を造営してはどうかと進言したので、資金を出すことにした。いざという時の避難所にするつもりだろう」

いざという時、という義時の言い方に胸が騒いだ。

万寿は声を高めて詰問した。

「この鎌倉で戦さが起こるというのか」

小四郎義時は無言で頷いた。

翌日のことだ。

和田義盛は三浦半島の本拠から、百人ほどの騎馬武者を引き連れて鎌倉に進撃した。戦さを起こすつもりはなかった。御所の南門まで軍勢を進めると、和田義盛は大音声で甥の和田胤長の放免を要求した。すると門の前に大江広元が現れて、淡々と胤長の罪状を述べ、陸奥への流罪を宣言した。

その後、御所の中から後ろ手に縛られた胤長が姿を見せた。御所の建物の脇から護送の軍団があらわれ、隊長の二階堂行村（行光の兄）に胤長の身柄が引き渡された。胤長は厳重な警護を受けながら流刑地へ引き立てられていった。

和田一族の目の前で罪人の引き渡しが実施されたのは、一族にわざと恥辱を与える仕打ちだと受け止めた和田義盛は、以後、幕府への出仕を拒否することになる。

将軍実朝にとっては衝撃的な成り行きだった。

実朝は鬱々と日々を過ごしていた。

半月ほど経ったころ、実朝のもとに和田義盛から書状が届いた。流罪とされた和田胤長の鎌倉の住宅を引き取りたいという要請だった。武士は一族としての結束が固い。免職となった御家人の子息が幼少で職務を引き継ぐことができない場合は、一族が館を引き取るのが慣例だった。従って義盛の要請は妥当なもので、実朝はただちにこれを承認した。

和田義盛は胤長の館に郎党を派遣して番人を務めさせた。

ところが数日後、義時はこの館を執権の預かりにすると宣言して、館の番人をしていた和田の郎党を追い出してしまった。

金剛泰時が万寿と阿波局のもとに報告に来た。

「小四郎がまた将軍の裁定を覆したのか」

泰時の報告を聞いて、万寿は思わず大声を上げてしまった。

横合いから阿波局も口を挟んだ。

「これでは実朝さまがお気の毒です。将軍の権威を蔑ろにされれば、落胆されるでしょうし、憤懣もたまっていくことになりましょう」

阿波局は実朝の乳母を務めた。万寿と同様、実朝には愛着を覚えている。

泰時は微笑をうかべた。

「将軍は和田義盛を父親のごとく慕っておいでです。義盛どののご要望を聞き届けたいとお思いになったのでしょうが、将軍としての裁定に情を差し挟むのはいかがなものかと存じます。将軍は公平無私であるべきでございましょう」

そう言ったあとで、急に真顔になって泰時は言った。

「和田一族はすでに戦さを起こす覚悟で策を立てておるのでしょう。大倉御所に夜襲をかけて将軍を拘束する。狙うのはそこだと思われます。胤長の館を要求したのもそのためです。胤長の館は御所の東門のすぐ近くなので、そこに兵を忍ばせておけば一気に東門を制圧できます。御所の西門のすぐ前には三浦義村の邸宅があります。そこから兵が出れば西門だけでなく北門も抑えることができます。従って和田義盛は南門を抑えるだけで、将軍を包囲することができるのです」

「和田義盛は幕府を倒すつもりなのか」

万寿の問いに、泰時はさりげない口調で応えた。

「どういうつもりなのかは、義盛本人でないとわかりませんよ。ただ将軍と義盛は昵懇の間柄ですから、将軍の身柄さえ確保すれば、将軍の命令で執権を討つことができます。つまりこの闘いは、実は北条一族と三浦一族の抗争なのです」

「三浦義村も和田に加担するというのか」

「義村は策士です。和田を陥れる謀略と見せかけて、一気に北条を倒すことも考えているはずです。執権は幕府の軍勢をすべて動かせます。ただ将軍の身柄を拘束されてしまうと、御家人たちは執権に従うか、将軍に従うか、右往左往することになるでしょう。そこを衝けば三浦と和田にも勝機があります」

そこまで話して、泰時は阿波局の方に顔を向けた。

「万一のことがあれば、若御台と女房たちを真っ先に逃がす必要があります。そのために法華堂を改修して、城砦として使えるようにしておきました。警備の兵も手配しておきます。いざとなれば女房たちに指示を出してください」

阿波局は大きく頷いて応えた。

「わかりました。その時が来ればわたくしが差配いたします」

万寿が勢い込んで言った。

「京育ちの女房たちは役に立たぬが、われも阿波局も東国育ちなれば、多少は剣が使える。若御台は必ずわれが護ってみせようぞ」

そう言いながら、本当にそのような事態が生じるものかと、万寿はまだ信じられぬ気持でいた。

半月後の四月十五日。

万寿の前に頭を丸めた僧形の若者が現れた。見れば実朝のお気に入りの近習で、和田義盛の孫だという朝盛だった。

「その姿はいかがいたした」

万寿は詰問するような口調になった。

「ご覧のとおり、出家いたしました。京の寺にて修行をしたいと思い、いま将軍さまにお暇を申し上げてきたところでございます。尼御台さまにもお別れを申し上げたく、こちらに参上いたしました」

見るからに聡明そうな美少年であったはずだが、いまは見る影もないほどに痩せ、やつれたように見えた。

一族が遭遇した危機に心を傷めるとともに、仕えている将軍と祖父義盛との板挟みになって苦悩したのだろう。

お気に入りの近習を失って、実朝も落胆しているだろうと思い、朝盛が退出したあとで、万寿は実朝の御座所に向かった。

実朝は将軍の御座所に一人きりでいた。虚ろな眼差しで、放心したように座り込んでいる。万寿が部屋に入って来たことにもすぐには気づかなかった。

「ああ、尼御台さま……」

目の前に立っている万寿の姿にようやく気づいた実朝は深々と頭を下げた。

将軍は鎌倉の総帥だが、尼御台はその上位に位置づけられている。実朝は立ち上がって上座を母親に譲った。

「いま朝盛がわれのところにも参った。大事な近習の一人を失うて、そなたも落胆していることであろうな」

「何が起こっておるのか、わたしにはわかりませぬ」

実朝は虚ろな目つきのままでつぶやくように言った。小さく息をついてから、実朝はさらに言葉を続けた。

「僧形となった朝盛の姿を見て、改めて事態の深刻さを覚りました。朝盛はあの姿となることで、戦さが避けられぬことをわたしに伝えようとしたのでしょう。戦さを防ぐためにわたしに何ができるのか、わたしにはわかりませぬ。尼御台さま、将軍とはかくも無力なものなのでございましょうか」

万寿も息をついた。

「将軍は鎌倉の総帥であり、全国の武士を統べる立場におる。そのことを肝に銘じておらねばならぬ。ただ些末なことは執権に任せて泰然自若としておるがよい」

「此度のことが些末事でございましょうか。わたしは和田義盛のこれまでの功績に免じて子息と甥の放免を命じましたが、執権は将軍の命を無視いたしました。執権は北条の兵を有しております。御所の兵を差配し、鎌倉周辺の御家人にも命令を出すことができます。将軍の命には誰も従いませぬ。そのような将軍とはいったい何でございましょうか」

「よいか、実朝どの。鎌倉幕府は御家人に支えられておる。御家人のご意向を熟知し、御家人のご要望に応え、御家人に喜ばれるように政務を進めねばならぬ。そのためには、そなたはまだ若輩じゃ。到らぬことも多々あるであろう。それを補佐するのが執権や政所の役目じゃ。此度のことは執権に任せておけばよいのじゃ」

「執権は尼御台さまよりも偉いのでございますか」

実朝は子どもが拗(す)ねるような言い方をした。

万寿はやり場のない悲しみを覚えた。大きく息をつき、しっかりとした口調で言い聞かせた。

「この鎌倉はそなたの父の鎌倉殿と尼御台のわれが築き上げた。われには鎌倉殿のご遺志を継いでこの鎌倉幕府を護る責務がある。そのことは小四郎義時も同様じゃ。小四郎も鎌倉を護るために執権の職務を務めておる。われも小四郎もすでに高齢になっておる。鎌倉の未来を築いていくのはそなたじゃ。自らを研(みが)き、見識を広めて、立派な将軍になってほしいものじゃ」

厳しい表情で語る母親の姿を、実朝はどこか醒めた目で見つめていた。

月が改まった五月二日、緊迫した気配が鎌倉に広がっていた。

この年に万寿の側近に取り立てられた足利義氏が万寿のもとに駆け込んできた。

義氏は万寿の同母妹の千寿（時子）が産んだ子で、三男ではあるが嫡男とされ、鎌倉に出仕していた。二十歳代半ばの凜々しい若武者だった。

「三浦義村さまからの通報があり、明日の未明に夜襲があるやもしれぬとのことでございます」

「夜襲……。和田義盛がこの大倉御所を襲撃するというのか」

三浦義村と胤義の兄弟は、当初は和田一族の若者たちとともに、合戦を渋る和田義盛を突き上げ、決起の決断を迫る側に回っていた。二人は一揆同心の起請文にも署名をしていたのだが、当初から和田一族を滅ぼす策謀を秘めていたようだ。

「念のために尼御台さまと若御台さまには、法華堂にお移りいただきたいと存じます」

法華堂は頼朝の墓所で、法要のための寺が併設されていたが、金剛泰時の発案で改築され、寝所にも利用できる部屋が増え、厨房も整備されていた。大規模な法要ができるようにという表向きの理由だったが、泰時は襲撃に備えて避難所とする算段だったようだ。

若御台の信子にも声をかけ、女房たちに準備をさせていると、金剛泰時が現れた。初々しい顔立ちの少年を連れている。

面影に思い当たるところがあったので泰時に問いかけた。

「その若者はもしや……」

「弟の朝時でございます。戦さが始まりそうなので駿河から呼び寄せました。朝時は北条の嫡流でございます」

金剛泰時の異母弟の朝時は美しい顔立ちをしていた。母親は頼朝のお気に入りの美貌の女房だったが、そのことで万寿との間に諍いが起こりそうな気配を察して、義時が頼朝に強く懇願して正室とした。だが出自が比企一族であったため、比企が滅ぼされた時に正室は離縁され、朝時も駿河で蟄居していた。

義時の新たな正室の伊賀の方にも男児が生まれているのだがまだ幼少だ。泰時は嫡子としての地位を固めるために朝時に手柄を立てさせたかったのだろう。

泰時は落ち着いた口調で言った。

「法華堂は二階堂行光や足利義氏ら、側近だけでお護りいたします。防備を固めたのでは、敵に動きを察知されるやもしれませぬ」

「案ずるな。若御台さまの護りはわれと阿波局で充分じゃ。北条の女は幼きころから武術を鍛えておる。それよりも、将軍の護りは充分であろうな」

「御所の護りはわたしと朝時が指揮いたします。朝時は駿河で蟄居いたしておりましたが、武術の鍛錬は怠っておりませぬ」

　この北条朝時はこれから起こる戦闘で最前線に立ち、大怪我を負うことになるのだが、その功績が認められて、名越の山上に北条時政が築いた城砦を継承することになる。

　和田義盛は義村の裏切りに気づかなかったようだ。それでも夜襲の計画が洩れることを懸念していて、援軍となる武蔵の横山党に夜襲の日取りを伝えたあとで、にわかに予定を変更して前日の午後に出陣した。三浦半島の和田の地にある本拠から鎌倉まではわずかな距離だ。まだ明るい内に鎌倉は戦場となった。

　夜襲を想定していた義時、広元らは、自邸に親しい御家人を集めて談合を始めようとしていた。不意を衝かれた義時らは慌てて御所に入り、防備を固めた。若き英雄となった北条朝時が陣頭指揮を執って和田の軍勢と闘った。将軍実朝は金剛泰時の誘導で北門から脱出し、万寿や信子が待つ法華堂に逃れた。

　和田義盛に誤算があったとすれば、西門の前に邸宅をもつ三浦義村が兵を出して西門と北門、さらには東門までを押さえてくれると思い、兵力を南門に集中したことだ。同時に南門の近くの大江広元邸と、小町大路の北条義時邸をも攻めたので、戦力を他の門にまで差し向けることができなかった。

　三浦義村の裏切りによって、逆に和田の軍勢は三方から囲い込まれ、逃げ場を失うことになった。執権義時からの指令で、鎌倉周辺の御家人たちが騎馬武者を率いて続々と集まってきた。戦闘は翌日まで続いたが、時を追うに従って和田の軍勢は孤立を深めていった。

ついに和田一族は滅んだ。

執権義時は侍所の別当を兼任することになった。この地位は数年後に金剛泰時に引き継がれることになる。

金剛泰時は戦闘の中心にいて獅子奮迅の大活躍をしたと伝えられる。

和田合戦が終結した翌日、戦功の行賞が発表され、泰時には陸奥遠田の地頭職が与えられたが泰時はこれを辞退した。自分は父に従って闘っただけで、恩賞は他の御家人に譲られるべきだというのが理由だった。同時に賜った伊豆阿多美（熱海）の荘園は伊豆権現に寄進してしまった。金剛泰時は私欲のない人物であるという評判が立ち、声価はさらに高まった。


和田合戦のあと、実朝は政務にまったく興味を失ってしまったように見えた。大江広元は失意の実朝を慰めるために、手を尽くして「万葉集」の完全な写本を入手し、献上した。実朝はこの太古の歌集に感動して、和歌に没頭するようになった。

これまでに作った和歌にこの時期に多作した和歌を加え、自作の和歌集の編纂に取り組んだ。この和歌集は『金槐（きんかい）和歌集』と呼ばれる。「金」は鎌倉の「鎌」の字の偏から採られた。「槐」は大臣の唐名の「槐門」を意味している。

ただしこの時期の実朝は大臣どころか公卿にも達していなかった。

父の頼朝の最高位は正二位権大納言というものであった。実朝は位階だけは父と同じ正二位に昇っていたが、官職は右近衛中将に過ぎなかった。実朝はまだ中納言や参議といった公卿の地位には届いていなかった。

この和歌集の題目には、大臣になりたいという実朝の夢がこめられているのかもしれない。

和歌集の編纂に疲れ果てたのか、翌年の初めのころから、実朝は床に就いた。かつて万寿が鎌倉に建立した寿福寺の住職として鎌倉に在住し、のちに京に建仁寺を開いた臨済禅の栄西が、この時期には鎌倉に下っていた。

万寿が大倉御所の一隅に大倉新御堂と呼ばれる大慈寺を建立し、その落慶法要に招かれたのだ。万寿は豪壮華麗な伽藍を築いて人を驚かせる既存の仏教よりも、質素を重んじる禅宗を評価していた。万寿の要請で栄西が実朝を見舞い、茶を勧めるとともに、『喫茶養生記』という自著を進呈した。

病から回復した実朝は、幕府の政務については執権義時に任せ、朝廷との融和を図るために尽力するようになった。京と鎌倉の間を往還する旅行者の便宜を図るための新たな政策を制定し、朝廷からの要請に応じて、諸寺の僧兵が武勇を好むことを禁止させた。細かい政務には関わらず、朝廷との関係を深めることが、将軍としての自分の責務だと思い定めているようすだった。

この年の八月、鎌倉は洪水に見舞われた。十月には地震があった。和田合戦の後遺症が続き、鎌倉は不穏な雰囲気に包まれていた。

その余波が、京にも及んだ。和田合戦の原因となった頼家の遺児の千手丸は身柄を確保され、尼御台の万寿の指示で栄西の弟子として出家し、栄実という法名となって京の寺に預けられたのだが、和田一族の残党がこの栄実の擁立を謀ったとして、京に赴任していた鎌倉の御家人たちに討たれるという事件が起こった。

京における御家人たちの騒動は、後鳥羽院の気分を害することになる。鎌倉の洪水と地震のあとで起こった京の騒乱は、実朝にとっては大きな心の負担となった。

金槐和歌集の末尾に載せられた次の和歌は、後鳥羽院に捧げられたものと考えられる。

山は裂け海は浅せなむ世なりとも君にふた心わがあらめやも

鬱々とした日々を過ごしていた実朝に朗報が届いた。建保四年（一二一六年）、六月。実朝は朝廷から権中納言に任じられた。ついに実朝は公卿の一員となった。実朝の喜びは大きかった。側近を集めて祝宴を開いた。万寿は招かれなかったが、伝え聞く実朝の尋常でない喜びように、危ういものを感じた。

同じことを大江広元も感じたようで、直々に実朝のもとに出向いて、朝廷からの官職をすべて辞退するように進言した。実朝はこれを拒否した。

将軍の前を辞した大江広元は、その足で尼御台を訪ねた。

「ただいま将軍のもとに出向きまして、官職の辞退を進言いたしましたが、聞き入れてはいただけませんでした。これは由々しきことだと存じますが、尼御台さまはいかがお考えでございますか」

万寿はしばらくの間、無言だった。言葉もなく、ただ広元と睨み合っているような感じだった。かたわらにいた阿波局が、その場をとりつくろうように声を出した。

「将軍は朝廷との融和を図るために、後鳥羽院と書状を交わしておいでです。公卿に加えていただくことが、一つの夢だったのではないかと思われます。その夢が叶ってたいそうお喜びになっているようですが、それではよくないとお考えですか」

「官職を賜るというのは、将軍が朝廷に隷属することを意味いたします。それは避けねばなりませぬ。征夷大将軍の官職も朝廷から賜ったものですが、これは武士の棟梁ということで、実際に幕府が御家人たちを統率いたしておりますから、朝廷から優遇を受けたわけではございませぬ。官職の中でも低いものですから、とくにありがたがることもないのです。されども権中納言は違います。京の名門貴族だけに許された十人ほどの公卿の座の一つを、武士に賜るということは、異例の抜擢であり、幕府は朝廷から恩を押しつけられたことになります。これを受けてはならぬのです」

　長く沈黙を守ったあとで、万寿が語り始めた。

「鎌倉殿も権大納言の職は賜った直後に返上された。ただ当時の鎌倉殿は、御家人が朝廷から官職を受けることは厳禁とされておった。その規律もすでに緩んでおる。いまも幕府の推薦によって御家人に官職を割り振ってはおるが、京に赴任した御家人の中には、朝廷から直接に官職を賜るものが出ておる。鎌倉殿のころとは時代が違うのじゃ。少しくらいは大目に見てやってもいいのではないか」

　広元は生真面目な顔つきで応えた。

「尼御台さまがそのように仰せならば、わたくしといたしましては、これ以上の異議を差し挟むことは控えることにいたしますが、一つだけ、お耳に入れておきたきことがございます」

「何じゃ。申してみよ」

　わずかにためらったあとで、広元は改まった口調で言った。

「京の公家社会においては、家格というものが重視されます。摂政関白の官職は摂関家と呼ばれる限られた血統だけに伝えられてまいりました。いまは近衛と九条がその家系でございます。摂関家から分かれた傍流の藤原一族の場合も、内大臣止まりの一族、大納言までの一族など、その一族の極官が定まっております。それが家格でございます。その家格を無視して異例の抜擢があると、世が乱れその家系も没落するという、一種の伝説が生じております。逆に朝廷が異例の抜擢をする場合に、その人物や一族が没落することを狙って、わざと高い官職を与えたのではないかと噂されることがございます。これを『官打ち』と申します」

　広元は表情を変えずに淡々と語り続けた。

「朝廷にその意図がなくとも、異例の抜擢は世の嫉(そね)みを招き、結果的に官打ちということになる場合もございます。菅原道真が右大臣に昇ったのも異例の抜擢でございましたが、結果は九州大宰府への流罪となってしまいました。警戒すべきは官打ちでございます」

「官打ちとは恐るべき呪いのごときものじゃな」

万寿は独り言のようにつぶやいた。

横合いから阿波局が励ますように口を挟んだ。

「それでも実朝さまはまだ権中納言に任官されたばかりでございます。お父ぎみの権大納言にも及んでおらぬのですから、家格を超えた任官ではございませぬ。官打ちには当たらぬのではないですか」

そう言われても万寿の不安は消えなかった。

「実朝はいまだ二十五歳じゃ。年齢からいえば破格の任官といえよう。さらに懸念されるのは、政務を執権の義時が独裁しておるので、実朝の関心が朝廷ばかりに向いておることじゃ。武士でありながら極位極官を望んでおるのだとしたら、後鳥羽院の意のままに操られることになりはせぬかと心配じゃ」

万寿のつぶやきに応じて、大江広元が大きく頷きながら言った。

「わたくしも同じ懸念を抱いております」

万寿は広元を下がらせたあとで、阿波局に命じて、長く実朝の侍読を務めていた源仲章を呼び出した。

源仲章は初老の文官だ。源姓を名乗ってはいるが武士ではなく、下級貴族の文官として後鳥羽院に仕えていたが、京都守護の中原親能と交流するうちに学者としての才覚が認められて鎌倉に招かれ、実朝の幼少のころからの侍読となった。実朝の学識はすべて仲章から伝授されたものだ。いまは複数の文官が担当している政所別当の一人を務めている。

万寿は仲章に問いかけた。

「権中納言という官職に任じられたことを、実朝はずいぶん喜んでおるようじゃな」

仲章の表情は冴えなかった。暗く沈み込んだようすで、力なく応えた。

「将軍さまはこのところ長く塞ぎ込んでおられました。執権義時さまの権威が高まったことで、政務に対する意欲を失ってしまわれた。せめてもの慰めは、権中納言への任官でございます。後鳥羽院との関係が良好であることの証しでございますので、ずいぶん喜んでおられたのですが、つい先ほど大江広元さまが来られて、官職の辞退を迫られました。こればかりは譲れぬと声を荒げて追い返されましたが、あとで涙を流しておられました。義時と広元は自分から何もかもを奪ってしまうと、嘆き悲しんでおられました」

万寿は大きく息をついた。

自分が慰めに行こうかとも思ったのだが、尼御台と執権、および連署の役割を務めている大江広元は、政務について同一の見解をもっていることが多い。いま会いに行っても、敵意に満ちた眼差しで追い返されるのではと思われた。

万寿と実朝の間にも、深い溝が出来始めていた。


この年、奈良の東大寺の再建に貢献した南宋出身の工人、陳和卿(ちんなけい)が鎌倉に下ってきた。

万寿はかつて東大寺の落慶供養に参列したことがある。そのおり遠目に見える関係者の席を示して、あれが工人の棟梁の宋人だと聞かされた憶えがあった。その当時、すでに白髪の老人だった。

頼朝は宋人に興味をもって面会を望んだのだが、陳和卿はこれを拒否した。頼朝が平家との戦さで多くの人の命を奪ったことが許せぬという理由が伝えられた。その言葉に頼朝は涙ぐむほどに感動していた。そばにいた万寿はただ失礼な宋人だと思っただけだった。

その陳和卿が将軍との拝謁を願い出た。万寿はこの宋人に良い印象をもっていなかったが、実朝の気晴らしになるかと思い許可を出した。

拝謁を許された陳和卿は、そのあとで万寿のもとを訪れた。拝謁を許諾した尼御台に感謝の言葉を述べたかったのだろう。

宋人の姿を見て、万寿は夢を見ているような気分になった。生身の人とは思えない、神仙を思わせるような人物だった。

「将軍さま、神々しいお方……ありがたきこと」

宋人はたどたどしい和語で礼を述べた。

「将軍は何か仰せであったか」

万寿の問いに、宋人は答えた。

「船を造れと」

「船……」

万寿は絶句した。あまりにも意外な答えだったからだ。

「いかなる船じゃ。その船でいずこに参るというのか」

「宋……、宋こそわが故郷と仰せで……」

宋人に船を造らせ、その船で宋に渡る……。

いったい実朝は何を考えているのか。気鬱が昂じて狂ったとしか思えない。

最期の時に母に向かって太刀を振り下ろした頼家の姿が脳裏を過ぎった。

万寿は息を弾ませながら宋人に問いかけた。

「そなたが造る船で、宋まで行けると申すか」

「行けぬ……」

　宋人は答えた。

「船は造る。将軍と約束した。船は造るが、宋へは行けぬ。船を操る宋人がおらねば、船はどこへも行けぬ」

「どこへも行けぬ船を、なぜ造るのじゃ」

　万寿は声を高めた。

　宋人は謎めいた笑いをうかべた。

「船を造っておる間、将軍は夢を見る。あのお方が神仏のごとく輝いておられるのは、夢を追い求めておられるからだ。将軍は夢を見る。夢がなければ生きてはおられぬ。そのために、船を造らねばならぬ……」

　宋人の語ることは、万寿にとっては意味不明だった。

　それでも将軍は、この宋人に造船を命じたようだ。

　この年の十一月、実朝は権中納言としての直衣(のうし)始めの儀式のあとで、唐船の建造と六十人の団員を選んで唐に渡航することを公表した。巨大な船の建造には膨大な経費がかかる。小四郎義時と大江広元にとっては寝耳に水の暴挙であったが、前例のない試みであったので反対する理由も見当たらず、将軍の裁量によって工人が集められ、木材が調達されて、唐船の建造が始まった。

　翌年の四月、鎌倉の南に広がる由比ヶ浜に、巨大な唐船が完成した。しかしあまりの巨大さ、重さのために、五百人の人足が波打ち際に出て海に引き出そうとしても、巨船はびくとも動かなかった。数時間もの時をかけてさまざまな方法が試みられたが、ついに船は進水できなかった。建造の指揮をとっていた宋人はいつの間にか姿を消していた。

実朝の夢は潰えた。

砂浜に放置された巨船は、風雨によってしだいに朽ちていったが、残骸はいつまでも浜に残っていた。無謀な試みの痕跡は、実朝の夢のはかなさを、通りがかる人々の目に灼きつけることになった。

第七章　雪の鶴岡八幡宮で実朝暗殺

建保五年（一二一七年）、六月。

実朝が造らせた唐船の進水が失敗した直後のことだ。

近江の園城寺で修行をしていた公暁が鎌倉に戻ってきた。この年、鶴岡八幡宮の別当の定暁が死去し、後任の別当に頼家の遺児の公暁が就くことになった。本地垂迹の考えが広まったこの時代の神社の多くには寺院が併設されていた。鶴岡八幡宮も若宮が移設された当初から神宮寺が建てられ、園城寺の高僧を別当として招いていた。公暁はその四代目にあたる。

いまだ十八歳の公暁が別当の重責を担うのは異例の抜擢だった。鎌倉に到着した公暁が御所に挨拶に来るというので、万寿は感謝の言葉を述べるのだろうと思い込んでいた。

だが現れた公暁は憤懣やるかたないといった顔つきだった。

「鎌倉に戻れると聞いて喜んだのも束の間、寺の別当になれとは何とも心外な命令だ。おれは前将軍の跡取りぞ。新たな将軍の猶子でもあった。いずれはおれが将軍職を継ぐものと思い、近江の寺でも仏の教えなどは学ばず、ひたすら武術を鍛えておったのだ」

万寿を睨みつけて大声で言い募る公暁の姿を目にすると、修善寺で母に向かって刀を振り回した頼家の姿と重なった。

「これ、尼御台さまに向こうてそのような申しようは礼を失するであろう。控えよ」

かたわらの三浦義村が慌てて制した。

その日は公暁の乳父で後見人を務める三浦義村が同行していた。義村の姿を見た時から万寿はいやな予感がしていた。

三浦一族は信用できぬ。

和田合戦の発端となった千手丸も義村の弟の胤義の後妻の子だった。千手丸は討たれたが、同母弟の禅暁は京の仁和寺で修行をしており、これも胤義が支援しているようだ。

頼家の遺児たちを三浦一族が囲い込み、何かを企んでいるのではないか。

公暁が出家して園城寺に入ったのは十二歳の時で、そのおり義村は公暁に、寺で修行をして鎌倉に戻れば還俗して実朝の後継者になれるとでも吹き込んだのだろう。

万寿は目の前の公暁の姿を見つめた。活発で意気盛んな少年だった。聡明であったし、頼家や実朝と違って武術の鍛錬も怠らなかった。十八歳になったその体つきを見れば、さらに逞しさが増している。園城寺は寺法師と呼ばれる僧兵を擁している。僧兵たちに混じって武術を鍛えていたのだろう。

少年のころの公暁には、頼家に似た気性の激しさとわがままなところがあった。猶子として引き取り御所で育てていたのだが、危険なものを感じた万寿は、園城寺で修行させることにした。三浦義村が後ろ盾になっていることにも危うさを感じていた。

万寿は公暁に語りかけた。

「そなたは幼いころに両親を失った。不愍と思い温情によって御所で育てた。いまの将軍はまだお若く、跡継などは要らぬ。ご正室もおられることゆえ、いずれ跡継の男児も生まれることであろう。そなたを鎌倉に呼び戻したのは別当職が空席になったためだ。そなたのごとき若輩を別当に就任させるのは、わが温情なり。感謝されこそすれ非難される覚えはない。別当がいやなら近江に戻すまでじゃ」

冷たく言い放つと、万寿は公暁と義村を下がらせた。

公暁は憤懣が収まらぬようで、別当職には就いたものの、山岳修行と称して八幡宮の裏山に出て、髪も髭も伸び放題の怪しい姿で山野を駆け回っているということだった。

失意の実朝は二十六歳になっている。十三歳で一歳年下の若御台の信子を迎えた時は雛遊びの夫婦であったが、懐妊が期待される年齢になってからでも、十年ほどの年月が虚しく過ぎていった。

前年には頼家の遺児の中でただ一人の女児を、若御台が養女として引き取り、女房たちとともに育てることになった。幼名を鞠子といい、母方にあたる滅ぼされた比企一族の館の跡地の竹やぶの中に小邸を築いて育てられていた。それゆえいまは竹御所（たけのごしょ）と呼ばれている。十五歳の美しい少女は女房たちに愛された。信子もこの少女を慈しむことで、子のない寂しさを癒すことができた。

男児の不在は鎌倉幕府の未来に暗い翳をもたらすことになる。跡継が決まっていない状態では、政権は安定しない。

思い余った末に、万寿は実朝と面談して、後継者について考えを質すことにした。

あらかじめ阿波局を差し向けて、近習の若者たちを遠ざけ、一人きりで待つように命じてから、万寿は実朝と対面した。

「そなた、側室をもつことを考えてはどうじゃ」

実朝の顔を見ると、万寿はいきなり本題に入った。

実朝は表情を硬ばらせた。

「わたしには正室の信子がおります。信子の周囲の女房たちとも和やかに過ごしております。いまさら別の女人を側室にもつつもりはございません」

阿波局に伝えたとおり、実朝はただ一人で万寿を待ち受けていた。いつも近習の美少年たちに囲まれている実朝のふだんの姿と比べて、一人きりの実朝は無防備で寂しげに見えた。

「そなたも知ってのとおり、この鎌倉幕府は大殿が一代で築かれた武士の府じゃ。その棟梁の地位を嫡子の頼家、次男のそなたと、血筋によって継承してまいった。血筋が重要なのは、直系の子息や兄弟がおれば序列が明確で、継承者をめぐる争いを防ぐことができるからじゃ。されどもいま、そなたには血筋による継承者がおらぬ。このままでは幕府の先行きが定まらぬ。いずれは御家人たちの間にも不穏な雰囲気が広がるであろう。そなたが正室を迎えてから十年以上の年月が流れておるが、信子はいまだに懐妊していない。子を産めぬ女なのかもしれぬ。一刻も早く側室をもち、男児を何人か産ませて、幕府を安定させねばならぬ」

「子が生まれぬのは、わたしに原因があるのかもしれませぬ」

実朝は哀しげにつぶやいた。

「何と……」

万寿は身を乗り出すようにして実朝の顔を凝視した。

「そなたに原因があるとはいかなることじゃ」

実朝の目に涙がうかんでいた。

「わたしは自分の子をもちたいとは思っておらぬのです。それはわたしの生まれつきの気質から生じたことで、自分を律して改められるようなことではないのです。これから何年経とうと、側室を何人もとうと、わたしに子が出来ることはないでしょう」

万寿は絶句したまま、しばらくの間、黙り込んでいた。

実朝は寂しげな微笑をうかべた。

「竹御所を養女にしたように、後継者となる男児も、養子を迎えればよいではありませぬか」

「それはならぬ」

万寿は厳しい口調で言った。

「かつてそなたの猶子としておった公暁は三浦義村が乳父を務めいまも後見人になっておる。出家して京におる禅暁も実母が三浦胤義の後妻となっておる。義村と胤義の三浦兄弟は和田合戦のおりに、和田義盛を裏切った過去がある。信用のおけぬ輩じゃ。養子を迎えれば必ずその親族が政務に関わろうとする。それは幕府の内部に対立をもたらし争いを起こすことになろう」

「母ぎみ。わたしに腹案がございます。以前からこのことを熟慮いたしてまいりました」

実朝は母親の顔を見据えて強い口調で言った。その表情には確固とした決意のようなものが感じられた。

万寿は問いかけた。

「腹案があるならば言うてみよ」

実朝はきっぱりとした口調で言い切った。

「後鳥羽院の皇子(みこ)を、養子としてお迎えするのでございます」

あっ、と万寿は心の中で声を上げた。

思いもしなかった驚くべき提案だった。そんなことが可能なのかもわからなかった。すぐには同意することもできず、さりとて即座に拒否するわけにもいかなかった。

黙っていると実朝はさらに語り続けた。

「ただの皇子であってはなりません。院がご寵愛の皇子をお迎えするのです。後鳥羽院にはあまたの側室がおられ、皇子も大勢おられます。中でも最も愛され、信頼もされておられるのが、いまの帝（順徳帝）でございましょう。その帝もすでに多くの妃をおもちで皇子もおられます。従って院の皇子すなわち帝の弟宮が皇嗣に立てられることはございませぬ。いずれは臣籍に降下されるか、仏門に入られるか。とはいえ臣下や僧侶にするには惜しいという後鳥羽院ご寵愛の皇子がおられます。そのお方を将軍の後継者としてお迎えすれば、院も喜ばれるはずでございます」

実朝の自信に満ちた語りように、万寿は予感のようなものを覚えた。

「熟慮した腹案というからには、その皇子の目星もつけておるのであろう」

「冷泉宮頼仁親王……。卿二位と称される藤原兼子さまが養育しておられる皇子でございます」

卿二位の名は聞いたことがあった。後鳥羽院の乳母として最近にわかに台頭し、かつての丹後局のように朝廷を差配している女傑だとの風評があった。

「頼仁親王といえば、母方の祖父は坊門信清さまではなかったか」

記憶をたどりながらそう言うと、実朝は嬉しげな笑顔を見せた。

「さようでございます。わが妻にとっては姉の子、すなわち甥にあたります。血のつながった皇子を養子に迎えれば、信子も喜ぶことでございましょう」

「頼仁親王は何歳くらいのお方なのじゃ」

「十七歳くらいだと思われます。すでにご立派な若者になられているはずで、すぐにでも政務に参画していただけるのではないでしょうか」

確かに妙案だと思われた。朝廷との融和を目指してきた実朝は、熟慮の末にこの腹案に到ったのであろう。

養子をとるなら源氏の血脈とばかり考えてきたが、すでに誰かが後見して育てている少年を迎えたのでは、後見する御家人がやがて政務に参画しようとするはずだ。

皇子を後継者に迎えれば、特定の御家人が権威をもつこともなく、多くの御家人の賛同を得られるのではないか。

ただし、皇子を養子に迎えるなどということが、果たして実現するのであろうか。

万寿は途方に暮れてしまった。


万寿は実朝の侍読を務めてきた政所別当の源仲章を呼んで相談することにした。

実朝が気鬱に取り憑かれるようになって、側近の仲章の顔色も冴えない日々が続いていたのだが、この日の仲章は元気を取り戻したように見えた。

皇子を将軍の後継者にといった大胆な計画は、実朝一人で立てたものとは思えなかった。おそらく仲章が相談に乗っていたのだろう。この日の仲章が元気そうなのは、その計画を尼御台に話したと聞いて、実現に向けての第一歩が踏み出されたと感じたからではないか。

「将軍の後継者に冷泉宮頼仁親王をお迎えするという話を実朝から聞いた。そなたも承知しておるのであろう」

万寿の問いかけに、仲章は嬉しげに答えた。

「及ばずながら皇子の人選については、多少の助言はいたしました。頼仁親王のお母ぎみの西ノ御方は坊門信清さまのご息女でございますが、すでに有力な妃を母とする皇子が何人もおられ、頼仁親王は早々と仏門に入ることが決まっておったのでございます。ところがそのあまりの聡明さに目を留められた卿二位が、僧侶にするのは惜しいと後鳥羽院に懇願され、自らが引き取られて養育されたと伺っております。後鳥羽院もこの皇子を特別に寵愛されているようで、いまや権勢の極みにある卿二位がお育てになった皇子でございますから、次期将軍として、これ以上のお方は見当たらぬと申せましょう」

聞いているうちに、次の将軍はその皇子が最適だという気がしてきたのだが、万寿にはまだ雲を摑むような話だった。

万寿は不安げな声で問いかけた。

「それを聞いて、まことにご立派な皇子だとは思うのじゃが、そのような皇子が、鄙の地の鎌倉にまで下ってくださるのかどうか。いったいどのようにして願い出ればよいのであろうか」

源仲章はしばらく考えてから、こんな言い方をした。

「皇子を確実にお迎えするためには、尼御台さまにお出ましをお願いせねばなりませぬ。かつて尼御台さまは、後白河院の寵姫であった丹後局と二人きりで面会されたと伺っております。天台座主の慈円さまがかつて、『わが日本国は女人入眼の国にして、いままさにその女人の時代が復活せり』と語られたそうでございますが、ここは再び、女人同士が二人きりで、この国の未来について語りおうていただきたいと存じます」

仲章に言われて、万寿は昔のことを想い起こした。頼朝とともに初めて上洛し、大姫の入内を図るために丹後局と二人きりで面会したのだった。

そのおり丹後局から、生まれた子を皇位に就けるつもりかと問われて、万寿はこんな答え方をした。

「わたくしどもは孫を皇位に就けようなどという大それたことを考えておるのではございません。娘を内裏の中に留めていただいて、皇室と親交を深められればと思うておるだけでございます。もしも僥倖に恵まれまして、大姫が懐妊し、男児を産むようなことがありましたら、鎌倉に迎えて、次の将軍に立てたいと思うております」

　当時はすでに次男の実朝が生まれていた。後継者の男児が二人もありながら、大姫が男児を産んだならば将軍に立てたいと語ったのは、口先だけの偽りではなかった。

　鎌倉は武士の府だ。平家を滅ぼしたことで、頼朝は武士の棟梁の座を与えられたが、権大納言右近衛大将や征夷大将軍などの官職は、朝廷から賜ったものだ。武力だけで国を支配することはできない。武力で覇を競えば永遠に戦さが続くことになる。全国の武士が幕府に従うのは、朝廷から賜った権威があるからだ。

　朝廷との融和こそが、幕府の存続の決め手となるはずだった。そのためには、源氏や北条の血筋にこだわる必要はない。頼朝と自分が築いた鎌倉幕府を、何としても護り抜かねばならぬ。

　大姫の病死によって入内は実現しなかったが、丹後局と二人きりで面会することで、話はまとまっていた。いままた卿二位という女傑が、朝廷を支配しているらしい。ここは女同士で肚を割って話し合うしかない。

　万寿は上洛の決意を固めた。


　万寿は御所の奥に政所の別当を呼び集めた。

　大江広元が引退して以後、別当は数人の合議制となっていたが、重要案件に関しては執権の義時と連署と呼ばれることもある相談役の大江広元も合議に加わることになっていた。この日は侍所の別当を代行している金剛泰時も加わっていた。

　別当の一人は実朝の側近の源仲章であるし、泰時も実朝の側近の一人であったから、実朝の意向を汲んだ二人に万寿も加わって、義時や広元と諍論することになりそうだと万寿は予想していた。

まずは源仲章に実朝の腹案について説明させた。

万寿は自分の考えは表明せず、実朝の提案についてどう思うかを、大江広元に質した。

「危うきご提案でございます」

広元は即座に断言した。

「幼い皇子ならともかく、京育ちの見識を備えた二十歳に近い皇子を迎えれば、鎌倉が京の文化に染まり、武士の府ではなくなってしまうことでございましょう」

これには源仲章がただちに反論した。

「鎌倉に京の文化を広めることが、実朝さまのご意向でございます。戦さが相次ぐ時代は終わりました。これからは互いに文化を共有し、朝廷と幕府が融和して国を治めるべきではありませぬか」

広元と仲章の間で議論が続いた。二人とも京で育った文官であり漢学者でもあったが、広元の方が鎌倉に下った時期が早く、頼朝とともに武士の府を造り上げたという自負がある。鎌倉への思い入れがそれだけ強い。いかにして朝廷と闘い、鎌倉の権益を守り抜くかということを考え続けてきた広元にとっては、安易に朝廷との融和を図ろうとする実朝や仲章の考えは、受け容れがたいのだろう。

義時は二人の諍論を黙って聞いていた。一言も発言せず、二人の対話にとくに身を入れて聴き入っているようすもなかった。

不審に思った万寿が声をかけた。

「小四郎。なぜ黙っておるのじゃ。そなたは執権ぞ。政所の要であり、侍所の別当も兼ねておる。そなたの意向ですべてが決まると言うてもよい。そなたの考えを聞かせよ」

義時は姉の方に一瞥をくれてから、子息の泰時の方に目を向けた。

「執権が侍所別当を兼任するのは荷が重いゆえ、侍所は金剛泰時に任せておる。泰時、そなたにも考えるところがあるだろう。言うてみよ」

泰時は微笑をうかべた。

「鎌倉幕府は全国の武士を束ねております。武士の規律を強化し、武士を抑えておる限りは、幕府の屋台骨が揺らぐことはないでしょう。京の文化が鎌倉に流入したところで、武士が己の気概を捨てるわけではないので、案ずることはないと思います」

泰時の考えを聞いて、義時も同じような微笑をうかべた。

義時は万寿の方に向き直った。

「姉者は上洛する決意を固めておられるのだろう。おれは広元の考えにも一理あると思うてはおるが、姉者の決意を覆すことはできぬ。おれは執権だが、この鎌倉では、執権よりも大きな権威がある。すなわち尼御台だ。姉者が決めたことに、おれは従うしかない。この鎌倉を築いたのは、姉者だからな。広元よ、そうであろう」

大江広元は万寿に向かって深々と一礼をして言った。

「尼御台さまのご意向に、われらは従います。これは政所の総意でございます」

万寿は大江広元に向かって言った。

「広元の懸念はわれも感じておるところじゃ。されども将軍の後継者が定まらねば鎌倉幕府の安泰が損なわれることになる。実朝はそこのところを憂慮して、熟慮の果てに皇子を迎えるという腹案に到ったのであろう。その将軍の熟慮をわれは認めてやりたい。われは実朝の母じゃ。子に対して甘いと言われればそれまでじゃが、これまでもわれは、頼家に対しても、実朝に対しても、母であることを抑えて厳しく当たってきた。此度のことは、われの実朝に対するただ一度の母としての思いやりじゃと思うておる。皆もそこのところを察してほしい」

話は決着した。

万寿は三度目の上洛の旅に出ることになった。

今回も表向きは熊野詣の旅ということにした。前回同様、弟の北条時房に案内役を任せた。

時房は蹴鞠が達者で、京の文化に染まっていた。皇子を鎌倉に招くという実朝の提案は大歓迎だった。

旅の宿でも時房は元気いっぱいでよくしゃべった。

「皇子を鎌倉に迎えるとなれば、文官や学者、女房らも同行するでしょうから、鎌倉は一挙に華やぎますね。蹴鞠の得意な文官がいればいいのですが。わたしは蹴鞠については、いささか自負があるのですよ」

「蹴鞠では戦さに勝てぬぞ」

「もう戦さなど起こらないですよ。何しろ朝廷と鎌倉は融和して、戦さのない新たな世を築くことになるのですから」

「戦さがなくなるとは思えぬ。後鳥羽院は多くの荘園をお持ちだが、全国の荘園には幕府が地頭を派遣しておる。荘園領主と地頭とはつねに対立しておる。小さな火種が一挙に広がることもないとは言えぬ」

「だからこそ鎌倉に皇子を迎えるのでしょう。とはいえお招きしようとしている皇子は、院と卿二位が寵愛しておられるお方ですからね。そういう大事な皇子はずっと手元に置きたいと思われるのではないですか。この話、うまくいくのでしょうかね」

「われが出向くのじゃ。必ず話をまとめてみせる」

万寿はそう言ったものの、確かな根拠があるわけではなかった。

頼朝の挙兵以来、先のことは何も考えずにともに歩んできた。先の見通しについてあれこれ考えている暇はなかった。とにかく前に向かって突き進んでいく。思えば多くの困難に遭遇したが、結果としてはすべてがうまくいって、今日の鎌倉が築かれたのだった。

此度もうまくいくはずだ。

そう思って前に進むしかなかった。

まずは旅の名目でもある熊野権現に詣でて、鎌倉幕府の安泰を祈った。四人の実子（うみのこ）のうちただ一人生き残っている実朝の無病息災を願った。

卿二位との会談の成功も祈願したが、権現に祈るまでもなく成功を確信していた。皇子を将軍に迎えることは皇嗣となる望みを失った皇子自身にとっても晴れがましいことであるし、父親の後鳥羽院にとっても、鎌倉幕府への強い影響力が生じることになるので、利のある話であるはずだった。

万寿の鎌倉出立の前に、京の公家や文官と親交のある大江広元や源仲章が使いを出し、卿二位との面会の手筈は調っていた。また出立の直後に、実朝の願いとして、左近衛大将への任官を求める使者が送られた。この願いはただちに認められて、万寿が入洛するよりも前に、実朝の権大納言兼左近衛大将の任官が決定していた。

権大納言は父の頼朝と同格だが、頼朝は右近衛大将だったので、わずかに上回ることになった。

これは万寿の上洛を後鳥羽院が好意的に受け止めていることの証しと感じられた。

万寿は自信と希望をもって卿二位と対面した。

卿二位こと藤原兼子は後鳥羽院の乳母という立場で現在の地位を築いた。姉の娘（のちの承明門院）が後鳥羽帝のもとに入内して第一皇子（土御門帝）を産み、父の養子となった義兄の娘（修明門院）が同様に第三皇子（今上帝のちの順徳院）を産んだ。そうした網の目のような縁戚関係の中で揺るぎのない権勢を有している。

年齢は万寿よりも二歳上だということだ。最初の上洛の時に対面した丹後局は六歳上で、万寿の方が遜（へりくだ）っていた。当時の万寿は将軍頼朝の妻という立場にすぎなかったこともある。いまは将軍の母であり、尼御台として幕府を差配している。二歳の年齢差など無きに等しく、臆するところはまったくなかった。

ただここは京の地であり、こちらから面会を願い出たということもあって、最初はいくぶん遜った口調で語りかけた。

「卿の局さまにお目どおりがかない、ありがたきことと思うております。わたくしは将軍の母にて、平政子と申します」

いま初めて、万寿は「政子」と名乗った。「万寿」というのは幼名であり、父の名を同母妹の千寿（時子）と分けた政子という名があったが、父の時政を嫌っていたので自ら名乗ることはなかった。いま卿二位の前で政子と名乗ったが、氏姓はあえて「北条」を避けた。東国の武者は三浦、千葉など、ほとんどが平氏の末裔だった。

卿二位は丁寧な口調で応えた。

「鎌倉を差配しておられるという尼御台さまのお噂はかねがね伺っております。こうして女二人が対面して、日本国の行く末を語ることができますのは、わたくしにとっても嬉しく誇らしいことでございます」

卿二位は目つきの鋭い、いくぶん陰気な感じの女人だった。嬉しく誇らしい、と口では言いながら、少しも嬉しげではなく、こちらを警戒しているようすがうかがえた。万寿は探りを入れるように低い声で問いかけた。

「後鳥羽院は文武に秀でたお方と伺っておりますが、多くの妃がおられて、たいそうご情愛の深いお方だそうでございますね」

「それはもう後宮にはあまたの女房がおりますので、皇子や皇女が次々と生まれることになります。親王宣下を受けられた皇子だけでも十人ほどおられましょうか。半ば以上はすでに仏門に入られておりますが」

「まことに羨ましいことでございます。わが子の実朝には一人の跡継ぎもおりませぬ。正室の若御台に子がないのは残念でございますが、せめて側室でももてばと申しても、自分の子を後継者にするつもりはないと申しまして……、ずいぶん以前から、将軍の後継者には京から皇子をお迎えしたいと考えておったようでございます」

「そのことは大江広元からの書状で承りました。冷泉宮頼仁親王の母ぎみの西ノ御方は、将軍のご正室の姉にあたられるとのことで、養子としてお迎えするには最適のお方と広元どのも記しておいでででした。冷泉宮は仏門に入れられる直前にわたくしが院にお願いして手元に引き取らせていただき、わが子として育ててまいりました。将軍の後継者にしていただけるとは、育ての母としてはまたとない僥倖だと感じ入っております」

　語っている卿二位の目が笑っていなかった。自分が育てた子を、鎌倉などという辺鄙な場所にけっして行かせはしないという決意が、その表情から露呈しているようだった。

　万寿はすかさず言った。

「わたくしどもは冷泉宮さまにこだわっておるわけではございません。幼き皇子をお育てするわけではないので、われらの若御台の縁戚でなくともよろしゅうございます。ただ院のご寵愛を受けておられる親王であれば、朝廷と幕府の融和が図れるのではないかと期待いたしております」

　卿二位はにわかに柔和な微笑をうかべた。

「そういうことでございましたら、うってつけの宮さまがおられます。六条宮雅成親王というお方で、お母ぎみはわたくしにとっては姪にあたる国母の修明門院でございますので、今上帝（順徳）の同母の弟ぎみでございます。年齢は冷泉宮の方が一歳上でしょうか。院のご寵愛をお受けになっていることは間違いございません」

「おお、それならば……」

　万寿は声を弾ませた。

「その六条宮というお方が次の将軍を継がれれば、帝と将軍が同母の兄と弟ということになるのでございますね。それならば朝廷と幕府の融和はまさに万全ということになりましょう」

　言ってしまってから、万寿は心の臓が縮み上がるような恐れを覚えた。

　帝と将軍が同母の兄と弟……。

　それでは融和が過ぎて、幕府が消滅してしまうのではないか。

　帝の弟宮が将軍になったのでは、再び武士は、朝廷に隷属することになってしまう。

　目の前の卿二位は上機嫌になっていた。やはり自分が育てた冷泉宮を鎌倉に送り出すのは気が進まなかったのだろう。しかしその代案として提出されたのは、恐るべき構想であった。

　その日の会談では結論は出さなかった。

　冷泉宮か六条宮のいずれかを鎌倉に下向させる。いずれになるか、下向の時期、そういった具体的なところは、改めて取り決めることになったが、とにかく後鳥羽院の皇子を鎌倉に迎えるということで話はまとまった。

鎌倉に下向した皇子は、実朝の養子ということになる。若御台信子が養女とした竹御所の婿として迎えれば、竹御所の産んだ男児がその次の将軍に就くことになる。源氏の血脈はその先に伝えられることになる。

たとえ帝の同母弟が下向されたとしても、まだ若い実朝はこれからも長く将軍の位に就いているだろう。その間に、養子となった宮には鎌倉の武士たちと交流いただいて、幕府の意義についてもご理解いただけるだろう。

そんなふうに思い直して、万寿は宮を受け容れる決意を固めていた。

会談のようすはただちに後鳥羽院に伝えられた。

院は大満足だったようで、折り返し「拝謁を許す」という望外の機会が与えられたのだが、万寿は「辺鄙の老尼」であることをもって拝謁を辞退し、帰途に着くことにした。

その意を伝えるために、同行した弟の北条時房を名代として御所に派遣したのだが、院は時房をも厚遇して宴席に侍らせ、時房が蹴鞠が得意だと話すと、蹴鞠の達人を呼び寄せて御所の庭で蹴鞠を実演させた。その蹴鞠の技が認められて、時房は院の側近に取り立てられることになった。

時房が御所に留め置かれたため、万寿は別の御家人とともに鎌倉に戻ることにしたのだが、出立の直前に、前回の上洛でも対面した西園寺公経（きんつね）が訪ねてきた。

公経は頼朝の姪を正室としてその娘を右大臣九条道家に嫁がせている。道家の母は公経の正室の姉で同じく頼朝の姪にあたるため、そこで生まれてきた子どもたちは、父方と母方の両方から源氏の血を引くことになる。前回はそんな話を交わしたのだった。

現れた西園寺公経はこんな話をした。

「九条家に嫁いだ娘が今年の一月に三人目の男児を産みました。一月は寅の月で、生まれたのが寅の日、さらに今年は戊寅（つちのえとら）の年でございます。年、月、日と寅が三つ重なりましたので、三寅（みとら）という幼名となりました」

公経はいかにも嬉しげに語った。

「九条道家さまはいまは右大臣でございますが、祖父の兼実さまが関白、父の良経さまが摂政でございますから、いずれは関白となられることは必定。ご子息もやがては関白となられることでございましょうが、三男ともなると未来は限られております。兼実さまの同母の弟ぎみは天台座主となられ、歌人としても名高い慈円さまでございます。このままでは三寅はいずれは仏門に入ることになるのではと懸念いたして、わたくしから道家さまに、三寅を養子としてお迎えできないかと申し出ますと、ご快諾をいただきました」

そこまで話して、公経はにわかに意味ありげな薄笑いをうかべて、声をひそめた。

「尼御台さまの此度のご上洛は、朝廷と幕府の融和を図るためともっぱらの噂でございます。いまだ子のない将軍の後継者として皇子を鎌倉にお迎えになるのではという風聞も流れております。この話、うまくいくことをお祈りいたしておりますが、万が一、話が壊れるようなことがあれば、三寅のこともお忘れなきようにお願いいたします」

「お忘れなきようにとは、その三寅という赤子を、将軍家に差し出すということか」

「さすればわたくしは、未来の将軍さまの外祖父ということになりましょう」

公経は声を立てて笑い始めた。

「念のために申し添えれば、三寅は父方と母方の双方の曾祖母が、頼朝どのの姉ぎみでございます。これは強い血脈と申せましょう」

万寿は相手にするつもりはなかった。

この西園寺公経という男は、藤原摂関家とは遠い昔に枝分かれした傍流の出自にすぎず、いまは権大納言の地位についているが、どれほど頑張っても摂政関白の地位は望めない。九条家に娘を嫁がせただけでなく、生まれた子を引き取って、将軍家と縁戚となるための道具にしようとしている。その心根の卑しさに、怒りを覚えたほどだった。

この時点では、冷泉宮か六条宮か、いずれにしても皇子を鎌倉に迎えることは確実だと思われたので、公経の話は聞き流して、すぐに忘れてしまった。

この三寅という生まれたばかりの赤子が、のちに重要な意味をもつことになる。


万寿は鎌倉に戻った。

上洛を決意した時は、若御台信子の縁戚でもある冷泉宮頼仁親王の招聘を念頭に置いていた。しかし卿二位からは別の候補を提案された。

今上帝の同母弟、六条宮雅成親王。

その話を聞いて実朝は満面の笑みをうかべて喜んだ。権大納言左近衛大将に昇ったことも伝えられていて、実朝にとっては二重の喜びだった。実朝としては後鳥羽院の歓心をかい朝廷との融和を計ることが目的であるから、信子の縁戚である必要はなかった。むしろ帝の同母弟の皇子ならば、朝廷との結びつきがより強固なものになると手放しで喜んでいた。

上洛を決めた時と同様、政所別当らを集めた席で同じ話を伝えると、大江広元が表情を曇らせ、呻くような声を洩らした。

「それは憂慮すべき事態でございます」

広元は同意を求めるようにかたわらの執権義時の顔を見た。

義時は無言のままだった。表情も変えていない。

同席していた実朝の側近の源仲章がとりなすように言った。

「院の皇子を鎌倉にお迎えするというのが当初の目的であったのでございますから、別の皇子でもいっこうに差し支えないのではありませぬか」

広元はただちに反論した。

「後鳥羽院は四歳の第一皇子（土御門）に譲位されて院となられましたが、帝が成長されると弟宮への譲位を命じられ、第三皇子の今上帝（順徳）が即位されました。それだけ今上帝を評価し、寵愛しておられるということでございます。その同母の弟宮を鎌倉に派遣されるということには、院の思惑が垣間見えるようでございます」

この場には侍所別当代行の金剛泰時も加わっていた。父の義時が黙り込んでいるのを見かねて、口を挟んだ。

「皇子の招聘をこちらから申し出たのですから、いまさら撤回するわけにはいかぬでしょう。皇子が来られたとしても、将軍実朝さまは今後も十年、二十年と将軍をお続けになるわけですから、それまでに幕府の体制を強化すれば、皇子が将軍職を引き継がれても、幕府が朝廷に屈することはないはずです」

結局のところ、その日、義時は一言も発言しなかった。

無言の内に、万寿が上洛して話を決めたことを責めているような気がして、万寿は心苦しさを覚えた。

ほどなく京から新たな報せが届いた。

平政子を従三位に叙すというものだった。三位以上は公卿と同等の扱いで、高官の妻や女官でもない万寿が三位に叙されるのは異例の計らいだった。すでに僧籍に入っている女人が三位に叙されることも異例だった。

さらに半年後、従二位への昇叙が決まった。

十月には実朝に対して、内大臣の宣旨があった。

実朝は大いに喜んだのだが、十二月には右大臣に昇叙することになった。実朝の喜びは絶頂に達した。

そしてそのことが、恐るべき事態を招くことになった。


実朝が右大臣に昇叙という報せは、まず実朝自身のもとに届けられたはずだが、万寿の側近の二階堂行光と足利義氏が二人揃って、万寿のもとに駆け込んできた。

すでに二ヵ月前に内大臣の宣旨を受けていたとはいえ、この官職は大臣と大納言の間に置かれた臨時の官職といった趣があった。

だが右大臣というのは、左大臣に次ぐ要職で、朝政の中枢に昇ったことになる。

万寿はわが耳を疑った。同時に、かつて大江広元が語った「官打ち」という言葉が、胸の奥に刃のように突き刺さった気がした。

万寿は不吉なものを感じて、実朝のもとに足を急がせた。

渡り廊下を進みながら、どういうわけか、頼家のようすを見るために修善寺の小坊に向かった時のことを想い起こしていた。あの時、すでに頼家は狂っていた。

実朝はどうか。

将軍は上機嫌で母親を迎えた。

「母ぎみ。お聞きになりましたか。右大臣ですよ。ついこの間、内大臣の宣旨を受けたばかりなのに、今度は右大臣です。これは異例の昇進ですね。ほんとに信じられませんよ」

子どものようにはしゃいだ声をあげる将軍の姿に、万寿は衝撃を受け、言葉もなくその場に立ち竦むしかなかった。

実朝は息を弾ませながら言葉を続けた。

「この異例の昇進には後鳥羽院のご好意が感じられます。皇子を鎌倉にお迎えするというこちらの申し出が、ただ受け容れられただけでなく、院がお喜びになっていることが伝わってきます。ですから冷泉宮か六条宮か、いずれかの皇子が下向されるのは間違いないと確信できます。母ぎみ、これで鎌倉は安泰ですね。わたしも肩の荷が下りました。正直に申しますと、わたしは将軍の座にあることが苦しくてならなかったのです。皇子が鎌倉に来られたら、わたしは将軍の座を皇子に譲って、自分は右大臣としての務めを果たすために上洛しようと思います。鎌倉にいたのでは右大臣というのがただのお飾りの職になってしまいますからね」

皇子が鎌倉に下向されたら、ただちに将軍職を譲って自分は京に赴く。

自分が産んだ子がそのような勝手気ままなことを考えていたかと思うと、目が眩むような気がした。

万寿は思わず声を高めた。

「何を血迷うておるのじゃ。将軍の務めはたやすく皇子などに譲れるわけのものではない。そなたには三代将軍としての責務がある。上洛などまかりならぬことじゃ」

実朝は屈託のない笑みをうかべて問いかけてきた。

「なぜですか、母ぎみ。将軍に責務などありませんよ。なぜなら、将軍にはいかなる権威もそなわってはおらぬからです。責務と権威は鏡の表と裏のごときものです。権威がなければ責務もない。これが理というものでございます」

「そなたに権威がないとはいかなることじゃ。そなたは将軍ぞ。全国の武士の総帥なるぞ」

「将軍など、ただの旗のごときものです。風に吹かれてはためいているだけの、哀れな飾り物にすぎませぬ。政務の大事なところは執権が差配し、さらに重大事があれば尼御台の裁量を仰ぐ。幕府はそのようにして動いております。わたしは望んで将軍になったわけではない。十二歳の時に急に将軍に立てられたのです。もう充分に役目は果たしてきましたよ。わたしはもはや風に吹かれておるだけの旗の役目はご遠慮申し上げたい。そのために皇子を鎌倉にお招きするのです。わたしには子どものころから夢がありました。いつかこの鎌倉を出て自由に海を渡っていきたいと……。そのために船を造りました。しかし船は動かなかった……」

　実朝は哀しげな薄笑いをうかべたが、すぐに自らを鼓舞するように声を張り上げた。

「されどもわたしには和歌がある。京には数多くの和歌の名人がおられる。その方々と対面して教えを受け、和歌について語り合うてみたい。幸いにしてわたしは右大臣の官職を得ました。大臣に任じられたからには、京に出向いて、御所の台閣で関白近衛家実さまや左大臣の九条道家さまと、朝廷の政務について論議を交わさねばなりませぬ。九条道家さまの母はわが父の姪だというではありませんか。このわたしとも濃い血縁で結ばれておるのです。わたしは父と兄を失いました。京におる血縁の方々と言葉を交わし、血族の結束を固めたいものです。わたしはこの鎌倉におっても、一人きりです。政務は執権と尼御台が独裁しておられる。わたしはただの旗です。風に吹かれて揺れ動いているだけの哀れな旗です。しかし京に参れば……」

　実朝は声をつまらせた。いま自分が語ろうとしていることの嬉しさの余り、嗚咽を抑えられなくなったようすだった。赤くなった目から涙がこぼれ落ちた。

「京に参れば、後鳥羽院のご尊顔を拝することができるのですよ。院は当代随一の和歌の名人だとされています。歴史にも詳しく、また武術にも長けておられるそうですね。わたしは右大臣なのですから、堂々と御所に赴いて、一晩でも二晩でも、院と語り合うことができるはずです。それからわが歌の師の藤原定家からも、直接教えを請うことができる。ああ、いますぐにでも、京に出向きたいものです。いや、もちろん……」

熱に浮かされたように虚空に目を走らせていた実朝は、急に母親の方に向き直った。

「わたしにだって将軍としての自覚はありますよ。皇子が鎌倉に来られるまでは、わたしはまだ将軍なのですから、将軍の責務を果たさねばなりません。この御所にいて将軍らしくふるまうこと。儀式を執り行うこと。右大臣に昇進したからには、大臣としての正式な政所を置く必要があります。それから何よりも重要なのは、鶴岡八幡宮で右大臣昇進の拝賀の儀を執り行わねばなりません。この儀式には京から名のある公卿の方々がご参列いただけるはずです。鎌倉におけるわたしの最後の晴れ舞台です。そしてすぐにでも皇子がおいでになるはずです。その皇子に将軍職をお譲りします。皇子にお譲りするということは、将軍の役目を朝廷にお返しするわけですね。そうしてわたしは、晴れて自由の身になれるのです」

万寿は息を詰めるようにして、とめどもなく語り続ける実朝の姿を見つめていた。

こやつは誰だ。いったいどこの何ものなのだ……。

赤子のころから、妹の阿波局とともに、自らの手で育ててきた、わが子であるはずだった。だがいつの間にか、わが子とも思えぬ、わけのわからぬ存在に変わっていった。和歌を学ばせたのがよくなかったのか。学者の源仲章を侍読に付けたせいなのか。

実朝の語る言葉は戯言（たわごと）だ。

狂っている……。

あの時の頼家と同じだ。

万寿は部屋の奥に目をやった。将軍の御座所は一段高くなった場所にある。いつも万寿が入っていくと実朝は座を譲って上座に座らせてくれるのだが、いまは緊急のことで立ち話をしている。

実朝の背後に、将軍の権威の象徴ともいえる宝剣がある。

その太刀で頼家の息の根を止めたのだ。

頼家は狂っていた。狂った者に将軍を任せるわけにはいかぬ。

いまも自分の目の前にその宝剣がある。

実朝は武術の鍛錬などしていない。そこに宝剣があることも忘れているはずだ。いま足を踏み出して実朝の傍らを擦り抜ければ、先に太刀を手にすることができる。実朝が抵抗したとしても恐れることはない。こちらは幼いころから武術を鍛えてきた。素手の摑み合いになっても負けることはない。

相手を押しのけて、先に太刀を摑む。

殺すしかない。

万寿は宝剣を視界の隅にとらえながら、飛び出す間合いを計っていた。

いや、いまはその時ではない。

不意にそんな声が聞こえた気がした。

自分の心の中だけに響く声だ。その声の主は誰なのか。小四郎義時、大江広元、あるいは三浦義村の声だったのかもしれない。

つねに怪しい策謀を肚の底に隠している三浦義村の顔が目の前をよぎった。

早まってはならぬ。いま実朝がいなくなれば、事態は悪化するばかりだ。すでに卿二位を通じて後鳥羽院と約定を結んでしまった。いま実朝が死ねば、ただちに京から皇子が送られてくる。帝（順徳）の同母の弟宮が将軍となり、幕府は朝廷に乗っ取られる。頼朝と自分が築き上げた武士の府が無に帰すことになってしまう。

「実朝よ。考え直してはくれぬか」

万寿は低い声で諭すような言い方をした。

「京から皇子をお迎えすることは、われもよいことじゃと思うた。それゆえ上洛して話をまとめたのじゃ。されども鎌倉に下向された皇子をただちに将軍にするわけにはいかぬ。鎌倉は武士の府ぞ。京育ちの皇子には時をかけて武士の気風を学んでいただかねばならぬ。そのためにはあと十年、いや、五年でもよい。そなたに将軍を続けてもらいたい。そうでなければこの鎌倉という武士の府が滅びてしまうことになろう」

実朝はしばらくの間、母親の顔をじっと見つめていた。

やがてその口から言葉が洩れた。

「お断りいたします。母ぎみは従二位に叙せられたそうですが、わたしは正二位の右大臣にございます。わたしはもはや、母ぎみの言いなりにはなりませぬ」

実朝は強い口調で言い切った。

万寿は間を置かずに小四郎義時を呼び寄せた。二人きりで話すつもりだったが、急に気が変わって、三浦義村にも使いを出した。いつもはそばにいる阿波局や、二階堂行光、足利義氏らの側近は遠ざけて、三人だけの談合とした。

「われは実朝を殺そうと思うておる」

いきなり話を切り出した。

義時も義村も表情を変えなかった。万寿がこのようなことを言い出すのを予期していたのかもしれない。

万寿は話を続けた。

「あやつはわが実子(うみのこ)なれども、すでに狂うておる。由比ヶ浜にいまも残っておる唐船の残骸がその証しじゃ。あやつを生かしておけば幕府が滅びる。わが身を切り裂くような思いではあるが、実朝は殺さねばならぬ」

そう言ったあとで、万寿は先ほどの実朝とのやりとりについて手短に語った。

二人は黙って万寿の話に耳を傾けていた。

「尼御台のご決意を深く心に刻みつけました。されどもいま一度確めたきことがございます」

万寿の話が終わると、三浦義村が慎重な口ぶりで問いかけた。

「将軍の命を奪う。そのことを尼御台さまは、心の底から求めておられるのでございましょうか。命を奪わずに、将軍職から退いていただくということでもよいのではと思われますが」

万寿は息をついた。

「それが実朝の望みであろう。帝が退位をされて院として自由に生きていかれるという、いまの後鳥羽院のお姿に、実朝は自らの姿を重ねて憧れをもっておる。実朝は自らが将軍職から退くことで、院のように自由に振る舞い、京の皇族や公卿たちと交流したいと考えておるのじゃ。されども実朝が将軍職を退けば、京から帝の同母の弟宮が派遣される。兄弟が帝と将軍を務めることになれば、朝廷と幕府は一つのものとなり、幕府は崩壊することになる。そなたらも、そのような事が起こってはならぬと思うておろう」

　義村は表情を変えずに淡々とした口調で応えた。

「わが子の命が失われるというのは、母親にとっては身を切られるごとく辛いことであろうと思われます。にもかかわらず将軍の死についても語られる尼御台のご決意を尊重せねばなりませぬ。とはいえ将軍の死だけでは、事の深刻さはいささかも変わらぬのではないでしょうか。将軍の後継者として皇子をお迎えするということは、すでに話が決まっておるのですから、いま将軍がお亡くなりになれば、ただちに皇子が派遣されることになりましょう。幕府の方から申し出たことでございますから、皇子の派遣は困るといまさら拒否することは難しいと思われます」

　確かにあの時、義村の声が聞こえたように思った。将軍の部屋に飾ってある太刀で実朝を殺そうと決意した時、いま殺してはならぬと思い留まったのは、それでは問題は解決できぬと気づいたからだった。

「いかにすればよいのじゃ。義村、そなたには良き方策があるというのか」

　義村はしばらくの間、無言で万寿の顔を見据えていた。

　ほんの一瞬だが、義村の顔に、危険な気配がよぎったように万寿は感じた。何かしら邪悪な謀略めいたものが義村の脳裏をかすめたのかもしれなかった。

　万寿は思わず声を発した。

「義村、そなた、何か恐ろしきことを企んでおるのではないか」

　義村はにわかに表情をひきしめた。

「方策はございます。幕府の方から要請した皇子の下向を、朝廷の側から拒否してくるような、そういう事態をもたらすただ一つの方策でございます。ただこれは密をもって謀らねばなりませぬ。尼御台さまにとっては胸の痛む謀になりますので、詳細についてはお知りにならぬ方がよかろうと存じます。すべてを小四郎義時とわたくしにお任せいただければ、必ず幕府の存続につながる新たな仕組みを築いてみせましょう」

「われは知らぬ方がよいと申すのじゃな。それも宜なるかな。母となればわが子のことが心配で、夜も眠られず、不安に駆られて騒ぎ立てることがあるやも知れぬ。ただこれだけは教えてほしい。実朝は生かしておくことはできぬのであろうな」

義村はすぐには応えなかった。

代わりに小四郎義時が口を開いた。

「姉者のご決断で、こちらも踏ん切りがついた。将軍には死んでいただかねばならぬ」

「それはいつのことじゃ。毒でも盛るのか」

「すべては義村にお任せを……。おれも知らぬことにいたします。ただ此度のことは、すべて尼御台の裁量で進められることになります。あとになって義村を責めぬよう覚悟しておかれますように」

「実朝を殺さねばならぬと言いだしたのはわれじゃ。これでわれは、わが息子を二人ともこの手で殺すことになるのじゃな」

喉の奥から声を絞り出すようにして、万寿は独り言のようにつぶやいた。

しかしその目から涙がこぼれることはなかった。

万寿は頼朝が亡くなった直後に出家をした。女人の場合は出家といっても長い髪を肩のあたりで切り揃える落飾という形にすることが多いのだが、万寿は迷わず剃髪した。自分の髪に未練はなかった。頼朝が築いた鎌倉幕府を守らねばならぬと一途に考えるばかりで自分の容姿には頓着しなかった。

頼朝が築いた永福寺から僧侶を招き得度授戒の儀式は経たのだが仏教についての知識は乏しかった。永福寺は大倉御所の近くにあり平泉の中尊寺や毛越寺を模した壮麗な建物だった。本堂が二層になっていて二階堂と呼ばれた。見事な建築ではあるが贅沢に過ぎると万寿は思っていた。

万寿は奈良の東大寺や京の蓮華王院なども見ていた。豪華な建物や黄金の仏像で人を驚かすだけのものだと考えていた。

ただ頼朝が亡くなった直後に、臨済禅というものを弘めている栄西の噂を聞いて鎌倉に招き寿福寺を建立した。禅は質素であることを重んじ、仏像を崇拝するのではなく、瞑想に耽ることで精神の静謐を求めるものだと聞いて興味を覚えた。

その後、栄西は京に戻って禅宗を弘めることになるのだが、万寿は大倉御所の一郭に新御堂と呼ばれる大慈寺を建立して、京から栄西を招いて落慶の法要をした。座禅には人の迷いを救済し、心を穏やかにして、安らぎをもたらす効用があることを知っていた。

万寿は新御堂にこもって瞑想に耽った。

実朝に対する怒りは鎮まっていた。自分の手で斬り殺そうと思ったことは後悔していた。だが幕府を守らねばならぬという思いは変わらなかった。幕府を守るためには、実朝を殺さねばならぬ。小四郎義時や三浦義村がどのような策を立てるのか、考えれば不安が募って心が騒いだ。その不安を癒すために、万寿は堂にこもり続けた。

鶴岡八幡宮の別当に就任した公暁は長く山岳修行を続けたあとでようやく寺に落ち着いた。八幡宮の西側の雪の下と呼ばれる谷間に沿って二十以上もの僧坊が建ち並んでいた。若い修行者が多く、その中には源平合戦で敗れた平家一門の遺児たちがいた。成人した彼らは谷の奥で修行をするばかりで先の希望を失っていた。鎌倉幕府に恨みを抱いた修行者たちは、別当の公暁の周囲に集まるようになっていた。

京から後鳥羽院の皇子が招かれ将軍の後継者になるという噂は、すでに鎌倉の到るところに広まっていた。その噂は公暁の耳にも届いていたはずだ。

そのころから、後見人である三浦義村の邸宅に通う公暁の姿が見られるようになった。


翌、建保七年（一二一九年）、一月二十七日。

将軍源実朝の右大臣拝賀の当日に惨劇は起こった。

拝賀の儀は実朝が右大臣に任官したことを鶴岡八幡宮に報告し感謝する儀式であるが、一種の公式行事であり、関白、左大臣に次ぐ高官となった祝賀の儀式でもあった。祝意を表明するために朝廷からも何人もの公卿が派遣されていた。

公卿とは議政官の台閣に列する参議以上の高官または三位以上に叙された者のことで、上流貴族の中でも限られた人数しか存在しない。その内の五名が鎌倉に駆けつけていた。

坊門忠信、大納言。将軍実朝の正室信子の異母兄にあたるから親族といってよい。

西園寺実氏（さねうじ）、権中納言。母が頼朝の姉の娘なのでこれも親族にあたる。

藤原国道、参議にして左近衛中将。

八条光盛、非参議の従三位。頼朝と親しかった平頼盛の子息。

難波宗長、非参議の従三位。刑部卿。蹴鞠の達人。

とくに坊門忠信は大納言という高官であるし実朝の正室信子の兄でもあるので特別の待遇で、執権義時の邸宅が宿舎となり、連日御所に招かれて信子とともに宴席に加わった。実朝も親族の高官と酒を酌み交わして上機嫌だった。将軍職を皇子に譲って上洛すれば、このような高官と連日のように宴席で言葉を交わすことができるはずだと、自分の洋々たる未来に思いを馳せていたのかもしれない。

万寿は出家していることを理由に、宴席には加わらなかった。

その日は晴天であったが午後から雪が降り始め、夕刻には二尺を越える積雪となった。一面が純白の雪に包まれた御所周辺の景色は、拝賀の儀式を祝っているようにも感じられたはずだ。
陽が落ちてから長大な行列が御所の南門から出発した。御所から大路を通って八幡宮の正面の若宮大路に出て、舞殿と呼ばれる拝殿に到着した。その横にある若宮との間に、臨時の桟敷が用意され、篝火が焚かれ、寒さを凌ぐ火桶なども用意されていた。京から招待された公卿や殿上人と呼ばれる中流貴族たちはそこで待機する。

拝賀の儀式そのものは、高台にある本殿で執り行われるので、実朝とわずかな供の者が長い石段を昇っていく。公卿や高官は下の若宮の前で、儀式を終えて階段を下りてくる実朝を待つことになる。

予定どおり実朝は石段を昇り始めた。
石段の上は公卿たちの桟敷からは見えない。それから先のことは伝聞による風評にすぎないのだが、石段の上にある楼門まで来た時に異変が生じたとされる。

将軍の御佩刀(みはかし)の剣を捧持する御剣役(ぎょけんのやく)として将軍のすぐ後ろに従っていた執権義時が、にわかにその場に蹲(うずくま)った。急な病で立ち上がることもできぬようすだった。義時を嫌っていた実朝は、そなたの役目を解くと宣言し、側近の政所別当で朝廷から文章博士に任じられたばかりの源仲章をその場で御剣役に任じた。

その後、何ごともなかったかのように実朝は本殿に向かった。実朝に従っていた短い行列が通り過ぎたあとで、義時は急に立ち上がって脇道から密かに境内を脱出し自邸に戻った。

本殿での儀式を終えた実朝が長い石段を下りきった時だった。石段を挟んで若宮とは反対側に大きな銀杏(いちょう)の樹があった。その銀杏の陰から僧形の男が飛び出してきて、抜きはなった太刀で実朝を襲った。太刀を持っていない無防備な実朝は、身を翻すいとまもなく、首を切られて絶命した。

実朝の甥で鶴岡八幡宮別当を務める公暁の犯行だった。

公暁は実朝の後ろにいた御剣役の源仲章をも討ち取った。それが執権義時だと思い込んでいたようだ。

これらの一部始終は若宮の前の桟敷にいた公卿や殿上人たちの目の前で展開された。

「親の仇はかく討つぞ」

捨て台詞を残して公暁は境内の闇の中に姿を消した。手には実朝の首を抱えていた。公暁の背後には数人の僧形の者たちがいたという証言もあったが、すべては一瞬の出来事で、実朝を護ろうとする者も、暴漢を追おうとする者もなかった。行列に参加した御家人たちは公卿たちの桟敷からは離れた場所にいた。警護のために集められた一千騎ほどの兵は八幡宮の周囲に配置されていたので、石段の下の惨劇に気づくこともなかった。

八幡宮の裏手は山地になっていたが、西側の雪の下と呼ばれる谷沿いに寺院の小坊が並んでいた。実朝の首を抱えた公暁はいったんどこかの小坊に逃れたあと、単身で裏手の山に入った。山を越えた先には大倉御所がある。その西門の前に後見人の三浦義村の邸宅があった。

義村は武装した兵を邸宅の周囲に配置して警戒を固めていた。公暁を邸宅の敷地内に入れてしまえば共謀の疑いがかかる。そのための警戒で、義村は公暁の凶行を予期していたようだ。

公暁がどういうつもりで暴挙に及んだかはわからないが、小坊で修行をしている平家の遺児たちと何やら密談していたことは確かなようで、事件のあとで多くの修行者が捕縛され訊問を受けている。八幡宮の奥の山を越えて、公暁は三浦義村邸を目指した。義村の庇護を受け、やがては新たな将軍に擁立されるという夢を描いていたのかもしれない。

義村邸に通じる道路はすべて三浦の兵によって封鎖されていた。公暁は義村を味方だと信じ込んでいたようで、不用意に兵たちの前に現れたところを斬りつけられた。

深傷を負いながらも公暁は兵たちを薙ぎ倒し、義村邸の鰭板(はたいた)(塀の羽目板)に辿り着いたのだが、そこで力尽きて斃れた。

万寿は御所にいた。

側近の二階堂行光、足利義氏、北条時房、金剛泰時らも行列に加わっていたので、御所の中はひっそりと静まり返っていた。

その静けさの中に、万寿は何かしら不穏なものを感じていた。

万寿のかたわらには阿波局がいたが、妹も不安を覚えているようで、息を詰めるようにして黙り込んでいた。

やがて足音がして、二階堂行光と足利義氏が万寿の部屋に駆け込んできた。

「将軍が討たれました」

「下手人は八幡宮別当の公暁のようでございます」

二人は実朝が乗った牛車の前を行く行列に加わっていた。八幡宮の境内に入ると脇によけて牛車を見送った。その後、公卿らが桟敷に入るのを少し離れたところから見守り、実朝が石段を昇っていくのを遠くから眺めていた。

牛車の前を行進した武士はそのまま、八幡宮の表側の警備に回った。八幡宮の周囲は闇に包まれていた。若宮や桟敷のあたりには篝火が点されていたが、実朝が石段を下りてくるところは見えなかった。銀杏の樹の陰から暴漢が飛び出したのは、桟敷のあたりの人々が声を上げたことでわかった。桟敷は大混乱となった。

将軍が討たれ、首を落とされた、ということは、近くにいた武士の声でわかった。暴漢は闇の中に消えたようだ。

行光と義氏は同じ列に前後して並んでいたので、とっさに顔を見合わせ、その場を離れて御所に急ぐことにした。常駐している武士のほとんどが行列に加わっていたので、御所の護りが手薄になっていたからだ。

暴漢が将軍と執権を襲ったという話だけが伝えられ、義時と源仲章が御剣役を交代していたことはまだ知られていなかった。暴漢の背後に仲間がいるならば、将軍と並ぶほどの権威を有している尼御台が狙われる惧れがあった。

万寿は武士ではないので常時剣を佩いているわけではないが、部屋には護身用の太刀があった。万寿はその太刀を手にしてつぶやいた。

「わが身は己(おのれ)で護る」

それから二階堂行光に向かって言った。

「そなたは兵を集めて若御台と女房らを護れ」

万寿は足利義氏の方に向き直った。

「そなたは馬を駆ってただちに足利に戻れ。鎌倉が落ち着くまではひたすら蟄居しておるのじゃ」

義氏は蟄居を命じられたわけが呑み込めず、何か問いたげな顔つきになったが、万寿は構わずに続いて阿波局に向かって言った。

「そなたの実子(うみのこ)の時元はいずこにおる」

阿波局はすでに万寿の意図を察していた。

「駿河の阿野の領地におります。すぐに使者を送って蟄居を命じますが、取り巻きの郎党たちは阿野全成が討たれた時のことをいまだに恨んでおります。全成を処刑したのは前の将軍でございますが、将軍職が空位となったいま、旗挙げの好機ととらえて戦さの準備を始めるやもしれませぬ」

「少しでも反乱の気配を見せれば、時元の命はないものと思え」

万寿は再び足利義氏の方に向き直った。

「実朝には跡継がおらぬ。京から後鳥羽院の皇子を迎えるつもりであったが、しばらくは将軍職が空位となる。源氏一門の中には、旗挙げして将軍の地位を狙う者が出ぬとも限らぬが、その気配を見せただけで疑われ討たれることも覚悟せねばならぬ。義氏よ、そなたはいま危険な身の上じゃ。足利は源氏の有力な血筋で配下の兵も多い。鎌倉にとっては脅威となる。疑われることがないように、領地に戻って身を竦(すく)めておるのじゃ」

言い終えると万寿は太刀を手にしたまま廊下に出て行った。

「どちらに行かれますか」

阿波局が慌てて声をかけた。

「われに構うな。一人にしておいてほしい」

そう言うと万寿は御所の奥に進んでいく。行光も義氏も阿波局もそれぞれになすべきことを万寿に命じられたので、あとを追うわけにはいかなかった。

万寿は将軍の御座所に入った。

夕刻まで実朝はそこにいて、八幡宮拝賀の晴れ舞台に備えて準備を進めていた。右大臣への叙任を祝って、拝賀のための装束が後鳥羽院より贈られていた。その華麗な装束を身に着けて、実朝は得意の絶頂にあったはずだ。万寿もこの部屋に呼ばれ、装束を着けた実朝の姿を間近で眺めた。

それからまだわずかしか時が経っていない。

実朝は討たれ首を落とされたという。

すべては三浦義村が謀ったことだろう。

義村に殺せと命じたのは自分だ。

万寿は一段高くなった御座所の前に倒れ伏した。

将軍となったわが子を二人とも、この自分が殺してしまった……。

そう思うと嗚咽がこみあげてきた。

嗚咽はたちまち号泣に変わった。

第八章　承久の戦さと尼将軍の勝利

京の都は内陸にあるため夏は暑く冬は寒い。

東を流れる鴨川、西を流れる桂川が合流し、さらに琵琶湖を水源とする宇治川、大和から流れる木津川が合流して巨椋池という広大な湿地を形成するあたりは、穏やかな水の流れが寒暖を緩和して、避暑にも避寒にも適した保養地となっていた。後鳥羽院はそこに水無瀬殿（みなせどの）と呼ばれる離宮を築き、政務に疲れたおりの休養の地としていた。

実朝暗殺の翌日、将軍の死を告げる急使が鎌倉を発った。使者は行程五日で京に入った。しかし後鳥羽院は水無瀬殿にあったため、報せはすぐには届かなかった。ほぼ同じころ、事件を目の前で目撃した公卿の一人、西園寺実氏からの生々しい書状が父の西園寺公経に届いた。公経はただちに水無瀬殿に出向いて、書状の内容を伝えた。

公経は自らが養子としている三寅を将軍に擁立するという野心を抱いていた。そのためわざと大袈裟に、この事件は武士の蛮行であると強調し、鎌倉では内乱や騒動が絶えぬと慨嘆した。親しく文通していた将軍実朝の不慮の死に、後鳥羽院は激しく動揺したはずだった。院は寵愛している冷泉宮や六条宮だけでなく、いかなる皇子の下向も危険だと断じることになる。

鎌倉からは尼御台北条（平）政子の直々の書状で、皇子の下向を急ぐようにとの申請が届いた。院は回答を保留した。

将軍の後継者が決まらなければ、御家人たちの動向が不穏になっていく。万寿が懸念したとおり、翌月の半ばには阿野時元が駿河で反乱を起こしたという報せが届いた。将軍不在のこの時期、尼御台の万寿が将軍職を代行して、御家人たちに命令を発することになる。ただちに軍勢が駿河に派遣され、反乱は鎮圧された。

さらなる反乱の芽を摘むため、阿野時元の弟で駿河の実相寺の僧侶となっていた道暁も討たれた。和田合戦のきっかけとなった千手丸の弟で京で仏門に入っていた禅暁も、京に在住する御家人たちによって誅殺されることになる。

万寿の指示で側近の二階堂行光が使者として京に派遣され、皇子の下向を重ねて申請した。後鳥羽院の態度は変わらなかった。尼御台との約定があるので皇子の下向を考えてはいるが、いまは保留するというものだった。

万寿、執権義時、三浦義村は、皇子の下向が実現しないことに確信をもっていたが、後鳥羽院の方から約定を取り下げてもらう必要があった。

万寿は義時の正室の兄にあたる伊賀光季（みつすえ）と、大江広元の子息の大江親広（ちかひろ）を、京都守護として派遣した。後鳥羽院に無言の圧力をかける方策だった。

これらはすべて万寿が将軍職を代行して発令したものだった。実朝在世の時期からすでに万寿は鎌倉の最高権威であったが、将軍が不在となったいまは、その権威をあからさまに示して御家人たちを差配することになった。

この年は二月のあとに閏月が入ったため、三ヵ月後となる三月九日、後鳥羽院の側近、藤原忠綱が弔問のために鎌倉に下向し、万寿と面会した。将軍の後継者について何か報告があるかと万寿は期待と不安をもって対面したのだが、型どおりの弔意が伝えられただけだった。

忠綱は続いて執権義時を訪ね、思いがけない要望を伝えた。摂津国にある長江と倉梯の地頭を解任せよというものだった。これは後鳥羽院の寵姫、白拍子の亀菊に与えた荘園だったが、荘園を管理する地頭が横暴であるとの苦情だった。院は皇子下向の約定には何の返答も出さず、ただ荘園をめぐる一方的な要求を突きつけてきた。

荘園は本来は無税とされていたが、地方領主が違法に開いた墾田を名義だけ摂関家や有力社寺の荘園とする不正が横行したため、平家一門の国司が摘発し、没収された農地が皇族の荘園とされることもあった。平家追討の戦さの最中、頼朝は臨時に地方国に守護奉行、荘園に地頭を配置し、兵粮を調達した。戦さのあと守護と地頭という役職は定着し、御家人への褒賞として将軍が任免権を有することになった。

地頭を罷免せよとの要求は、将軍の権威を否定するもので、将軍不在という鎌倉の混乱につけこんだ、あからさまな挑発だった。

万寿は返答を保留して忠綱を京に追い返したのだが、その直後に弟でいまは政所別当の一人に任じられている北条時房を千騎の騎馬軍団とともに上洛させた。蹴鞠の技を褒められ院とも親しくなっていた時房だが、この時は尼将軍の使者として院御所を騎馬軍団で取り囲み、毅然とした態度で地頭の解任を拒否するという返答を院に伝えた。

このことで、後鳥羽院と尼将軍の対立が露呈することになった。

一方で、西園寺公経による二歳の三寅の将軍擁立工作が進んでいた。

後鳥羽院としても対立が深まっている幕府に皇子を送り込む気にはなれなかったので、公経の提案を認めることになった。ただ三寅は嫁いだ娘の子を養子にしたもので、実際の父親は関白に就任したばかりの九条道家だった。三寅は道家の三男にあたる。この道家が三寅を鎌倉に下向させることに当初は反対していた。しかし後鳥羽院の意向には道家も逆らえなかった。

この年は四月に改元があって承久元年となった六月三日、三寅の下向の宣旨が下された。

万寿としては二歳の三寅の下向は大歓迎だった。二十歳前後の皇子に来られたのでは、幕府を乗っ取られる惧れがあったが、二歳の幼児なら、大倉御所で育て自分の意のままに動く将軍に仕立て上げることができる。

未亡人となり出家した若御台の信子や女房たちも、幼児の到着を心待ちにしていた。

信子のもとには頼家の娘の竹御所がいた。いまは十八歳になる。遠い将来のことではあるが、いまとなっては頼朝の唯一の直系の血を伝えているこの娘に、いまは二歳の三寅を婿として迎えることはできないかと、万寿は遠大な計画を胸に秘めていた（のちに実現する）。

ただちに執権義時、長男で侍所別当の泰時、侍所所司の三浦義村らが上洛して、二歳の幼児を幕府の拠点となっている六波羅に迎え入れた。

六月二十五日、一行は鎌倉に向かって出立した。三寅には十人ほどの供奉人が随行した。西園寺公経の配下の文官たちだったが、その中には三寅の祖母の年の離れた異母弟にあたる一条実雅がいた。実雅は西園寺公経の猶子となっており、実朝暗殺の日にも殿上人として公卿たちの桟敷に同席して惨劇を目撃していた。のちには義時の娘の婿となり、鎌倉で重要な地位を占めることになる。

七月十九日、一行は鎌倉に到着した。御所に隣接した大倉邸に入る。

三寅は八歳で元服して藤原頼経と名乗る。九条道家の三男だが西園寺公経の猶子であるので、両家の祖の藤原を氏姓とし、頼朝の「頼」と公経の「経」を烏帽子名とした。元服の翌年には征夷大将軍の宣旨を受けることになるが、それまでの数年間は将軍職は空位のままで放置された。

実際は万寿が幕府を差配し、「尼将軍」と呼ばれていた。

征夷大将軍は官職であり、男子に与えられるものであるが、『吾妻鏡』を始め多くの歴史書は、実朝の死から万寿自身の死までの期間の将軍として、「平政子」「従二位政子」などの名を記載している。

十数年前、頼家失脚の直後に北条時政と牧の方が起こした反乱は、娘婿の平賀朝雅を将軍として擁立しようとした企てだった。

その平賀朝雅は京都守護であったため、幕府は在京の御家人たちに命じて朝雅の邸宅を襲撃した。

京において小規模ではあるが戦乱が生じた。

この時、幕府は、後鳥羽院の許諾を求めずに兵を起こした。

京においては治天の君という絶対的な権威を誇っている後鳥羽院にとって、この事件は看過できぬ不快な騒乱と感じられたはずだ。怒りを覚えた院はそれ以後、幕府に武力で対抗する方途を探り始めた。自らの側近の武士を増やすとともに、京に駐在している御家人に官職を与え、自らの配下に引き込むという戦略を長く続けていくことになった。

頼朝は御家人が朝廷から直接に位階や官職を受けることを厳しく禁じていたが、実朝の時代にはこの規律が緩んでいた。御家人たちも京に駐在すると、伝統的な文化に触発され、公卿や文官との交流を深めて、後鳥羽院を頂点とする京の管理体制に組み込まれていくことになる。京に近い畿内の武士の中にも、京に出仕して後鳥羽院の配下になろうとするものが増えていた。

守護と地頭の任免権を押さえている鎌倉幕府の勢力は朝廷にとっても脅威であったが、将軍はわずか二歳であり、尼将軍は高齢であったから、朝廷が鎌倉を支配するという野望を後鳥羽院は捨てていなかった。

そんな後鳥羽院にとって、衝撃的な事件が起こった。

三寅が鎌倉に到着する数日前のことだ。

源頼茂（よりもち）という武士がいた。右馬権頭という低い地位ではあったが、かつて以仁王とともに平家に対して反乱を起こした源三位頼政の孫にあたる。

祖父が反乱を起こした時はまだ幼児だったが、父の源頼兼は反乱に連座することなく朝廷に仕え続け、鎌倉幕府が開設されてからは幕府との連絡役として活躍した。頼茂も父の跡を継いで平安宮大内裏の守護の任務に就きながら、在京御家人としての役目も果たしていた。実朝暗殺の日も殿上人の一人として栈敷の席で事件を目撃していた。

その頼茂は実朝暗殺の直後から、自分が将軍の後継者になるという野心を抱き、画策を始めたようだ。祖父の頼政は武士ながら従三位に昇っていた。頼朝の父の義朝などには及びもつかぬ高官だった。頼茂には自分こそが源氏の本流だという自負があった。

頼茂は鎌倉の実状も熟知していた。御家人たちの内紛が続き、尼御台や執権義時といえども、御家人のすべてを完全に掌握しているわけではない。しかも彼らは北条一族であって、源氏の血を引く将軍実朝がいなくなれば、権威の根拠を失うことになる。源氏本流の自分が旗挙げすれば、各地の源氏一族が味方をしてくれるのではないか。

頼茂は密かに近隣の源氏一族に声をかけ、反乱の機運を盛り上げようとしていた。だがその動きを鎌倉に通報する者があった。

万寿はただちに源頼茂の追討を命じた。

長く京に駐在している御家人たちは、平賀朝雅が討たれた時の後鳥羽院の怒りを伝え聞いていた。鎌倉からとくに指示があったわけではないのだが、御家人たちはまず後鳥羽院のもとに赴いて源頼茂の罪状を訴え、追討の院宣を受けた上で頼茂を討とうとした。ところが平安宮大内裏の守護が職務であった頼茂は、御所に立てこもって御家人たちと闘い、逃れがたいと判断すると御所の中央の仁寿殿(じじゅうでん)に火を放って自決した。

火は宜陽殿(ぎようでん)や校書殿(きょうしょでん)にまで燃え広がった。そこには大嘗祭や即位の儀式で用いられる伝承の道具や宝物が収められていたため、朝廷にとっては大きな損失となった。自らの院宣によって出兵させた結果であったから、院にとっては痛恨の失態だった。あまりの衝撃に、心身が頑健なことで知られた後鳥羽院が、一ヵ月以上も寝込むことになった。

だがこの事件は、鎌倉幕府の内紛による御家人同士の抗争であったから、後鳥羽院の怒りは幕府に向けられることになった。

後鳥羽院は病で倒れる前にすでに焼失した平安宮大内裏の修復に着手していた。側近の藤原秀康を責任者に定め、京からの指示が伝わりやすい北陸道、山陽山陰道の国府に指示を出して、修復の費用を供出させることにした。このうち安芸、周防、但馬、丹後などは供出に応じたのだが、北陸道の越後、加賀などは、幕府が派遣した地頭の勢力が強く、強い抵抗に遭うことになった。

越後の守護は執権義時自身が務め、加賀の守護は次男の朝時が務めていた。幕府の勢力の強いところでは、京からの指示が届かないことが明らかになった。

自らの権威に限界がある。その失望感が、後鳥羽院の病を悪化させたのかもしれない。元はと言えば大内裏の火災は幕府の内紛から生じたもので、それにもかかわらず幕府が修復に協力しないことが明らかになり、憎しみが鬱積していくことになった。

どうにか病から回復した院は、各地の農地への課税強化を実施することにしたのだが、近隣の畿内からも抵抗の嵐が湧き起こって、資金の調達は進まなかった。

翌、承久二年（一二二〇年）、四月。

京の仁和寺で修行をしていた頼家の四男の禅暁は、前年に使者として上洛した二階堂行光によって寺から出され、その後は行方不明とされていたのだが、実際は東山のあたりで誅殺されていた。その噂が禅暁の母の耳に届いた。

和田合戦のあとで討たれた千手丸と禅暁の母は、三浦義村の弟の胤義の後妻となっていたのだが、その胤義は京に赴任していて、後鳥羽院の側近になっていた。

胤義には頼家の遺児を擁立して何事かを企てる野心があったのかもしれない。あるいは妻の悲しみに同情したというだけのことなのか。胤義は執権義時に強い恨みを抱いた。和田合戦のおりも胤義は兄の義村とともに、合戦の直前まで和田義盛の側にいて、決起の起請文にも署名していた。院の側近で大内裏修復の責任者を務めている藤原秀康は和田義盛の弟の秀宗の子にあたる。朝廷に仕える下級武官の養子となっていたため、和田合戦には加わらなかったが、一族を滅ぼした義時を憎んでいた。

三浦と和田は同族であり、その気安さから、藤原秀康と酒を酌み交わしたおり、三浦胤義は執権義時に対する恨みを語り、恨みを晴らす企てについて策を練ることになったのではないか。

この話は間を置かずに後鳥羽院に伝えられた。

後鳥羽院がいつ倒幕の計画を立てたか定かではない。

平賀朝雅の追討に際して、在京御家人が院に無断で出兵したことに端を発して、しだいに幕府に対する不満や怒りが胸中に蓄積されていったのだろう。院は側近の武士の増強と在京御家人の囲い込みに着手し、近隣諸国の地方領主を味方につけて、動員できる武士団を拡大していった。

だがそれらすべての兵力を大目に見積もったとしても、幕府を相手に戦さをして勝てるとは、治天の君と称される後鳥羽院といえど考えていなかったはずだ。

その証拠に鎌倉の尼御台が上洛して皇子の下向を願い出た時、院は上機嫌だった。今上帝の同母弟にあたる六条宮か、卿二位が育てた冷泉宮が将軍となれば、武力を用いずとも幕府を制圧することができる。それで朝廷と幕府の融和が実現するはずだった。

実朝暗殺という思いがけぬ事態が生じ、横暴な地頭の罷免という院にしてみれば当然の要求に対し、幕府が一千騎の騎馬軍団による示威行動で拒否を伝えた時、あるいは倒幕という思いが院の胸中に宿ったのかもしれない。

それでも勝つ見込みのない戦さを起こすのは無謀に過ぎる。院があえて倒幕に踏み切った真相は不明だが、藤原秀康と三浦胤義が義時追討の院宣を要求したのかもしれない。

院宣が出されれば三浦義村を始め三浦一族はこぞって義時の誅殺に動く。さらに東国の源氏を祖とする名門の御家人に院宣を届ければ、北条という伊豆の小領主の支配に不満を抱えている源氏一門は必ずや院の命に従って鎌倉を攻めるはずだ……。秀康と胤義はそんな見通しを語って、院の心を動かしたのではなかったか。

幕府全体を相手にするのではなく、討つべき敵を執権義時に限定し、幕府の分断を計る。それならば鎌倉で内乱が起こるだけで、京の平穏は保たれる。内乱によって幕府の武力が半減すれば、これまでのように朝廷の意向を拒否することが難しくなる。

ただ下向した関白九条道家三男の三寅が紛争に巻き込まれる懸念がある。それは避けがたい事態で、後鳥羽院は自らの皇子を下向させなくてよかったと胸を撫で下ろしたことだろう。

院は在京の御家人をほぼ完全に掌握していたが、実朝暗殺の直後に京都守護として鎌倉から派遣された大江親広と伊賀光季の動向が懸念された。大江親広は幕府の重鎮大江広元の嫡男で、執権義時の娘婿でもある。伊賀光季は義時の正室の兄にあたる。いずれも義時に近い存在であるため、容易に味方になるとは思えなかった。

後鳥羽院は大江親広を呼び出し、倒幕の意向を告げた上で、幕府につくか朝廷につくか決断を迫った。院の鬼気迫る表情に接して、親広は院への忠誠を誓うしかなかった。

同じ決断を伊賀光季にも迫ろうと、院は出頭を命じたのだが、気配を察した光季は出頭を拒否した。出頭の命令に従わなかったことで、院は光季の誅殺を藤原秀康に命じた。秀康は兵を指揮して光季の館を包囲した。光季は死を覚悟し、院に仕えたい者は投降せよと配下の兵に命じた。朝廷側に投降する者が続出した。光季は最後まで幕府への忠誠を尽くして誅殺された。

幕府が派遣した京都守護を院の命によって在京御家人が討った。これは幕府に対する宣戦布告だった。このことが鎌倉に伝われば修復不能の対立が生じることになる。もはや一刻の猶予もない。後鳥羽院は院宣を発した。

「故右大臣の死後、御家人たちを奉行する執権義時が将軍の後継者を求めたため、関白の子息を下向させたが、幼少であることから義時は野心を抱き、朝廷の威光を借りて独裁に及んだ。これは正しき政道から外れたことであり、今後は義時の奉行を停止し、御家人たちは院に従うことと定める。もしもこの定めに反逆する者があれば命はないと心得よ。執権義時が逆らうならば誅殺せねばならぬ。定めに応じて反逆者の義時とその配下を追討し功を挙げれば褒賞を与える。以上が院宣であるのでこぞって従うべし」

この院宣は使者によって次の八名の御家人に届けられることになった。

武田信光、小笠原長清。この二人は甲斐源氏の名門で、北条が独裁する幕府に不満をもっていると考えられる。

小山朝政、宇都宮頼綱、長沼宗政。彼らは下野国の大領主で在京経験が長く院とも親交を結んでいる。

足利義氏。下野国の源氏の名門で、将軍職を担うに足る血筋の生まれだ。

北条時房。蹴鞠を通じて院と親しく交遊した。

三浦義村。いまや院の側近となった胤義の兄にあたる。

この八名の内、最後の三名はいずれも義時や尼御台に近い人物だ。

足利義氏は尼御台の同母妹の実子であり、北条時房は義時や尼御台の弟、三浦義村は義時の盟友だ。

しかし院宣が出れば兄は必ず味方になると胤義が確約したため、後鳥羽院は安心しきっていたのかもしれない。

三浦一族が反乱を起こせば、幕府は分断される。鎌倉の権威は失墜し、全国の武士に対する求心力が失われる。

後鳥羽院は院宣と同時に、全国の荘園管理者や地頭に向けて、北条義時追討の官宣旨を発した。これは帝の意向に従って太政官の公卿が発する命令書だ。

かくして後鳥羽院による倒幕の命令が全国の武士に向けて発動されることになった。

京の動きは鎌倉にはまったく伝わっていなかった。まさに寝耳に水の宣戦布告が突如として鎌倉につきつけられた。

後鳥羽院は情報が洩れることを恐れて、尼御台と親しい西園寺公経のもとに兵を送り自宅に幽閉した。このことを知った西園寺家の配下の文官が、危急を告げる使いを鎌倉に向けて出立させた。伊賀光季は誅殺される直前に鎌倉に危急の使者を送っていた。さらに三浦胤義が兄の義村に後鳥羽院の意向を伝える書状を出していた。これらの使者と、院宣を携えた使者が、ほとんど同時に鎌倉に入った。

西園寺公経が幽閉されたことを伝える使者と、伊賀光季の危急の使者は、大倉御所の幕府に到着した。まずは執権義時が報せを聞き、ただちに万寿のもとに赴いた。

万寿は驚きの声を上げた。

「何と。院が幕府に対して戦さを挑まれるというのか。伊賀光季は討たれたのであろうな。鎌倉が派遣した京都守護を朝廷が討つ。これは戦さじゃ。京で戦さが始まったのじゃ。放っておけば、京の軍勢が鎌倉まで攻め下ってくることになろうぞ。小四郎、そなたはどうするつもりじゃ」

義時は体調でも悪いのか、硬い表情で力なくつぶやいた。

「おれ一人では決められぬ。光季はわが義兄だ。情が絡んでは幕府の行く末を過つことになるだろう。姉者はどう思われるのか」

「戦さならば応じねばならぬ。ただちに御家人たちを呼び集めて戦さの準備じゃ」

話しているところに三浦義村が駆け込んで来た。

幕府に使者が到着したのとほとんど同時に、義村の邸宅には院宣の使者と三浦胤義の書状を届ける使者が到着していた。胤義の書状を一読した義村は事態がただならぬことに気づいて、邸宅に常駐していた警護の兵を出して院宣の使者を討ち、携えていた文書を押収した。

「院宣はわたくし宛てに届けられたものでございますが、使者から押収した文書の中には、他の届け先が名簿になっておりました。武田信光、小笠原長清、小山朝政、宇都宮頼綱、長沼宗政、足利義氏、北条時房、三浦義村。以上の八名でございます」

万寿は声を高めた。

「奇妙な名簿じゃな。甲斐と下野の御家人が多いが、信頼できる武将ばかりじゃ。甥の足利義氏は鎌倉に出仕しておったころはわが側近であった。さらに弟の時房と……」

万寿は義村の顔を睨みつけた。

「三浦義村……。この八名の中で鎌倉を裏切りそうなのは、義村、そなただけじゃな」

義村は驚くようすもなく、薄笑いをうかべた。

「わたくしと小四郎とは盟友でございます。友を裏切ることはありません」

「和田合戦のおり、そなたは起請文に署名し、直前まで和田方に付いておったのであろう」

「わたくしと和田とは親族でございます。親戚付き合いで談合に加わっておりましたが、これは敵状を探る目的でございました」

「言い訳はせずともよい。いまわれの目の前におるということは、わが味方じゃ。幕府のために尽くしてもらおう」

「もとよりその覚悟でございます」

義村は万寿に向かって深々と一礼してから落ち着いた口調で語り始めた。

「院宣の内容を見ますと、後鳥羽院のご意向は幕府と敵対するのではなく、ただ執権どのを討てと命じておられるだけでございます。おそらくは執権どのに不満を持つ御家人を味方につけようという院の策略でございましょう。実際にこの文面が出回ることになれば、院の策略に乗せられる者も出てくるのではないかと思われます。それゆえに使者を討ち、文書を押収いたしました」

「おれも嫌われたものだな」

義時が独り言のようにつぶやいた。

それから首をひねりながら万寿に向かって言った。

「鎌倉を差配し独裁しておるのは姉者ではないか。鎌倉の御家人は誰もが姉者のことを尼将軍と呼んでおる。後鳥羽院はそのことをご存じないのであろう」

かたわらの三浦義村が笑いながら言った。

「執権義時を討つと褒美が貰えると書いてあるぞ」

「褒美がほしいか」

冗談とも思えぬ生真面目な口調で義時が問いかけた。

義村は急に真顔になって応えた。

「弟からの書状を見て、わずかな間、そのことを考えた。胤義は院に取り込まれてしもうたようだ。おれは小四郎義時をとるか、弟の胤義をとるか、決断を迫られることになった。それは朝廷か幕府か、どちらか選べということだ。おれは幕府を選んだ」

「後鳥羽院がおれを討てと命じておられるなら、おれの首を差し出せば事は収まるのではないか」

体調でも悪いのか義時は元気のない声でつぶやいた。

万寿は怒声を張り上げた。

「そのようなことはこのわれが許さぬ。この名簿にある甲斐や下野の武将を始め、御家人たちを鎌倉に集めて、ただちに京に向けて軍勢を差し向けねばならぬ」

三浦義村はわずかに声を高めた。

「朝廷を敵とされるのでございますか」

　源頼朝が鎌倉幕府を開いた時は、二十万騎が結集し、そのまま西に向かった。しかし敵としたのは平家であって、朝廷と闘ったわけではない。三浦義村はさらに語調を強めた。

「鎌倉幕府は御家人と呼ばれる地方領主の寄せ集めでございます。領主たちは己の領地のことしか考えておりません。その御家人たちを一揆同心させて平家追討のために京に向かわせるのに、鎌倉殿がどれほど苦心なさったか、尼御台はよくご存じのはずでございます。まして朝廷を敵に回すなどということは、畏れ多いことであり、御家人たちは従わぬと思われます」

「ではどうすればよいのじゃ」

「武士の府である鎌倉の大事さは御家人たちも承知いたしております。鎌倉を守る。これが大義でございます。幸い鎌倉は海と山に囲まれた天然の要害でございます。ここに御家人たちの兵力を結集して死守いたすのでございます」

「朝廷軍はすぐには攻めて来ぬ。そのうち院宣が敵としているのは執権義時だという噂が広まれば、鎌倉で戦さが起こることになる。三浦義村、そなたの狙いはその内紛に乗じて幕府を乗っ取ろうというのであろう」

　尼将軍の鋭い指摘に、三浦義村の顔が硬ばった。

　万寿は声を高めて阿波局を呼んだ。

「大江広元に使いを出せ。こういう危急の事態においては、年寄りの言うことを聞くべきじゃ。それから泰時と時房を呼べ。時房は名簿に名が出ておった。あやつの存念を質さねばならぬ」

　大江広元はすでに引退して仏門に入っていたが、ただちに駆けつけてきた。

　他に泰時、時房、安達景盛らも呼ばれて、合議をすることになった。安達景盛は二代将軍頼家に殺されそうになったのを万寿が助けたことがあったが、いまや幕府の重鎮になっていた。父の安達盛長に似て実直で寡黙な人物だった。

広元はすでに院宣の内容などは聞いていたようで、合議が始まるとただちに発言した。

「院の狙いは幕府の分断でございます。時が経てば経つほどにさまざまな見解が生じ、御家人たちの間に分裂と離散が広がる惧れがございます。時を置かずいますぐにでも軍勢を編制して京に向けて出陣すべきでございましょう」

広元の嫡男の大江親広は京都守護として赴任し、後鳥羽院の配下になっていると推察された。父と子が敵味方に分かれることになる。それだけに広元の言葉には重みがあった。

しかし朝廷と闘うことに反対する三浦義村が異論を挟んだ。

「出陣には大義が必要でございます。鎌倉殿が旗挙げされた時には平家追討という大義がございました。いまの御家人たちは朝廷から国司などに任じられ位階も賜っております。その朝廷を敵に回すというのは、にわかには承服しがたいことではないでしょうか」

万寿が厳かに言い渡した。

「義村の見解は聞くに及ばず。後鳥羽院の側近として此度の院宣を発したのは、藤原秀康と三浦胤義で、いずれも三浦一族じゃ。甲斐や下野の武将に院宣を届けよと進言したのもそやつらであろう。その武将らを鎌倉に召集して、院宣の内容が広まれば、鎌倉で内戦が起こり、幕府は滅びる。それが院の狙いじゃ」

この時、末席に控えていた侍所別当で武蔵守にも任じられている金剛泰時が発言した。

「皆さま方は何ゆえに朝廷を恐れておられるのか。国に二つの府があり、朝廷が国司と郡司を任じ、幕府が守護と地頭を任じるということが、そもそもの災いの元でございます。国に二つの府は不要でございます。わたくしが兵を率いてただちに上洛いたしましょう」

泰時の隣にいた時房が続けて言った。

「院にお味方いたしておる在京御家人は文官が多く、戦さの仕方は知りませぬ。われらが上洛すれば容易く降伏いたすことでございましょう」

万寿が時房を睨みつけて言った。

「院宣の宛先にはそなたの名もあった。そなたは院に信頼されておるようじゃな」

「蹴鞠をしただけでございます。院も公卿の方々も蹴鞠がお好きで、わたしの技をお認めいただきました。それだけのことで、名簿に名が出るとは、まことに迷惑なことでございます」

「ならば泰時が大将、時房が副将として、ただちに軍勢を出立させようぞ」

尼将軍の裁量には誰も反対できなかった。

名簿に名のあった甲斐、下野の武将を始め、御家人たちが鎌倉に集められた。御家人たちは院宣が出たことも知らず、その内容も知らされていなかった。ただ朝廷が官軍を編制していずれ鎌倉に攻めてくるので、機先を制して幕府の方が先に上洛して京を制圧すると、それだけのことが告げられたが、御家人たちは何事が起こったかわけがわからず、気勢が上がらなかった。御所の中にはざわついた雰囲気が広がっていた。

重鎮の安達景盛が声をかけて、御家人たちは尼将軍の御所に集められた。

御家人たちを前にして、万寿は演説を始めた。

「これは尼将軍と呼ばれておるわれの最後の言葉じゃ。心を一つにして聴くがよい。亡くなられた鎌倉殿すなわち初代将軍頼朝どのが朝敵を討ち滅ぼして東国の府を草創されて以後、御家人たちは領地を拝領し、守護地頭などの職務を与えられ、俸禄が支給された。その恩は山よりも高く海よりも深いと心得ておろう。そなたらは鎌倉殿の恩に報いようとの強い気持をもっておるはずじゃ。ところがいま朝廷は逆臣の藤原秀康、三浦胤義の讒言(ざんげん)に惑わされたか、義に反する綸旨(りんじ)を下された。いま鎌倉幕府は未曾有の危機にさらされておる。名を惜しみ誉れを重んじる者は、速やかに逆臣を討ち取り、三代にわたる将軍の遺蹟(ゆいせき)を守らねばならぬ。わが意に反し朝廷に刃向かうことをためらう者はいますぐに申し出よ。さなくばわれに従いて、朝廷を相手の戦さに臨むべし」

　初代将軍頼朝の名を挙げて結束を求めた尼将軍の言葉に御家人たちは従うしかなかった。それでも領地から遠く離れた京に上り、官軍を相手に戦さをすることに、途惑いを覚える者も少なくなかった。だがすでに軍勢の第一陣が鎌倉を出たと聞かされると、重い腰を上げて戦さの準備を始めた。

　その第一陣というのは、泰時が率いる軍勢で、北条一族と配下の郎党など、わずか十八騎に過ぎなかった。

　鎌倉を出たところで、大将の泰時がただ一騎、大倉御所に戻ってきた。

　万寿のもとに進み出て問いかけた。

「われらが出陣したことは朝廷の知るところとなり、官軍が畿内のいずこかに防御の陣を敷いて反撃してくるものと思われますが、その中に帝や院がおられたとしたら、どのように対せばよいでしょうか」

　万寿の脇にいた執権義時が困惑したようすで応えた。

「玉体を傷つけるわけには……」

　言いかけた義時の言葉を遮るように万寿は厳しい口調で言った。

「院であろうと帝であろうと、幕府を滅ぼそうとする者は敵じゃ。討ち果たすがよい」

泰時は大きく頷くと、配下の騎馬武者に追いつくために御所の外に飛び出していった。

のちに承久の乱と呼ばれることになる戦闘は呆気なく終結した。

わずか十八騎で出立した大将泰時のあとを追って、次々と御家人たちが配下の騎馬武者とともに鎌倉を出た。総勢十九万騎という大軍が京に向かい、幕府軍の大勝利となった。

京は幕府の支配下に置かれた。治安のために京都守護に代わって六波羅探題という役職が置かれ、北方を泰時、南方を時房が務めた。尼将軍万寿の指示に従って皇族や公卿を戦犯として裁いたのは泰時だった。

後鳥羽院は隠岐、順徳院は佐渡に流罪とされた。また順徳院の異母兄の土御門院は戦さに積極的でなかったことで無罪とされたが、土御門院ご自身の希望で土佐に配流となり、のちに畿内により近い阿波に移された。他の皇族も多くが流罪となった。

生後一ヵ月で帝に立てられた今上帝（仲恭帝）は廃帝となり、後鳥羽院の兄の子で出家していた茂(とよ)仁王(ひとおう)が帝に立てられた。母親の父が、頼朝の姉の夫であった一条能保の叔父にあたり、血筋ではないが縁戚であったからだ。

流罪となった皇族や公卿、在地領主の領地は、戦さに加わった御家人たちに褒賞として配分された。

戦さの大将を務め、勝利をもたらした最大の功労者は金剛泰時であったが、若いころから無欲で控え目な人物で、領地の配分を求めなかった。その態度がのちに美談として語られることになる。

泰時の謙虚な姿勢の陰には、自分は嫡流ではないという遠慮があったのかもしれない。

泰時の父、小四郎義時も、北条時政の嫡男ではなかった。そのため若いころは江間小四郎と名乗っていたのだが、正室の牧の方が産んだ嫡男の政範が十六歳で亡くなったため、北条一族の総帥となった。

二代将軍、三代将軍が若年であったため、政所の最上位別当を意味する執権として政務に当たっていたが、つねに姉の万寿の裁量を仰いでいた。

しかし世の人々は、義時を独裁者と受け止め、のちの時代には、三人の院（上皇）を流刑にした極悪人という誹りを受けることになった。

その義時は病に伏していた。どうやら病は重篤のようであった。

阿波局が万寿に声をかけた。

「ご相談したいことがございます」

阿波局は緊張した表情をしていた。思えばこの妹とは、幼少のころから互いに還暦を過ぎた今日まで、ともに過ごしてきた。つねにそばにいる妹のことは、そこにいるのが当たり前だと思っていたのだが、万寿がつねに幕府のことを考え、御家人たちに配慮をしてきたのに対し、金剛泰時の産みの母でもある阿波局は、つねに身内のことだけを考えていたのかもしれない。

「小四郎の体調が危うくなっていると報せがありました」

承久の乱のころから義時は体調を崩していた。乱の後の戦犯の処遇や功績のあった御家人への褒賞など、雑務が押し寄せてきて、体調はさらに悪化したようだ。

義時は小町大路の邸宅を金剛泰時に譲って、大倉御所の東の奥まった場所に新邸を築き、そこに引きこもることが多くなっていた。

万寿は何度か見舞いに訪れたのだが、正室の伊賀の方の気性の激しさに途惑って長居をすることはなかったし、義時とゆっくり言葉を交わすこともなかった。

伊賀の方は牧の方に似ていた。東国の正室は台盤所と呼ばれ、家族だけでなく郎党たちを差配する立場にある。先妻が築いた差配の体制を後妻が引き継ぐ場合は、いろいろと気苦労もあるのだろうが、必要以上に強い態度をとるようになるのかもしれない。

伊賀の方にも政村という実子（うみのこ）があった。その名からもわかるとおり、三浦義村が烏帽子親で後見人を務めていた。いまは先妻の姫の前が産んだ朝時が嫡流として、名越の山上にある城砦のような邸宅を引き継いでいたが、比企一族の姫の前は離縁されている。伊賀の方は政村を嫡子と考えているようだ。

その政村は二十歳になったばかりの若者だった。

伊賀の方には女児もあって、一条実雅（さねまさ）を婿としていた。一条実雅は頼朝の姉が嫁いだ一条能保の子で、西園寺公経の養子となっていた。四代将軍となった三寅は姉の孫にあたるため、後見人として鎌倉に下り、承久の乱で院と親しい公卿が一掃されたことからいまは参議として公卿の一員となっている。

万寿は六十八歳になっている。尼将軍として君臨している万寿だが、心身の衰えを感じ始めていた。

伊賀の方は鎌倉の台盤所の座を狙っているのではないか。そういう警戒心があって、義時の邸宅に出向くのが負担になっていた。義時の顔をしばらく見ていない。病状についても知らなかった。

「小四郎の体調のこと、誰が報せたのじゃ」

「名越の朝時でございます」

そう言ったあとで、阿波局は声をひそめた。

「父ぎみは毒を盛られているのではないかと朝時は申しております」

万寿は無言で阿波局の顔を見つめた。

阿波局の懸念がどこにあるか、わかった気がした。

伊賀の方は北条一族の台盤所として一族を差配している。実子の政村を嫡男にしたいという思いがあるのだろう。そのことで名越の邸宅を引き継いだ朝時は、自分の立場が危うくなることを心配しているのだが、阿波局は金剛泰時のことを気に懸けている。

泰時は小四郎義時の長男だとされている。実母は早くに亡くなったとされ、阿波局が育てた。その後、姫の前の実子の朝時が嫡流とされたが、泰時は和田合戦で活躍して、若くして侍所の別当を務めた。承久の乱では十九万騎の軍勢の大将に任じられ、六波羅探題北方として戦後の処理にも当たった。

泰時が義時の後継者だというのは周知の事実だ。

だが泰時は嫡男ではない。その点では若いころの小四郎義時と同じ立場だ。

万寿は大きく息をついた。

「思えば御曹司と出逢うてから、われは死にもの狂いで生きてきた気がする。自分でもよう働いたと思うておるが、最後にもう一つ、仕事が残っておるのじゃな」

万寿は承久の乱のあと、尼将軍としての自分の仕事は終わったと思っていた。

三寅は若御台信子に守られて育っていた。信子のもとには頼家の遺児の竹御所もいる。竹御所は二十三歳。いまだどこにも嫁いでいない。三寅は七歳。竹御所の婿は三寅と万寿は心に決めていた。そのことは若御台信子にも話してある。三寅の育ての親として、台盤所の仕事は信子に任せてあった。

万寿は大きな安堵とともに引退する気持になって、大倉御所を離れ、頼朝が建立した勝長寿院の奥まった場所に自分の邸宅を築いていた。御堂御所と呼ばれた。

そこには阿波局の他にはわずかな下女がいるだけで、心静かに晩年を迎えたいと念じていた。

だがそういうわけにも行かなかった。

万寿の最後の闘いが目の前に迫っていた。

貞応三年（一二二四年）、六月。

執権北条義時が没した。享年六十二。

自らの死期を察し、両手の指を交互に組み合わせた外縛印を胸の上で結んで、静かに南無阿弥陀仏と称名念仏を唱えながら往生したと伝えられる。

ただちに早馬が仕立てられ、在京の六波羅探題北方を務める長男の泰時に父の死が伝えられた。

泰時は単身で伊豆まで来たが、自分が差配している北条の館の郎党を引き連れて鎌倉に向かった。

泰時は身の危険を感じていたのだ。騎馬軍団に護られて鎌倉に入ったが、すぐには自邸に向かわず、由比ヶ浜の近くで一泊した。遅れて京を発った六波羅探題南方の北条時房の兵が加わり、さらに使者を出して呼び出してあった足利時氏の軍団と合流した。

足利時氏は万寿の同母妹時子（千寿）の実子で、かつては大倉御所で万寿の側近を務めていた。そのころから泰時とは盟友で、さらに娘を嫁がせて縁戚となっていた。時氏は地元の足利から出発したので、かなりの人数の騎馬武者を率いていた。

それだけの用心をして、泰時は小町大路の自邸に入った。かつての義時の邸宅で大倉御所からは至近距離にある。泰時の郎党や親しい御家人も集められていて、まるで戦さでも起こしそうなほどの人数が邸内に犇めくことになった。

万寿と阿波局は隠居所の御堂御所を出て、人生の大半を過ごした大倉御所に戻っていた。かつての実朝の御座所がそのまま残されていた。そこで泰時の到着を待ち受けていたのだが、泰時が自邸に入ったと報せを受けると、自分の足で泰時のもとに駆けつけた。

泰時の顔を見ると、同行した阿波局が声を上げて泣き出した。それほどに事態は緊迫していた。

伊賀の方の兄、伊賀光季は京都守護として京に赴任していて、承久の乱の直前に後鳥羽院の兵に討たれたが、次兄の光宗が政所執事を務めている。他にも朝行、光重という弟がいる。光宗の邸宅は広く、郎党の騎馬武者が邸内に常駐していた。何よりも伊賀の方は三浦義村と親交を結んでいた。実子の政村の烏帽子親を義村に頼んだのも、三浦一族の支援を期待してのことだ。

泰時の弟の朝時が名越の城砦を引き継いでおり、北条の騎馬武者を擁していたが、御所のすぐ近くに杉本城という拠点を有する三浦一族との合戦となれば、劣勢となることが予想された。

承久の乱において泰時は十九万騎の総帥として活躍したのだが、戦さが終われば御家人たちは自らの領地に戻ってしまう。泰時は直属の兵をほとんど有していなかった。御家人たちは自分の領地を護ることしか念頭にない。執権の後継者については、北条一族の内輪の問題であり、有力御家人はただようすをうかがっているばかりだ。

万寿はその場に弟の時房や甥の足利時氏がいるのを見て、少し安堵した顔つきになった。万寿は泰時の方に向き直って命じた。

「鎌倉の尼御台として、このわれが命じる。いそぎ家督を継承し、執権としての務めを果たすべし」

泰時は微笑をうかべた。

「尼御台さまの命といえども、ただちにお受けするわけにはまいりませぬ。わたしは北条の嫡男ではありませぬ」

「そなたは承久の戦さのおりの大将ではないか。そなたを大将に任じたのはわれと義時じゃ。そのことは誰もが認めておる」

「はあ……」

泰時は朝廷などというものは不要だと言いきるなど、大胆な発言をして人を驚かせることがある。戦さでは好んで最前線に出ようとする。勇猛にして聡明な人物であることは確かなのだが、手柄を立てても褒賞を求めないなど、奇妙なほどに謙虚なところがあった。

自信がないわけではないのだろうが、謙虚に過ぎる。

万寿は語調を強めて言った。

「何をためらっておる。執権の重責を担うことができるのは、そなたを措いて他にないではないか」

「誰もがそう思うておるわけではないでしょう」

泰時は目を逸らせてつぶやき、それ以後は話に応じようとしなかった。

かたわらにいた時房が声を張り上げた。

「元気を出せ、金剛。そなたは京を制覇し、京の治安を回復し、朝廷に代わって京を支配しておるのだ。京だけでなく日本国を支配するだけの力がある。このおれが受け合ってやるぞ」

「おれは京でも叔父上の助けがなくては何もできなかった。叔父上はただ蹴鞠が上手いだけかと思うておったが、弁舌が巧みで、京の公家たちを相手にしてもひけをとらぬ。そこへいくとおれはしゃべるのが苦手だ」

「金剛……」

万寿は低い声でささやきかけた。

「そなたの体内には高貴なお方の血が宿っておる。朝廷を滅ぼし、三人の帝を島流しにしたのはそなたじゃ。そなたは帝王になるべくしてこの世に生まれたのじゃ」

かたわらにいた足利時氏が、怪訝そうな顔つきになった。万寿の言葉や、その言葉にこめられた覇気のごときものに、何かしら異様なものを感じ、同時に深く胸を打たれたようすだった。

そのありさまを、かたわらの阿波局が、じっと見つめていた。

数日後の深夜のことだ。

大倉御所の西門に二人の人影があった。

万寿と阿波局だ。

護衛も連れずに門から出ていく。すぐ先に三浦義村の邸宅があった。

同時代を生きた歌人の藤原定家はその日記の中で三浦義村について「八難六奇の謀略、不可思議の者か」と記している。

万寿は阿波局に太刀を持たせていた。

門衛はいたが尼御台の顔は見知っていてそのまま通された。万寿は邸宅の中に入っていった。

深夜であり邸宅の中は薄暗かったが、万寿が声を発して義村を呼ぶと、廊下の奥から義村が慌てふためいた足どりで姿を見せた。

奥の広間で対面する。

義村は硬ばったような微笑をうかべた。

「そろそろ尼将軍どのがお出ましになるころと思うておりました」

万寿は手を伸ばし、かたわらに座した阿波局から太刀を受け取った。

「われはそなたと差し違えるつもりでここに来た」

義村は声を立てて笑った。

「差し違えるなど、とんでもないことでございます。お討ちになるならば潔く討たれましょうぞ」

「ならば討つ。じゃがその前に聞いておきたい」

万寿は声を高めた。

「そなたは何ゆえに政村を支援するのじゃ」

「烏帽子親を務めました」

「それだけではあるまい。そなたは小四郎義時の盟友であった。二人で鎌倉幕府の将来のことを考えてきたはずじゃ」

「確かに執権の後継者について二人で話し合うたことがございます。小四郎は跡継は金剛泰時じゃと申しておりましたが、わたくしは反対いたしました」

「理由を述べよ。政村の烏帽子親というだけではあるまい」

「金剛泰時の母親は不明でございます。名門の血筋は父方だけでなく母方によっても培われるものでございます。それゆえ東国の武将は血筋のよいところから嫁をとり縁戚によって一族の繁栄を求めてまいりました。泰時の母がどういう血筋なのか、何度も問い質しましたが、小四郎は答えませんでした。尼御台はご存じでございましょうや」

「知っておる。金剛泰時の母は、ここにおる阿波局じゃ」

「それは……」

三浦義村は息を呑んだ。

若いころから北条一族と親交があった義村は、阿波局と小四郎義時が同母の姉と弟だということを熟知している。阿波局が金剛泰時の母だなどということは考えもしなかったはずだ。

「されば父親は……」

「さる高貴なお方じゃ」

「おお……」

義村は絶句したまま荒い息をついていた。

万寿は続けて言った。

「それゆえに金剛はこのわれと阿波局が二人で育てたのじゃ。その金剛を執権に立てることに異存はなかろう」

苦しげな息の中で義村は声を絞り出した。

「尼御台のご配慮、胸に染み入りました。金剛泰時どのこそ、執権に相応しきお方でございます」

万寿は穏やかな声で言った。

「ならばよい。そなたと差し違えずに済んだ」

万寿は手にした太刀を阿波局に戻しながら言った。

「伊賀の方は娘婿の一条実雅を将軍に擁立せんとする奸計を企んでおったようじゃな。よって伊賀の方は流罪といたす。兄弟と一条実雅も同罪じゃ。二十歳の政村には未来があるゆえ、咎めることはない。三浦義村、この夜、ここで話したことはなかったことにせよ。よいな」

義村はその場に平伏(ひれふ)すように頭を下げた。


金剛泰時の館に三浦義村、小山朝政、結城朝光らの宿老が集められた。高齢の大江広元も呼ばれていた。その目の前に、万寿は幼い三寅を抱いて現れた。

「金剛泰時を執権に任じることとした。その方ら、異存はないであろうな」

すると大江広元が発言した。

「その件について、金剛さまからご相談を受けました。自分一人が執権職を独占することに、御家人の中から反対の声が上がるやもしれぬと懸念されておいででした。そこでこの老体が一計を案じました」

　広元は七十七歳になっている。高齢であるが毅然としてその語調に揺るぎはない。嫡男の親広が承久の乱で朝廷方についたことで、一時は憔悴していたのだが、子息は他にも何人かおり、親広も生きながらえて出羽国で暮らしているとの便りがあった。この日の談合を、自らの最後の務めと考えている。

「小四郎義時さまが執権の職に就かれたおり、いまだ若年であられたので、しばらくの間はわたくしが参謀を務めました。政所が発する公の文書にも義時さまの署名のかたわらにわたくしの署名を添えることといたしました。これを連署と称しておりましたが、泰時さまが執権職を継がれるのなら、叔父の時房どのを連署として、補佐の任にあたっていただくというのはいかがでございましょうか」

　長く政所別当として幕府を支えてきた長老の見解に、その場の人々は互いに頷き合った。広元はさらに続けて言った。

「六波羅探題の北方、南方のお役目は、それぞれのご子息に引き継いでいただければよろしいかと存じます」

　この見解も賛同を得たことから、泰時を執権、時房を連署とすることが決まった。

　そのようにして、鎌倉幕府は新たな時代を迎えることになった。

　万寿は一同を見回して言った。

「これで御曹司が築かれた武士の府は安泰じゃ。いや……」

　そこで万寿は声を落とした。

「鎌倉を築き護ってきたのは、このわれじゃ。わが鎌倉は永遠に栄えることであろう」

　それは心の中の声であったので、その場の誰にも聞こえなかった。

翌、嘉禄元年（一二二五年）、五月。

東国は日照りが続き諸国に疫病が蔓延した。

万寿は鶴岡八幡宮の境内に祈禱所を建て、千人の僧侶を集めて千部の仁王経を読経させた。こうした祈禱の儀式は帝が行うのが通例であったが、いまは尼将軍が日本国を支配していた。この祈禱は尼将軍としての権威を天下に知らしめる行事となった。

数日後に雨が降った。

その直後に、万寿は大倉御所で倒れた。

まだ意識はあり、しきりに勝長寿院の御堂御所に帰りたがったが、もはや床から離れることができず、七月に永眠した。六十九歳であった。

二年後の嘉禄三年十一月。阿波局が亡くなった。

執権北条泰時は三十日間の喪に服したと伝えられる。

主な参考文献

『現代語訳吾妻鏡』五味文彦・本郷和人［編］（吉川弘文館）
『吾妻鏡の謎』奥富敬之（吉川弘文館）
『鎌倉北条氏の興亡』奥富敬之（吉川弘文館）
『承久の乱』坂井孝一（中公新書）
『北条政子／尼将軍の時代』野村育世（吉川弘文館）
『北条時政と北条政子』関幸彦（山川出版社）
『北条義時』安田元久（吉川弘文館）
『北条泰時』上横手雅敬（吉川弘文館）

著者略歴

三田誠広（みた・まさひろ）

一九四八年、大阪生まれ。

早稲田大学文学部卒業。

七七年『僕って何』で芥川賞受賞。

著書＝『いちご同盟』『鹿の王』『釈迦と維摩』『桓武天皇』『空海』『日蓮』『親鸞』『新釈 罪と罰』『新釈 白痴』『新釈 悪霊』『偉大な罪人の生涯』他多数。

尼将軍（あましょうぐん）

二〇二一年九月二〇日第一刷印刷

二〇二一年九月二五日第一刷発行

著者 三田誠広

装幀 小川惟久

発行者 和田肇

発行所 株式会社作品社

〒一〇二-〇〇七二

東京都千代田区飯田橋二ノ七ノ四

電話 (〇三)三二六二-九七五三

FAX (〇三)三二六二-九七五七

https://www.sakuhinsha.com

振替 〇〇一六〇-三-二七一八三

印刷・製本 シナノ印刷㈱

本文組版 ㈲マーリンクレイン

ISBN978-4-86182-867-6 C0093